colección fábula / 197

Con la colección FÁBULA, Editorial Planeta se ha propuesto ofrecer al público los títulos más representativos, dentro del campo narrativo, de aquellos escritores que, frente al inmovilismo mental al uso, ofrecen un ejemplo constante de imaginación creadora y anticonvencional.

Zona roja

Fernando Vizcaíno Casas
Zona roja

Planeta

COLECCIÓN FÁBULA
Dirección: Rafael Borràs Betriu
Consejo de Redacción: María Teresa Arbó, Marcel Plans y Carlos Pujol

Córcega, 273-279, 08008 Barcelona (España)
Diseño colección y cubierta de Hans Romberg (foto Agustí Centelles y realización de Jordi Royo)
Primera edición: noviembre de 1986
Segunda edición: noviembre de 1986
Tercera edición: diciembre de 1986
Cuarta edición: diciembre de 1986
Quinta edición: diciembre de 1986
Sexta edición: abril de 1987
Séptima edición: abril de 1987
Octava edición: julio de 1987
Novena edición: junio de 1990
Depósito Legal: B. 19.909-1990
ISBN 84-320-4658-2
Printed in Spain - Impreso en España
Talleres Gráficos «Duplex, S. A.», Ciudad de Asunción, 26-D, 08030 Barcelona

Acaso en España no hemos confrontado con serenidad las respectivas ideologías para descubrir las coincidencias, que quizá fueran fundamentales, y medir las divergencias, probablemente secundarias, a fin de apreciar si éstas valían la pena de ventilarlas en el campo de batalla.

INDALECIO PRIETO

Si la Falange se consolida en cosa duradera, espero que todos perciban el dolor de que se haya vertido tanta sangre por no habernos abierto una brecha de serena atención entre la saña de un lado y la antipatía del otro.

JOSÉ ANTONIO PRIMO DE RIVERA

En este año de 1986 se ha cumplido el quincuagésimo aniversario de la guerra civil española. Lógicamente, la efemérides motivó una abundante literatura sobre el tema. Y en la prensa diaria y en las revistas y en el cine y en la televisión se evocó profusamente el anecdotario de aquellos tres años que sumieron a España en la más terrible de las tragedias: el enfrentamiento armado entre hermanos. También han sido muchos los libros publicados al respecto.

No obstante, ocurrió que la mayor parte de esas evocaciones vinieron marcadas por un claro signo partidista. Sólo en contados casos fueron hechas con la mínima objetividad; y si en el período inmediatamente posterior al primero de abril de 1939, los relatos bélicos se inclinaron decididamente hacia las tesis de los vencedores, ahora han estado mayoritariamente presididos por los criterios de los derrotados. Unos y otros se excedieron en sus parciales interpretaciones, simplificando en demasiadas ocasiones la dramática historia como una lucha de buenos y malos en la que adjudican las catalogaciones, naturalmente, de acuerdo con sus respectivos puntos de vista.

También sucede que la mayoría de autores que últimamente han tratado el tema, además de hacerlo desde posturas premeditadamente parciales, carecen del conocimiento directo de los hechos que relatan. Por razones de edad no vivieron aquellos acontecimientos, sobre los que, sin embargo, escriben con pasmoso desparpajo, sin preocuparse de investigar las causas del Alzamiento del 18 de julio (indispensable punto de partida para la comprensión de la guerra civil) ni de colocarse en una atalaya equidistante de ambos bandos, desde la que les sea dado estimar las posturas de unos y de otros, así como los respectivos excesos y las evidentes razones que podían esgrimir para justificar la lucha.

Dijo Américo Castro que, cuando no se participa en ellos, los hechos humanos son cáscaras vacías de sentido. Yo fui un niño de la guerra, uno de tantos millares de españoles a quienes la contienda truncó su adolescencia. Como todos ellos, puedo lamentar legítimamente que no tuviera edad, que no tuviésemos edad, porque la tragedia nos hizo crecer demasiado aprisa, saltando la normal evolución de nuestro desarrollo síquico. Sólo nosotros, pues, podemos contar la verdadera historia de aquellos años que padecimos (y que también gozamos) en su integridad. Por eso nos desconciertan y aun nos irritan muchas de las cosas que ahora se escriben por quienes juzgan la época a través de las hemerotecas e incluso de las investigaciones. Sin comprender que unas y otras —aparte inevitables parcialidades en las fuentes— estarán siempre faltas del aliento directo de la realidad vivida.

Pasé toda la guerra en Valencia; es decir, en zona roja. Hoy resulta más usual llamarla republicana; quienes allí estuvimos sabemos, de ciencia propia, que su adecuada denominación es la otra. Gustosamente la aceptaron —y aun la impusieron— los leales, que dejaron muestras abundantes de su predilección por la nomenclatura, entonces tan prodigada: así, se habló siempre del Ejército Rojo, del Socorro Rojo, de las Milicias Rojas y aun del Cerro Rojo, como se bautizó al Cerro de los Ángeles. Negarlo, a estas alturas, forma parte de la gigantesca operación manipuladora de la verdad histórica que estamos padeciendo.

Todo lo que se cuenta en esta novela sucedió en la realidad. Sus personajes son también auténticos; algunos de ellos aún viven. Es asimismo real la existencia de aquella Academia Comercial, de la que subsistimos muchos que fuimos sus alumnos, aunque los profesores, por desgracia, nos hayan ido abandonando. También vive felizmente todavía su director, de quien guardaré siempre un entrañable recuerdo, cargado de afecto. Cierta es la anécdota básica de la historia, que forzosamente he tenido que recrear por exigencias inevitables del relato literario. Pero tengo especial interés en recalcar que los sucedidos se corresponden con los que yo viví y a ellos me he sometido rigurosamente, sin incurrir en más licencias que las indispensables en una narración novelística.

De la que resulta que, como en toda historia protago-

nizada por hombres de carne y hueso, hubo buenos *y* malos *en ambos bandos, sin que forzosamente la adscripción ideológica determinase conductas moralmente arquetípicas. Tal fue la verdad de la guerra civil, donde coexistieron los más nobles y hermosos gestos con conductas viles y mezquinas. Y ello, tanto en la zona roja como en la nacional; que no en vano eran españoles quienes poblaban una y otra. No me corresponde efectuar valoraciones ni creo que, medio siglo después, debamos hacer balances comparativos. Sin embargo, como algunos pretenden ahora cargar las culpas y los desenfrenos del período bélico en una sola de las partes contendientes, lo que aquí se cuenta quizá permita establecer una medida bastante fiel para sopesar lo ocurrido.*

Nunca hasta hoy había afrontado, en mi ya extensa bibliografía, el tema de la guerra civil. Si lo hago ahora, es por inevitable reacción ante tanta mentira, tanta insuficiencia y tanta mezquindad como preside, con pocas excepciones, la narrativa dedicada al tema. He procurado, como contraste, extremar mi objetividad al recordar aquello que conocí personalmente y que jamás olvidaré. Para que nunca nuestros hijos tengan que enfrentarse con una situación similar, resulta indispensable que se la expliquemos honestamente, auténticamente. Ni la guerra civil fue ese episodio absurdo, injustificado y radicalmente siniestro de nuestra historia contemporánea, que algunos pretenden, ni, a pesar de la fuerte carga heroica y aun romántica que llevó consigo, merece ser repetido.

Por eso hay que contarla a las generaciones posteriores honrada y sinceramente. En esta novela creo haberlo hecho. Al menos, nada de lo que así se narra es fruto de mi imaginación ni mucho menos se encuentra pretendidamente manipulado. De las conclusiones, algunas obvias, que puedan extraerse, ya no me siento responsable: serán consecuencia de la fuerza de los hechos.

F. V. C.

Madrid/México/Navacerrada.
Diciembre de 1985-junio de 1986.

I

Don Alberto escribía en la pizarra uno de aquellos cuadros sinópticos a los que era tan aficionado. Don Alberto nos parecía un señor muy mayor, aunque comprendo ahora que tendría poco más de cuarenta años; desde luego, no creo que llegase a los cincuenta. Pero los cabellos grises, cortados al cepillo, y su andar, un tanto encorvado, y su traje, uno solo le conocíamos, gris oscuro con lamparones, le daban cierto aspecto venerable que no conseguía alegrar la camisa sin corbata, aunque siempre abrochada desde el primer botón. Era de tirilla y en ella se echaba a faltar el cuello duro, que sin duda llevaría antes, cuando eso no estaba mal visto.

Don Alberto explicaba gramática; en realidad, se limitaba a repetir lo que venía en el libro de Miranda Podadera, de modo que el cuadro sinóptico que ahora estaba llevando al encerado, con su letra vertical, clara y bonita, era el mismo que traía el texto en la página veintidós. A nosotros nos caía bien don Alberto, que era amable y educado y casi nunca levantaba la voz, ni siquiera cuando Francisco, el grandullón de la clase, a punto de cumplir los dieciséis, organizaba alguno de sus escándalos. Todos secundábamos el griterío, sólo por armar camorra, y era de ver al bueno de don Alberto dando palmetazos sobre la mesa y pidiendo orden con voz suplicante:

—¡Por favor, por favor! ¡Un poquito de silencio!...

Una mañana, en plena algarabía, cayó sobre su mesa una bola de papel, y en seguida varias más y algunos altramuces y mondas de naranja, y una le dio en la mismísima frente. Entonces se puso en pie y fue la única ocasión en que le vimos verdaderamente alterado. De forma que, casi gritando, protestó con amargura:

—¡Esto sí que no! ¡Por aquí no paso! ¡Sólo falta que me manteéis!...

Por la tarde vino a la clase don Manuel y nos echó una bronca tremenda, amenazándonos, incluso, con la expulsión si repetíamos el (según dijo) bochornoso espectáculo. A don Manuel le teníamos mucho respeto, o quizá mejor, auténtico miedo, pues su carácter era violento y se irritaba con frecuencia, y entonces se le hinchaba una vena en la frente y se le enrojecían los ojos y, hecho un basilisco, incluso decía palabrotas. Y aunque se le pasaba pronto, en aquellos momentos de crispación parecía capaz de sacudirle un bofetón a cualquiera que le mirase de mala forma o que a él así se lo pareciera. Nadie se atrevía nunca a llevarle la contraria, que para algo era el director de la Academia Comercial.

La academia ocupaba el cuarto piso de una casa de vecinos en el centro de la ciudad. Había en la planta baja unos almacenes donde, antes de la guerra, vendían de todo; pero ahora se habían quedado sin género y casi sin dependientes. Solamente los viejos, los que no estaban movilizados, aparecían aburridos detrás de los mostradores, procurando colocarle a la escasa clientela lo poco que había en las estanterías. Nos los encontrábamos a la una cuando salíamos de clase y ellos se marchaban a comer, y coincidíamos en el portal, que era amplio, con varios escalones de mármol hasta un rellano de donde arrancaba el ascensor, que nosotros teníamos prohibido usar. Realmente, casi nunca funcionaba, o quizá, como decía Pepe Miranda, que parecía mariquita y seguramente por eso era muy cotilla, lo estropeaba el portero para tener menos trabajo.

Enfrente de la academia, en el chaflán con la calle de Pi y Margall, estaba el cine Lírico, que antiguamente había sido circo y teatro de variedades y tenía la fachada decorada con unas figuras de yeso que representaban payasos y perritos saltando el aro y hasta bellas *écuyères* de pie sobre unos caballos de sólidas grupas. Al lado del cine, la pastelería Martí ofrecía el desolador espectáculo de sus escaparates vacíos de dulces y de golosinas y de *croissants*, aunque llenos de sobres que, al decir de sus letreros, permitían hacer flanes riquísimos y hasta tortillas sin huevo.

Alguna tarde entrábamos allí a beber un vaso de agua de seltz, muy fría, que costaba cinco céntimos y nos sabía a gloria. Talmente parecía que la tienda olía aún a obrador tibio y a pan recién sacado del horno y a chocolatinas Nestlé.

Pura ilusión, simples ensoñaciones, pues hacía ya meses que no catábamos tales exquisiteces y aun gracias si podíamos merendar un pedazo de tocino seboso y duro, aprisionado dentro del pan negro con sabor a maíz. O los orejones y el pan de higo, que era lo que mi madre solía ponerme casi todas las tardes, aunque a veces me sorprendiera con una mazorca asada que despertaba las envidias de mis compañeros de clase: Francisco, el grandullón, y Pepe, el que parecía mariquita, y Luis Querol, tan rubio y tan finolis, y Pedro Mayquez, siempre vestido de negro aunque hacía ya más de un año que habían matado a su padre. Las chicas formaban mayormente rancho aparte y se nos antojaban más bien tontas, siempre cuchicheando y riéndose por lo bajo y diciendo bobadas.

Bueno; menos Isabelita Retamar, que tenía ya dieciocho años y de la que todos estábamos enamorados, aunque ella no nos hacía ningún caso, como puede suponerse por la diferencia de edad. En cambio, coqueteaba sin disimulo con don Anselmo, el profesor de inglés, un tipo presumido y fatuo que era teniente de Intendencia y muchos días venía a la academia de uniforme, alardeando con las dos sardinas en la gorra de plato y la cazadora de cuero y las botas altas, como si no supiéramos que era un enchufado. Le teníamos manía; sobre todo cuando se encerraba con Isabelita en la sala de profesores y escuchábamos sus bisbiseos y adivinábamos (o creíamos adivinar) que estaban flirteando.

Por lo demás, no puede decirse que el trabajo nos angustiase ni que los estudios resultaran excesivos. Más o menos, sabíamos todos que las clases no iban a servirnos de mucho; que se trataba de ocupar unas horas todos los días, dentro de cierto orden y aprovechando, en todo caso, para aprender algo que nos ayudaría después, cuando acabase la guerra y volviésemos al bachillerato, que tuvimos que dejar apenas comenzado. Yo había aprobado segundo, justamente un mes antes de que estallase el Alzamiento. Iba entonces al colegio Nebrija, que era como disimulaban los Hermanos Maristas un centro escolar que, oficialmente, no podían mantener, a causa de la legislación laica de la República. Naturalmente, vestían de paisano y les llamábamos por sus nombres; pero se les notaba a la legua su estado religioso. Sobre todo, al director, don Ramón Lobraqués, con su voz atiplada y sus gestos amanerados.

Por supuesto que esta Academia Comercial de ahora nada tenía que ver con aquello. Aquí, los profesores daban la sensación de estar improvisados, aunque dictaban las clases con su mejor voluntad e, incluso, con evidente acierto. Por ejemplo, don Ricardo González, el de caligrafía, que consiguió enseñarnos perfectamente la letra inglesa, la gótica, la redondilla y hasta una, muy rebuscada, que le llamaban bastarda española. Era entusiasta de los toros y fumador empedernido; de su afición se consolaba rememorando en la clase faenas grandiosas de otras épocas, ya que llevábamos mucho tiempo sin corridas. Y aliviábase de su vicio cambiando aprobados por pitillos con los alumnos mayores, pues también la cosa del tabaco se había puesto muy mal.

El profesorado, o como decía don Manuel, el claustro, lo completaban don Vicente y don Luis. Don Vicente era un grueso venido a menos, al que por tal motivo las chaquetas le caían un poco holgadas; llevaba siempre unos botines negros, que chirriaban al pisar el parqué, y gafas de miope, con montura de alambre. Daba geografía e historia. Don Luis nos enseñaba matemáticas y muy bien, por cierto. Inválido de ambos brazos, no podía articularlos por los codos y tenía las manos agarrotadas; de manera que uno de nosotros (casi siempre Eugenio Vila, por su mucha afición a la asignatura) se encargaba de ir escribiendo en la pizarra las retahílas de números, en las ecuaciones, reglas de tres y demás complicaciones aritméticas, mientras don Luis las explicaba con asombrosa claridad.

Los profesores nunca hablaban de la guerra, al menos con nosotros. Pero se les notaba la preocupación, y cuando había alguna novedad importante, lo de Brunete, por ejemplo, les veíamos muy serios y prolongaban más de lo normal su conciliábulo en la salita, donde se reunían y a la que teníamos prohibido el acceso. Incluso alguna vez a don Manuel se le escapaba un taco en alta voz, que escuchábamos con regocijo, mientras en el aula aguardábamos el comienzo de la clase. Entonces, Francisco advertía:

—Cuidadito, que hoy el dire está de mala leche...
Y efectivamente, así era.

En Valencia había mucha animación, con eso de que era la capital provisional de la República. A finales del 36 habían traído desde Madrid los ministerios, porque los nacionales estaban a las puertas de la ciudad y el gobierno prefirió dejar los papeles de héroes para los vecinos, largándose sin disimulo, por si las moscas. Con Largo Caballero y sus ministros fueron llegando después varios miles de refugiados; unos, funcionarios públicos, y otros, simples evadidos, que buscaban la relativa tranquilidad de lo que llamaban algunos, con mala baba, *el Levante feliz*. Así, teníamos en casa al tío Pepe Puig y a su mujer, Camila, que al principio complicaron bastante, sobre todo por las diferencias ideológicas. Pepe era socialista e intelectual; crítico de arte. Papá, muy de Franco y comerciante. Demasiadas diferencias. De modo que, aunque procuraban soslayar el tema político, inevitablemente acababan discutiendo y mamá y la tía tenían que intervenir para restablecer la concordia familiar.

En aquel otoño del 37, yo acababa de cumplir catorce años, estaba muy desarrollado —medía 1,75— y un vello tupido y negro cubría mis pantorrillas. Pero seguía llevando pantalones cortos, pues a mis padres les asustaba la posibilidad de que, con mi aspecto de mayor, pudieran confundirme con algún muchacho de las últimas quintas que acababan de movilizar y me detuvieran los de la GPA, Guardia Popular Antifascista, que iban por las calles en unas camionetas (las llamaban *canguros*, y al cuerpo, *la Guapa*) recogiendo desertores y prófugos. Al principio me fastidió, porque aquellos pelos me daban vergüenza, pero comprendí que tenían toda la razón cuando a Francisco, el de la clase, estuvieron a punto de llevárselo, y gracias a que pudo avisar a su padre y fue a buscarle con la partida de nacimiento.

Por cierto que la cosa trajo cola, ya que don Braulio rescató a su hijo en un bar de mala nota, en el centro mismo del barrio chino, que era donde los de *la Guapa* habían hecho la redada, y así se enteró el buen señor de las tempranas inclinaciones lascivas de mi compañero, que era un auténtico obseso sexual. Nosotros lo sabíamos de sobra; siempre andaba con fotos de mujeres desnudas y compraba en el quiosco de Correos una revista, *Pentalfa*, que las traía a todo color, y leía *La traca* y unas novelas verdes, escritas a máquina, que alquilaba a otros de la academia, también mayores, por un real. Aparte de eso, era buen chaval, aunque mal hablado; pero servicial y desprendido, hasta el punto de que una mañana que en casa le pusieron anchoas entre pan para el bocadillo del mediodía, tuvo el gesto de repartirlas con nosotros.

Algunas tardes, al salir de la academia, dábamos juntos una vuelta y siempre me llevaba hasta el callejón donde estaba el Bataclán, un cabaré de gran éxito, frente a cuyas taquillas hacían cola militares sin graduación y oficiales y hasta jefes importantes. Porque en la ciudad, sólo los viejos y los chavales íbamos de paisano; que de los diecinueve a los cuarenta años, todos los hombres estaban movilizados. Por cierto que también hacían cola muchos heridos de guerra, unos con muletas, otros con la cabeza vendada o con el brazo escayolado, sujeto sobre un complicado entramado de alambre, que le decían el avión.

Había en la fachada del Bataclán grandes fotografías de las *vedettes*, con el pecho al aire y muchas plumas, y Francisco se extasiaba con ellas y las miraba y las remiraba, con las manos en los bolsillos, hurgándose sus partes húmedas, que era práctica habitual en él, y me decía:

—Pues hay noches que, metidos en juerga, desnudan a las chicas y las suben en una mesa y las rocían con champán y todos beben a morro imagínate dónde...

Yo, la verdad, no me lo imaginaba, porque andaba todavía muy en Babia, pero el espectáculo debía de resultar apasionante, a juzgar por los ojos que se le ponían a Francisco y por cómo se rascaba, por allá abajo, y por la indignación con que comentaba:

—¡Y a mí no me dejan entrar, dicen que por menor, pero los cabrones de *la Guapa* bien que pensaron que estaba en edad de pegar tiros! Pues para eso, no; pero para ponerme más cachondo que un mono, claro que tengo años.

Nos íbamos después a la plaza de Castelar, llena de tranvías amarillos y de automóviles oficiales y de camiones militares y de uniformes. En uno de los edificios, junto al ayuntamiento, había un cartel gigantesco, con unos milicianos desharrapados, alzando los fusiles con gesto fiero, y un letrero: «Los descamisados. ¡Si no llega a ser por ellos...!» Ocurría que el doctor Negrín se había empeñado en organizar un Ejército Popular, debidamente disciplinado, y la prensa del gobierno llevaba tiempo haciendo campaña a su favor, en la que se criticaba duramente el desorden y la anarquía de las milicias de los primeros meses; lo cual indignó a la CNT y a la UGT y a la FAI y a la AIT, que habían batido el cobre en aquellos difíciles momentos iniciales.

Otros días, salía de la Academia Comercial con Luis Querol y con Eugenio Vila y con Pepe Miranda, y éste nos llevaba a la exposición del *Altavoz del Frente*, a la que se entraba por una puerta angosta, rodeada de sacos terreros, pues se quería dar la sensación real de las trincheras. Dentro se exponían fotografías y armas y hasta un tanque ruso, de los que habían llegado recientemente. Presidían el local unos retratos de Lenin, de Stalin y de Azaña y había muchas banderas rojas y muchos letreros repitiendo el «¡No pasarán!» y carteles de Renau, de Arturo Ballester, de Parrilla, con soldados de recia mandíbula, cubiertos por el casco de acero y bayonetas en fila y aviones y campesinos levantando el puño.

Pero nosotros íbamos derechos a la librería, porque Pepe tenía una especial habilidad para robar libros, mientras los demás entreteníamos a la chica, pidiéndole folletos de propaganda, que ésos los regalaban. Todavía tengo en casa los tres primeros tomos de los *Episodios Nacionales* sustraídos de una de aquellas exposiciones. Están editados por el Ministerio de Instrucción Pública y Bellas Artes, en homenaje a los gloriosos combatientes del Ejército Popular. *El dos de mayo* lleva un vibrante prólogo, equiparando la insurrección del pueblo madrileño contra los ejércitos de Napoleón, con su tenaz defensa frente al acoso de las tropas franquistas.

Pero era curioso: entre nosotros, pocas veces comentábamos las noticias de la guerra. Quizá porque en casa nos habían prevenido acerca de la conveniencia de no levantar sospechas. Quizá porque, en efecto, teníamos miedo; que todos habíamos vivido tristes experiencias de represalias en nuestras familias. O quizá porque no nos fiábamos de nadie; ni de nuestros compañeros más afines. A lo mejor ocurría que dejábamos la guerra para los mayores y que lo único que nos importaba verdaderamente era que pasase cuanto antes aquella pesadilla.

Los profesores de la academia, impenetrables en el tema, llevaban unas semanas más eufóricos que de costumbre. Todos les notamos una especial alegría, a finales de octubre, cuando también en casa mi padre se había encerrado con mamá en su habitación, nada más llegar a la hora de la comida, con visibles muestras de alborozo. Por el contrario, tío Pepe estuvo hosco y con pocas ganas de hablar y apenas hizo sobremesa, con lo que le gustaba aprovecharla para contarnos anécdotas del Madrid, castizo y chulapón. Luis Querol me dio la clave al salir de clase de gramática:

—Franco ha roto el cerco de Oviedo. Ya no hay frente del Norte.

Hasta Pedro Mayquez parecía menos triste que de costumbre, a pesar de su luto riguroso.

Eugenio Vila estaba desarrollando en la pizarra una raíz cuadrada, bajo la dirección de don Luis, que paseaba, según su costumbre, por delante del encerado. Era poco más del mediodía y hacía frío; el otoño llegaba duro y, naturalmente, la calefacción no funcionaba por falta de carbón. Casi todos llevábamos la bufanda alrededor del cuello y las chicas habían pedido permiso para no quitarse los guantes de punto. Entonces comenzó a sonar la sirena de Correos, con un ulular metálico y amenazante. Eugenio, dejando la tiza, miró a don Luis.

—Tranquilos —dijo el profesor—. Vayan bajando con orden al sótano.

Pepe abrió la ventana y miró hacia el cielo. Mientras salíamos del aula, escuchamos con mayor claridad el sonar de las sirenas, ya varias, y unos estampidos secos: las baterías antiaéreas de la DCA estaban disparando. En la escalera había un guirigay enorme; de todos los pisos salían gentes asustadas, madres con sus pequeños en los brazos, ancianos que, en la penumbra, difícilmente acertaban con los peldaños. Don Manuel dirigía desde la puerta la salida de alumnos y profesores, quedándose el último, como si fuese el capitán de un barco en peligro. Finalmente, miró hacia dentro, se cercioró de que nadie quedaba en la academia y cerró la puerta, incorporándose a los vecinos que seguían bajando.

Casi todos se reunieron en el sótano; aunque algunos nos quedamos en el portal —yo entre ellos— para seguir desde allí, con insensata tranquilidad, el vuelo de tres trimotores —«Junkers», dijo Luis Querol—, a cuyo alrededor estallaban las nubecillas blancas de los disparos antiaéreos; parecían carcasas en día de fallas y quedaban siempre muy por debajo de los aviones.

La calle estaba solitaria. Llegaron a poco unos ruidos lejanos, sin duda de explosiones. Un sargento de artillería, que miraba al cielo con prismáticos de campaña, comentó:

—Ha sido en el puerto.

Dejamos de ver los trimotores, cesaron los disparos de la DCA y pasaron, a toda velocidad, algunos coches militares y dos ambulancias. Minutos después sonaban de nuevo las sirenas, anunciando el fin de la alarma; una larga fila de personas comenzó la escalada hacia los pisos. Tuvimos que esperar un buen rato a don Manuel, que tardó en llegar, con la llave. Estaba ligeramente demudado.

—Se suspenden las clases hasta la tarde —comunicó. Pasamos a recoger nuestras cosas; antes, yo fui al retrete, que estaba al final del pasillo, junto a la cocina, usada como archivo. Salía de allí Francisco, ajustándose el cinturón; y detrás de él, Amparo Chuliá, la pecosa. Francisco me guiñó un ojo; la chica pareció asustarse. Llevaba el pelo revuelto y estaba muy sofocada. Cruzó, dando una carrerilla hacia las aulas, mientras él me agarraba del brazo.

—No nos has visto, ¿estamos?

—Como quieras. Pero...

—Hay que aprovechar las ocasiones, tú. Es el segundo bombardeo que dedico a darme un lote con la pecosa. Solitos, sin peligro.

—¡Hombre!, lo de sin peligro...

—¡Si a ésos únicamente les interesa el puerto! El centro no es objetivo...

Se lavó las manos en la pila.

—Ni una palabra a nadie, ¿eh?

—Descuida.

—¿Palabra de honor?

—Palabra.

Los profesores salían en grupo de su sala particular. Don Anselmo, el teniente de Intendencia, le iba diciendo a don Ricardo:

—Las posibilidades de que las baterías antiaéreas consigan derribar algún avión son mínimas. Los Junkers alemanes vuelan a casi mil metros por encima del alcance de los disparos.

—Pero, además de eso, a mí se me antoja que los de la DCA tienen muy mala puntería —le contestó don Ricardo, con una miaja de guasa.

La calle había recobrado con pasmosa rapidez su bullicio habitual. En la cola de la panadería, las mujeres discutían enrabietadas porque, aprovechándose del bombardeo, una de ellas pretendía colarse donde no le correspondía. Soldados llenos de mugre miraban con arrobo las fotos de *Los marinos de Kronstadt*, colocadas en las vitrinas del Lírico. El organillo de siempre, con su pollino gris, lleno de mataduras y la gitana con churumbel en brazos, comenzó a tocar un pasodoble.

En el puerto, un barco hundido, dos muertos y cinco heridos graves.

Pero ahora caigo en que he cometido la indelicadeza de no presentarme. Les he hablado de profesores, de amigos, de otras gentes y, sin embargo, todavía no les he dicho que me llamo Eduardo Calatayud. Mi edad sí que la conocen: catorce años. Como suele destacar mi padre, vine al mundo al mismo tiempo que la dictadura de Primo de Rivera; es decir, en 1923. Nací aquí, en esta ciudad luminosa y caliente, que arrastra una leyenda de frivolidad y jolgorio, aunque resulta que es laboriosa y sacrificada como la que más. Y nací en su mismo centro, en la plaza de Castelar, cuando ésta comenzaba a padecer una profunda cirugía urbana que la convertiría en lo que ahora es: un enclave moderno, con altos edificios, tiendas elegantes y eso que tanto suele gustar a los tontainas con pujos de grandeza, que llaman aire cosmopolita.

Sin embargo, yo prefería el antiguo perfil de la plaza, cuando muchos la llamaban todavía de Cajeros y que recuerdo vagamente como una nebulosa, como un sueño lleno de lagunas, en el que confundo las vivencias infantiles con los testimonios recibidos. Esto era más chico, más recogido y había muchos árboles en el centro de la plaza, donde ahora han levantado masas de cemento y piedra y había también quioscos de bebidas decorados con azulejos y macizos de rosas, de geranios y de hortensias; pero sobre todo había pájaros, muchos pájaros, que descansaban en el ramaje verde y me despertaban cada mañana, con sus gorjeos y el batir de sus alas, en vuelo corto, de uno a otro castaño, del viejo eucalipto al pino estilizado y agudo o al ramoso enebro, que de todo teníamos en la vieja arboleda.

Vivíamos en una casa de tres pisos, antigua, descolorida, pienso que fea; los balcones de mi cuarto daban a la placita verde y recuerdo bien, eso sí, que todavía pasaban de continuo los coches de caballos, las tartanas, los carros que venían de la huerta, cargados a tope, y la bestias en funciones de acarreo, la del aguador y el horchatero, y aquel anciano, lo veo en sombras, de piel arrugada, pañuelo negro a la cabeza, blusa gris y manos sucias. ¿Cómo iba a tenerlas, si era el basurero? A mí me daba repugnancia y me retiraba del balcón en cuanto llegaba, anunciándose a gritos:

—El *femater*...

Mi padre, Julio se llama, tenía la tienda de baratijas en la misma casa, y una especie de despacho y almacén, en el primer piso. En el segundo estaba la vivienda familiar; que somos tres hermanos, yo el pequeño. Néstor tiene ahora dieciocho años, y Josefina, dieciséis. Le decimos Pepita, aunque a ella no le gusta. Mamá se llama Amparo; tiene la piel blanca y fina, unos ojos claros, grandes, dulces, y todos coinciden en que fue una belleza. No hay más que verla en sus fotos jóvenes; pero desde la guerra se le han blanqueado los cabellos y en la frente se le marcan unas curvas hondas y hasta parece que se le oscurecieran los ojos.

Aquella casa la derribó el ayuntamiento cuando yo tenía siete u ocho años; para entonces, la reforma había arrumbado también los quioscos y la arboleda, y los pájaros ya no me despertaban con sus trinos. Comenzaban a levantar los rascacielos, como les llamaban, y aquel pedazo entrañable de la ciudad se hacía frío y grandullón. Entonces nos fuimos a vivir a la calle de Ribera, que no caía lejos, y eso, según mi padre, resultaba muy importante, porque así la clientela no se desperdigaría. Era también una casa antigua, aunque de más pisos, y la tienda quedó, naturalmente, en la planta baja y nosotros ocupamos la primera, que se comunicaba con ella por una escalera de caracol. El portal era pequeño, oscuro, y el ascensor subía a trancas y barrancas hasta el quinto. Había portero, desgraciadamente. Y más adelante se explicará el porqué de la desgracia.

La nueva tienda se inauguró días antes de la proclamación de la República. Mi padre había ampliado su actividad comercial y ahora vendía bolsos de señora y pitilleras y artículos para regalo y abanicos y juegos de naipes y parchises. El cambio de régimen se produjo con euforia, por lo que el negocio marchó próspero las primeras semanas; como papá fue siempre un águila para el comercio, se hartó de vender unos cuadros que representaban a Galán y García Hernández y otros de Blasco Ibáñez, de perfil, con el cuello blanco de la camisa abierto sobre la chaqueta oscura y una orla con la bandera tricolor. Más adelante tendría mucho éxito también con los cuadros de la Santa Cena, incluso de plata, pues, como él dice siempre, el buen comerciante no debe tener ideología y lo mismo ha de atender a un beato de derechas que a un republicano ateo.

Y es cierto que mi padre nunca se ocupó de la política, que lo único que hizo fue trabajar, y así consiguió una posición decorosa; de tal modo que, cuando llegó el 18 de julio, teníamos coche, un Plymouth verde, y los domingos salíamos de excursión por los pueblos cercanos y éramos, en resumen, una familia típica de la clase media, sin alardes pero sin necesidades, gracias a Dios. En la tienda trabajaban dos dependientes, una cajera y un aprendiz, y en las oficinas, un contable que era comunista. Se apellidaba Urrutia y él fue quien, a la semana siguiente del Alzamiento, requisó la tienda en nombre del sindicato.

Por entonces, Néstor ya era perito mercantil y ayudaba a papá en el negocio. Pepita había terminado el bachillerato en las Teresianas y se ocupaba de la casa, al tiempo que estudiaba idiomas, inglés y francés, en la Academia Cots. Y finalmente estaba la abuela Carmen, la madre de mamá, una anciana triste y silenciosa, viuda de toda la vida, transida de una piedad inmensa, quizá excesiva, de misa y comunión diarias, tan obsesionada por las devociones que tenía en su habitación una especie de altar con una gran imagen de su patrona, la Virgen del Carmen, y un reclinatorio en el que siempre la veíamos arrodillada, rezando todos los rosarios y todas las novenas y todas las preces habidas y por haber.

Tal era mi contorno familiar cuando empezó la guerra. Pero las cosas han cambiado mucho desde entonces, como más o menos puede decirse que sucedió en todas las familias españolas.

II

Las primeras semanas del Alzamiento habían sido muy duras en la ciudad. Dudaron las autoridades militares y, en vez de proclamar el estado de guerra, se recluyeron en los cuarteles. Los de Paterna quedaron en seguida a las órdenes del gobierno de la República, pues un sargento, Fabra de apellido, le echó reaños a la cosa y acabó imponiéndose a los vacilantes jefes. En el de infantería, en la Alameda, el encierro de la tropa se alargó muchos días; al final, el fracaso de la sublevación hizo que cayera también en poder de las fuerzas que en los periódicos llamaban *leales*; las otras eran las *facciosas*.

El pueblo en armas campó por sus respetos. Era impresionante, sobrecogedor, el espectáculo de las calles, por donde iban y venían los automóviles requisados, sin respetar las señales de tráfico, saltándose las direcciones prohibidas, con los fusiles y las escopetas de los milicianos asomando por las ventanillas, en amenazante desafío. Casa Balanzá, el más famoso bar de Valencia, estaba repleto de una muchedumbre armada, la mayoría en mono azul, con las cartucheras y las cananas mal colocadas, que bebía cerveza sin parar; para pagar sus consumiciones, dejaban después un vale. Un vale de cualquier sindicato o simplemente del batallón al que pertenecían. Un vale que había que aceptar como moneda, a sabiendas de su inutilidad, pues rechazarlo entrañaba peligro de muerte.

La muerte estaba presente a todas horas y en todas partes. De nada servían las constantes apelaciones al orden y la justicia que, desde Unión Radio, reiteraban las autoridades. Pero las autoridades carecían de todo poder, desbordadas por aquella masa enloquecida, mugrienta, feroz, que aspiraba a reparar a su manera la injusticia social de muchos años. Y asaltaba las viejas casonas de la calle de Caballeros y los pisos lujosos del ensanche, sin credencial alguna que autorizase los registros; y vaciaba las despensas y destrozaba los cuadros religiosos, despreciando su valor; y demasiadas veces arrancaba de sus hogares a personas ajenas a la política, pero que habían cometido la osadía de ir a misa los domingos o de ganar dinero con sus negocios o, simplemente, de no tener callos en las manos porque ejercían profesiones liberales.

En un solo día ardieron todas las iglesias de la ciudad, sin que siquiera se salvase de la furia miliciana la basílica de la Patrona. Decía mi padre que algunos de aquellos que ahora azuzaban el fuego eran los mismos que cada año, el día de la *Mare de Déu dels Desamparats*, en el traslado de su imagen por la plaza, gritaban con fervor piropos a la Virgen, que es vieja y curiosa costumbre valenciana, tan herética como entrañable. Pero una locura colectiva, una pasión histérica y sangrienta, se había apoderado de las gentes. Era el odio a la religión, a la burguesía, a las instituciones, al orden constituido. Fueron aquéllas unas semanas angustiosas, terribles, que me marcaron para siempre.

Con el cielo azul de la ciudad ensombrecido por el humo de los incendios de los templos, la abuela Carmen se sintió morir. Hacía un calor pegajoso, denso, agobiante, y por los balcones abiertos entraban las pavesas, suavemente arrastradas por la brisa, y un olor espeso a gasolina llegaba de la parroquia inmediata, la de la Sangre, que estaba a menos de cien metros de casa. Había sido visita diaria suya, pues se pasaba media mañana en la iglesia, con sus rezos, sus misas y sus devociones. Allí hicimos también la primera comunión los tres hermanos; de modo que era comprensible la impresión de la pobre abuela. Papá llamó en seguida a don Domingo, el médico de cabecera, que llegó a la media hora.

Y llegó curiosamente vestido de uniforme, en la versión libre que se daba a los trajes militares: con unos pantalones y una camisa caquis, gorro cuartelero sin la borla, y en el pecho, las insignias de Sanidad y los galones de sargento. Una estrella roja de cinco puntas acreditaba su pertenencia a las milicias comunistas. Mi padre no hizo ningún comentario; acompañó a don Domingo a la habitación de la abuela y le dejó allí, con mamá. Bastante rato después salieron ambos, y todos nos reunimos en el salón, cuyos balcones daban a la calle de Ribera, convertida a esa hora, primera de la tarde, en un inacabable desfile de milicianos armados hasta los dientes que, del brazo de sus compañeras, también con armas y uniformadas, recalaban en la barra del Balanzá.

—Su madre tiene muy débil el corazón —dijo don Domingo, con el semblante serio—. La quema de las iglesias le ha afectado de forma grave; habrá que estar pendiente de la evolución del shock, que podría degenerar en una angina de pecho.

Rellenó una receta.

—Denle en seguida estas píldoras; procuren evitarle cualquier clase de impresiones. De momento, no creo necesario internarla; además, los hospitales están estos días a tope.

Preguntó mamá:

—¿Vendrá mañana, doctor?

—A primera hora. Pero después tendrá que hacerse cargo de su madre otro médico; yo me marcho al frente de Teruel. Si les parece, puede seguir visitándola el doctor Planelles, a quien ya conocen, porque también estaba conmigo en la clínica de don Manuel.

Don Domingo había terminado la carrera en 1933 y pasó dos años haciendo prácticas en la consulta del catedrático don Manuel Beltrán, que fue quien lo recomendó a mi familia. Había sido su alumno predilecto: serio, estudioso, muy competente. Poco antes del Alzamiento abrió clínica propia y ya tenía un sólido prestigio en la ciudad. Era rubio, con los ojos azules y una mirada llena de inquietudes, la voz dulce, comedido de gestos.

—Lo que usted diga. Pero es lástima que no pueda seguir tratándola.

—Ya ve que estoy militarizado. Como supongo que sabían, pertenezco al Partido Comunista y me he presentado voluntario en Sanidad. Creo que es un deber de todos nosotros cooperar en la lucha contra los sublevados, defendiendo la legalidad republicana; es decir, la democracia.

Mis padres quedaron callados. El doctor, tras una pausa, siguió diciendo:

—Ya sé que se están cometiendo actos reprobables e incluso criminales. Por desgracia resulta difícil contener a un pueblo que se cree con derecho a saldar muchas cuentas pendientes, a tomarse la justicia por su mano. Pero confío en que el gobierno consiga pronto hacerse de nuevo con las riendas del poder...

—Eso esperamos todos... —comentó mi padre.

Don Domingo encendió un cigarrillo negro, de hebra.

—Si me lo permiten —dijo con cierta solemnidad—, les recomendaría que hiciesen desaparecer de la habitación de su madre esa especie de altar que tiene allí, con una imagen.

—Es la Virgen del Carmen, su patrona —precisó mamá.

—Hay una especial virulencia contra todo lo religioso... Si les hicieran un registro, que ahora es normal, el santo podría traerles complicaciones. Evidentemente, eso carece de sentido; puede ser hasta ridículo. Pero comprendan que el pueblo tiene motivos sobrados para odiar a la iglesia y, sobre todo, al clero, que, con las naturales excepciones, nunca mostró la menor inquietud social.

En cuanto se fue el médico, ayudamos a papá a desmontar el altarcito de la habitación y después nos llevamos la Virgen, que medía más de medio metro y tenía los hábitos de tela y el manto de terciopelo y, según mamá, era una joya de la imaginería religiosa; aunque a mí siempre me pareció relamida y fea. (Que Dios me perdone el jucio.) Afortunadamente, la abuela estaba amodorrada y no se enteró de nada; trajo papá la caja de las herramientas, troceamos la madera negra del altar y la quemamos después en el horno de la cocina económica. También quemamos el traje de la imagen. Con ésta hubo problema, porque decía mi madre que, como estaba bendecida, sería pecado mortal destrozarla. Aunque finalmente la convencimos, hicimos todos la señal de la cruz, rezamos un padrenuestro pidiendo perdón por semejante herejía y acabamos echándola al fuego. La corona, que era de latón, hubo que hacerla pedazos, que dejamos en el cubo de la basura.

Metidos en faena, hicimos asimismo desaparecer el reclinatorio, los cuadros religiosos de las habitaciones y nos quitamos del cuello las medallas, que mi padre escondió nunca supimos dónde. Fueron al fuego estampas, rosarios, hojas parroquiales y libros de misa, con la sola excepción del de mamá, que era muy antiguo y al que le tenía un especial cariño. También quemamos la foto de Alfonso XIII dedicada al abuelo, que ignoro por qué motivos guardábamos en casa, donde nadie era monárquico. Seguramente, para presumir con las visitas, que eso de tener un autógrafo del antiguo rey daba mucho postín. Mi hermano Néstor se negaba tozudamente a desprenderse de su colección del periódico *Arriba*, así como de una insignia de Falange, con el yugo y las flechas, que había traído poco antes del 18 de julio, cuando le dio por hacerse seguidor de José Antonio Primo de Rivera. Pero, finalmente, mi padre impuso su autoridad, después de agotar en vano los razonamientos. Quiero decir que le dio un bofetón y se apoderó por las bravas de todo aquello.

Fue providencial. Justo a la mañana siguiente, llamaron al timbre con violencia y apareció Lisardo, el portero, acompañado por cuatro milicianos mal encarados, con pañuelos rojos al cuello y brazaletes de la CNT, que sin demasiadas explicaciones comenzaron a registrar el piso. Abrieron armarios, deshicieron las camas, para hurgar en los colchones; miraron con especial interés en las cisternas de los retretes y pasaron las hojas de los pocos libros que mi padre tenía en el salón, por si entre ellas se ocultaba algún papel comprometido. Al llegar al comedor, les satisfizo visiblemente (se notó en las miradas que intercambiaron) el cuadro de Galán y García Hernández que colgaba de la pared. Acababa de colocarlo papá horas antes, en una decisión realmente inspirada, y era de aquellos que con tanto provecho había vendido en la tienda, en los primeros tiempos de la República.

Quizá por eso, cuando fueron a entrar en la habitación de la abuela y mamá les advirtió que estaba enferma de gravedad, abrieron la puerta, comprobaron que guardaba cama y después de mirar desde el umbral el cuarto a media luz, quedaron indecisos. Aunque el que parecía más viejo le comentó al que dirigía el registro:

—Oye, ¿no será un truco?

Quiso Dios que en ese mismo momento llamasen a la puerta; era don Domingo, con su uniforme de sargento comunista, que sin duda impresionó a los milicianos. Más aún cuando, dirigiéndose a ellos, con cierta brusquedad, les increpó:

—¿Qué hacéis ahí? Esa mujer está muy enferma.

—Eso dicen éstos... —se disculpó el más viejo—. Pero nunca se sabe...

—Os lo garantizo yo, porque soy el médico. Y también garantizo a la familia. Marchaos tranquilos, que no son fascistas.

Lisardo, el portero, se había escabullido hacia la escalera, apenas llegó el doctor. El miliciano que mandaba explicó:

—Nosotros es que tuvimos una denuncia, ¿sabes?

—Pues sería una equivocación. O mala uva de alguien, que tampoco me extrañaría. Hala: ¡salud, compañeros!

Don Domingo levantó el puño; los otros contestaron al saludo y salieron sin dirigirnos la palabra, incluso sin mirarnos. Mi padre estrechó con fuerza la mano del médico.

—Muchísimas gracias. Me preocupaba que mi suegra pudiese asustarse...

—A mí que descubrieran la famosa imagen.

—Ayer la hicimos desaparecer. Con otros objetos religiosos que consideramos peligrosos.

—Mejor. Ya les advertí que los ánimos están muy excitados.

Pasó dentro con mamá, y unos veinte minutos después salía para comunicarnos que la abuela estaba mejor, que el peligro inmediato había desaparecido.

—¿Quiere tomar algo? —ofreció mi madre.

—Si tuviese alguna bebida fresca. Aunque sea agua; vengo de hacer otras visitas y este calor me tiene agobiado.

Mientras bebía una cerveza, informó a mis padres que al siguiente día marchaba al frente: a Sarrión, en el camino de Teruel. Ya estaba avisado el doctor Planelles, que tenía incluso el historial clínico de la enferma; pasaría por casa aquella misma tarde.

—Que tenga suerte —le deseó papá.

Y mamá, más expresiva, dijo:

—Que Dios le proteja.

Sonrió, mientras se levantaba.

—Perdóneme, señora, pero yo no creo en Dios.

—¿Será posible? ¿O sea que es usted ateo?

—No exactamente. Agnóstico. El matiz me parece importante.

Todos comprendimos que mi madre no había entendido en absoluto la precisión. Néstor, que aún no había abierto la boca, se dirigió entonces al doctor:

—¿Y no va a sentirse incómodo entre esa masa maloliente?

Papá le fulminó con la mirada; con una sonrisa de condescendencia, replicó el médico:

—Peor huele el formol y, sin embargo, nos acostumbramos a él, porque resulta imprescindible para curar. La mayoría de esos hombres, que, sí, tienen un aspecto desagradable, están dispuestos a jugarse la vida por salvar la legalidad republicana. Merecen un respeto absoluto.

—Pero también roban y queman iglesias y asesinan.

—A quienes así están desprestigiando la nobleza de nuestra causa les impondremos el castigo que merezcan. Debes comprender la confusión de estos días, la inevitable mezcla de los idealistas, de los milicianos de buena fe, con grupos que se aprovechan de la situación para saldar cuentas particulares. Esto ha sido como si de pronto reventase una olla a toda presión...

Le dimos todos la mano y papá le abrazó. Apenas hubo salido, se volvió hacia Néstor:

—¡Eres un imprudente! Parece que no te quieres enterar de cómo están las cosas.

—Don Domingo es una persona honrada. Equivocado en sus ideas, pero decente. Por eso me atreví...

—Has hecho muy mal. Que sea la última vez que abres la boca cuando se hable de estos temas.

Pepita metió baza:

—Está muy guapo de unifome, ¿verdad?

A media voz, como hablando consigo misma, mamá comentó:

—Aunque quiera disimularlo con palabras raras, es un ateo. Buen muchacho, pero ateo. Habrá que rezar mucho por él...

Que las oraciones eran más necesarias que nunca, lo confirmó don Ramón Lobraqués, el marista camuflado, director del colegio Nebrija, que inesperadamente se presentó una tarde en casa, pocos días después. Papá no estaba cuando llegó, por lo que mis hermanos y yo tuvimos que darle conversación. Primero se habló de la situación y de los desmanes de la milicianada, y él nos explicó, con inevitable emoción, que a dos profesores del colegio, don Juan y don Evaristo (también maristas, naturalmente) les habían dado el paseo, que era como llamaban todos a los fusilamientos de cada día. Tras mucho circunloquio, planteó la razón de su visita:

—Ya supondrán que yo estoy también en su lista. He tenido que irme del colegio, donde, como saben, residíamos todos, por elementales razones de seguridad. Viví una semana en casa de los señores de Villar, tu compañero —se dirigió a mí—; pero se han marchado ayer a Requena, donde creen que estarán más protegidos. He pasado la noche dando tumbos; hasta que pensé que quizá ustedes pudieran albergarme algún tiempo. Espero que no mucho. Su marido —ahora le hablaba a mamá— nunca tuvo ninguna significación política; imagino, por eso, que les dejarán tranquilos...

—No crea; ya nos han hecho un registro.

—¿Y no han detenido a nadie, gracias a Dios? Eso es buena señal. Normalmente, siempre que registran se llevan al dueño de la casa. E incluso a los hijos mayores...

—De todos modos, no sé, no sé... En fin, esperemos que llegue Julio.

Cuando llegó papá, la conversación fue tan breve como dolorosa.

A pesar de las opiniones de don Ramón, él no estaba seguro de que no siguieran molestándole. Sabía que Urrutia, el contable, había presentado otra denuncia; tampoco se fiaba del portero.

—Por cierto, ¿le vio entrar? ¿Sí? Pues entonces no hay nada que hacer. Comprenderá que resultaría muy descarado; y Lisardo es mala persona: al vecino del cuarto le han detenido por un soplo suyo. Total, por ser de la CEDA. Así que, sintiéndolo mucho... Espero que lo comprenda. ¡Qué más quisiera yo que poderle ayudar! Pero nos comprometería a todos...

—Claro, claro...

Le vimos salir, encorvado, triste, con el escaso pelo revuelto y la mirada perdida. Ya en el umbral, se volvió para decirnos:

—De todos modos, muchas gracias. —Y bajando la voz—: Que Dios les ayude...

Regresamos al salón en silencio, quizá sintiéndonos

cómplices de una mala acción. Al cabo de un buen rato, papá se justificó:

—Por lo menos, si Lisardo no se hubiese enterado de que subía... Pero tenerle aquí escondido sabiendo que el portero le ha visto entrar...

Sollozó mamá:

—Me da mucha pena, Julio. Van a matarle, seguro.

—Yo también lo he sentido. Pero, por desgracia, no están los tiempos para hacer ciertos favores. Además, ¿qué le hubiésemos dicho a la criada? Porque Rosa, la cocinera, no me preocupa. Pero esa muchacha que apenas lleva con nosotros dos meses...

—Parece que se ha asustado con todo esto y quiere volverse a su pueblo.

—Pues que se marche cuanto antes. Me quedaré más tranquilo.

Se fue mi madre a la habitación de la abuela, y papá, muy serio, bajó la voz para decirnos:

—No le contéis nada, pero Lorente me ha llamado para prevenirme. Alguien está empeñado en detenerme; no me dio detalles. También me ha advertido que tú —se refería a Néstor— no debes salir de casa. Dicen que eres falangista y piensan que estuviste con los que asaltaron Unión Radio.

—Pero eso no es verdad...

—Ya lo sé. De todos modos, últimamente te habías significado demasiado. Y eso que te lo advertí...

A Pepita le dio una llantina histérica.

—Bueno, bueno; en lo que cabe, yo estoy tranquilo, porque sabéis de sobra que nunca me metí en nada. Aunque dicen que soy capitalista... Y me acusan también de haber tenido un crucifijo en mi despacho.

Encendió un farias.

—Lamento de veras lo de don Ramón. Hubiese sido muy peligroso, ¿no os parece?

Le dijimos que sí, y eso le tranquilizó.

En realidad, se llamaba Socorro González, pero todos la conocían por Vicky, que era su nombre artístico. Bailaba discretamente claqué y tenía una voz escasa, aunque bien modulada. Pero su éxito en el Balkyss, donde actuaba tarde y noche, desde el invierno pasado, se debía en realidad a su figura, a la perfección de sus piernas, a las proporciones justas de su cuerpo. Por eso en la publicidad la presentaban como *la escultural artista* y tenían razón. No puede decirse que fuera guapa de cara, pues la nariz, respingona, y una boca chica, de labios demasiado finos, reducían el atractivo de sus ojos, grandes y negros.

Néstor la había conocido en diciembre, en la feria, y salió con ella varios días, sin saber su identidad. Se citaban junto al tiovivo, subían a la noria y tiraban al blanco, para acabar tomándose un vermut en cualquier bar de los alrededores. Mi hermano, que siempre ha sido muy apasionado en todo, se enamoró de ella casi de repente; y fue correspondido. No le importó la inmediata confesión de Vicky, o sea, Socorro, acerca de su profesión, tan poco respetable para los hábitos de nuestra familia. Y se hicieron novios; incluso se la presentó a Pepita, a quien le cayó muy bien. Como a mí me consideraba un crío, nada me dijo. Por supuesto, me enteré pronto.

Lo malo fue que también se enteraron nuestros padres, a quienes les pareció intolerable la relación de Néstor con una cupletera, que así la definieron. A pesar de lo cual, siguió saliendo con ella y hasta la presentaba a sus amigos como su novia, y el asunto trascendió, porque Vicky tenía cierta popularidad y su foto venía en los periódicos y muchos la reconocían cuando ella y mi hermano paseaban, como una pareja de novios más, por la Alameda y por los Viveros, y los domingos tomaban juntos el aperitivo en el Club Náutico.

Mamá consultó varias veces con su director espiritual, don Joaquín, un cura viejo de la parroquia de la Sangre, de cuyas opiniones hacía siempre mucho caso, y por las trazas su consejo fue terminante: aquella muchacha resultaba gravemente peligrosa para la virtud de Néstor, pues nada bueno podía esperarse de quien, a diario, excitaba las bajas pasiones del público con sus bailes, sus canciones y la exhibición de sus muslos. Le prohibieron, por tanto, salir con ella, y hasta papá le amenazó con graves represalias si insistía en mantener las relaciones. Ocurrió esto a mediados de mayo, y debió de influir mucho en mi hermano la cerrada actitud de nuestros padres porque fue entonces cuando, quizá para olvidar a la chica, se metió en Falange y pronto fue uno de sus militantes más activos.

Aunque de vez en cuando seguía viéndose con Vicky, que, según insistía mi hermana Pepita, era una muchacha estupenda y si trabajaba en el cabaret lo hacía para ayudar a la familia, que su padre, metalúrgico en paro, mal podía mantener a sus cuatro hijos y eso que se había hecho de las milicias socialistas, donde alguna ayuda le daban. Era, pues, de aquellos que desfilaban, vestidos con camisa azul claro y corbata roja, el puño en alto, cantando *La Internacional*, y de quienes Largo Caballero, en sus discursos, siempre decía que estaban prestos para lanzarse a la conquista del poder mediante la revolución del proletariado.

Con estas cosas, Néstor se volvió taciturno y retraído y hablaba poco en casa. A las nueve en punto bajaba a la tienda y, eso sí, cumplía perfectamente su trabajo, por lo que papá acabó olvidando el disgusto de la cupletera; si bien le preocupaba entonces la dedicación política de mi hermano. Cuando le hablaba del tema, él respondía siempre:

—España se hunde, ¿no os dais cuenta? Entre el marxismo y la estúpida derecha la están llevando al desastre. Nosotros queremos hacer una revolución seria, la revolución nacionalsindicalista, para devolver al pueblo su dignidad, y a la Patria, su grandeza.

A mi padre todo eso le ponía muy nervioso. Hasta una vez le oí comentar que casi hubiera preferido que siguiera con la novia, en vez de meterse en política. Y mamá, como siempre, suspiraba, hablaba de la voluntad del Señor y decidía rezar todavía más.

Ocurrió el día de Santiago, 25 de julio, que había dejado de ser fiesta. Urrutia llegó pasadas las diez de la mañana al despacho; mi padre no dijo nada, pero miró su reloj con un gesto suficientemente explícito. Entonces, el contable sacó del bolsillo un papel lleno de sellos y lo echó sobre la mesa.

—Entérate —le tuteaba por primera vez—. La tienda queda desde ahora bajo control del sindicato y yo soy el responsable.

Hubo un silencio tenso, mientras papá leía el oficio. Apenas tuvo tiempo de terminar, porque Urrutia exigió:

—¡A ver! Las llaves.

Se las dio.

—¿Cuál es la de la caja?

—Esa pequeña.

—¿Y la combinación?

—Viene anotada en el llavero.

Con alguna dificultad abrió la caja de caudales, que estaba en un ángulo de la habitación; sacó un cestillo con monedas y un fajo de billetes de banco.

—¿Sólo hay esto?

—Sabe de sobra que hemos tenido cerrada la tienda tres días. Y que en estos últimos apenas se ha vendido nada.

—¿Cómo está la cuenta corriente?

—Usted mismo ha hecho los asientos de la contabilidad.

—No habrás retirado nada, ¿eh?

—Claro que no.

—Acompáñame abajo.

Detrás del mostrador estaban Camilo y Tomás, los dependientes. Sentada a su mesa, casi tapada por la máquina registradora, Rosita, la cajera.

—¿Y el chico? —preguntó Urrutia, refiriéndose al aprendiz.

—Falta desde que comenzó el jaleo —aclaró Camilo—. Llamó su madre diciendo que no se atrevía a dejarle venir porque, como viven lejos...

—Bueno, da lo mismo. Enteraos vosotros que el negocio pasa a depender de un comité de control, que formamos todos y del que soy responsable. Tú, Camilo, que tienes buena letra, pinta un cartel y pégalo en el escaparate, anunciando la incautación. Se unifican todos los sueldos —dudó un momento—. Menos el del aprendiz, claro. El tuyo, Rosita, también: los comunistas defendemos la igualdad de derechos en los sexos. La dirección comercial la llevaremos colectivamente; de las cuentas seguiré ocupándome yo, aunque estarán siempre a vuestra disposición. ¿Conformes?

Naturalmente, nadie se opuso. Entonces fue cuando, dirigiéndose a mi padre, le comunicó:

—Tú trabajarás como todos, con el mismo sueldo. Pero se acabaron las prerrogativas capitalistas; o sea que agárrate la escoba y comienza a limpiar esto, que hay mucha porquería almacenada. ¡Ah! Sin olvidarte del retrete, por supuesto.

Papá tardó en reaccionar.

—A quienes no queremos ver más por aquí es a la beata de tu mujer, ni al fascista de tu hijo Néstor. Y, naturalmente, tapiaremos la escalera que sube a vuestro piso, porque ahora la tienda ya es de todos.

Encendió un cigarro.

—¡Venga! A trabajar todo el mundo, que la revolución social necesita de nuestro esfuerzo colectivo.

Por la tarde, casi a punto de cerrar, Lorente se presentó en el comercio. Iba vestido como siempre: traje gris, arrugado, viejo, bastante sucio; la camisa blanca, también con manchas, abierta en los primeros botones, y la gorra de visera ligeramente terciada. Tenía cumplidos los sesenta años, pero mantenía aparentemente su vigor juvenil, en un cuerpo chaparro y mal hecho. Todos los de izquierdas le respetaban y aun muchos le admiraban; y bien que se lo merecía, porque su historial de luchador en favor de las reivindicaciones obreras era brillantísimo.

Lorente pertenecía desde siempre al Partido Republicano Autonomista, donde se integraban muchos fieles seguidores de Blasco Ibáñez. Le había conocido personalmente, treinta años atrás, e incluso llegó a ser uno de sus hombres de confianza, desempeñando por su encargo difíciles misiones políticas durante la monarquía. Varias veces estuvo en la cárcel y en 1920 tuvo que huir de Valencia, ya que su vida corría peligro. La fuga fue azarosa: a través de los naranjales de la Plana, hasta embarcar disfrazado de marinero en un pesquero muy chico que le aguardaba en Burriana y que milagrosamente llegó hasta Marsella, después de una difícil travesía.

Tuvo también decisiva intervención en las elecciones de abril del 31, y personalmente izó la bandera republicana en el gobierno civil; incluso desempeñó un cargo, de modo provisional, durante los primeros meses del nuevo régimen. Pero pronto fue distanciándose de la actividad pública, quizá poco acorde con los rumbos que tomaba el país. Y a partir de las elecciones de febrero, no ocultaba su disgusto por la actitud revolucionaria y por las claras tendencias marxistas del gobierno del Frente Popular. Hasta los más exaltados escuchaban en silencio sus críticas, durante la larga tertulia —de cuatro a seis de la tarde, en el café Royalty— donde se reunía con otros viejos activistas y a la que solían asistir también algunos muchachos de las más recientes hornadas socialistas.

Lorente se detuvo un momento ante el escaparate, donde ya lucía el cartel, escrito en letras mayúsculas: «ESTE ESTABLECIMIENTO HA SIDO INCAUTADO POR SUS TRABAJADORES.» Y debajo: «EL COMITÉ DE CONTROL.» Firmaba Urrutia, como responsable. Se levantó ligeramente la gorra, para rascarse por debajo de ella el poco pelo que le quedaba, en un gesto muy suyo, que repetía con frecuencia, y entró. Camilo le saludó desde detrás del mostrador.

—¡Hola, compañero!

Él le miró con indiferencia.

—¿Y Urrutia?

—Arriba, en el despacho.

—Dile que baje.

Se fue el dependiente. Lorente sacó una petaca de rugosa piel marrón, echó la picadura sobre el papel de fumar y lió un cigarro grueso, que alisó cuidadosamente con el dedo índice. Pasó la lengua para soldarlo y le prendió fuego con un mechero de yesca. Fue hacia la caja. Rosita le dedicó una sonrisa amplia.

—Ya ve, señor Lorente. Poco trabajo.

—Menos vais a tener todavía.

Cuando Urrutia andaba por mitad de la escalera, le gritó:

—¿Es que te has vuelto loco o qué?

El responsable dudó durante unos instantes, antes de responder:

—¿Qué quieres decir?

—Me refiero a lo de la incautación. Supongo que no irá en serio.

—Claro que sí.

—¿O sea que no la habéis hecho de acuerdo con don Julio?

—¡A qué santo!

—A santo de que sabéis de sobra quién es ese hombre y de dónde viene y cómo ha ido subiendo paso a paso, a costa de echar los bofes y matarse a trabajar. Como un burro lo ha hecho toda su vida.

—Son órdenes del sindicato.

—Son puñetas.

—Mira, Lorente, los momentos son muy graves... Y no

se pueden tener contemplaciones con los que no están a nuestro lado. La revolución del proletariado...

Le cortó en seco:

—Explícamela, anda; que yo no sé de qué va. Tú, por lo visto, sí; por eso te veo siempre vestido como un señorito y repitiendo todas las majaderías que dicen vuestros periódicos. ¡La revolución del proletariado! Si tanto te preocupa, ¿qué haces aquí, en vez de haberte marchado ya a tomar Teruel?

—Soy inútil para el servicio: tengo los pies planos...

Lorente volvió a rascarse la cabeza por debajo de la gorra.

—¿Dónde está don Julio?

Hubo un silencio largo, roto por la voz chillona de Rosita:

—Barriendo el sótano.

En cuatro zancadas se acercó al comienzo de la escalera; descendió algunos peldaños y desde allí llamó a Julio. A poco apareció éste, con la escoba en la mano. Llevaba puesto un delantal gris, que le llegaba hasta la mitad de la pierna.

—¡Hola, Antonio!...

Sin decir palabra, le quitó la escoba, que echó al suelo con fuerza. Después le desató el delantal y lo dejó sobre el mostrador. Agarróle del brazo y, casi a empujones, le llevó hacia la puerta.

Ya en el umbral, se volvió hacia los demás:

—Hablaremos sobre esto más adelante.

Apenas salió, Urrutia recriminó a Rosita:

—¡Podías haberte metido la lengua en el culo!

—Yo es que...

—Aquí no ha ocurrido nada, ¿estamos? El viejo Lorente está pasado de moda; no quiere enterarse de que los tiempos han cambiado, y si en los suyos tenían que conspirar contra el poder, ahora somos nosotros quienes mandamos. De modo que por muy amiguito suyo que sea, el ex patrono barrerá los pisos. Y que dé gracias, que es lo menos que le puede pasar.

Mi madre era de las pocas personas ante las que Lorente se sentía en la obligación de destocarse. Dejó, pues, la gorra sobre una silla y se sentó en el sofá granate. Todos quedamos de pie a su alrededor, pendientes de lo que nos dijera. Tardó en hablar; lo primero que le oímos fue un taco valenciano, por el que se excusó en seguida:

—Perdona, Amparo, pero ese Urrutia me saca de quicio. Siempre os dije que era mala persona. Ahora está muy metido en la ejecutiva del PC y le apoya un paisano suyo, un tal Antón, que pinta mucho en Madrid.

Respiró hondo.

—Creo que no lo he hecho bien. Andan borrachos de mando y es inútil intentar razonar con ellos. Pero, en fin, qué remedio. Lamentaría traerte alguna complicación más, porque las vas a tener, Julio. Lo mismo que tú, Néstor...

Mamá se sentó junto a Lorente.

—¡No nos asustes, Antonio!...

—Era lo que venía a deciros. A tu marido ya se lo avisé por teléfono: le han denunciado por fascista. Debe de haber sido el portero...

—¿Lisardo?

—Sí. Es un tipo de cuidado, lleno de resentimientos y de odios, como tantos otros. Aunque todavía resulta peor su mujer. ¿Os pasó algo con ella?

Mis padres se miraron.

—Por lo que me he podido enterar, a ti, Amparo, te tiene una manía especial.

—Pues lo único que recuerdo es haberle comentado alguna vez, con buenas palabras, por supuesto, que me sabía mal que no fuese más devota. Y con sus dos niñas siempre hemos tenido muchas atenciones, hasta el punto que conseguí para ellas unos trajecitos muy monos, con los que hicieron la Primera Comunión en la catequesis parroquial.

—Eso no te lo perdonará nunca...

Néstor le ofreció un Lucky.

—No, gracias; es demasiado fuerte para mí. Lo tuyo está más complicado todavía. Te tienen fichado como falangista; no estaría de más que te escondieses en alguna parte. O que te marcharas fuera de aquí.

—No me importa lo que digan; ni tampoco me asustan.

—Bueno, déjate de heroicidades y piensa en tus padres.

Sacó un sobre del bolsillo.

—Esto es para ti, Julio. Un carné del Partido Autonomista, con fecha antigua. De algo te servirá. Va también un aval, firmado por Martínez Requena, que es diputado a

Cortes por Unión Republicana y está haciendo muchos favores.

—Gracias, Antonio. ¿Cómo podré pagarte todo esto?

—No digas tonterías. Son treinta años de amistad; y ya era hora de que pudiese devolverte algo de lo que te debo.

Sí; se conocían desde que mi padre tenía dieciocho años y había comenzado a vender baratijas, en un quiosco, en plena calle. «La paraeta», como él decía siempre. Lorente era ya entonces un hombre hecho y derecho; curiosamente, su amistad vino a través de una novia, que en cierto modo compartieron hasta que acabó dejándoles plantados a los dos, para marcharse con un arrocero de Sueca, que le puso un piso. Cuando, en 1910, papá abrió su primera tienda, un local pequeño y lleno de goteras, en el barrio de Ruzafa, se asoció con Lorente. Andaba éste en pleno frenesí político y poco podía ayudar, de mitin en mitin y de detención en detención. El negocio comenzó a marchar bien, impulsado por el esfuerzo tremendo de papá, que trabajaba quince horas diarias, y, a pesar de todo, siempre le respetó su parte a su socio. Cuando a éste le metieron varios meses en la cárcel, por organizar una huelga revolucionaria como protesta por la movilización de reservistas y su embarque para la guerra de África, atendió a su madre, que estaba muy enferma, y fue él quien le cerró los ojos, procurando, en lo posible, amenguarle el dolor de morir sin su hijo al lado.

Más adelante, Lorente decidió apartarse de la sociedad y, no obstante su protestas, mi padre le entregó cinco mil duros en concepto de beneficios. Mantuvieron siempre una amistad fraternal y nosotros le llamábamos tío, porque nos había visto nacer a los tres, como aquel que dice, y venía muchos domingos a comer a casa y nos contaba historias de sus andanzas clandestinas que nos entusiasmaban. También, en el fondo, le admirábamos porque era soltero y le suponíamos una vida sentimental llena de picardías, aunque él lo negaba con cierta sonrisa complacida. Pero sobre todo, porque a pesar de su humilde origen y de sus modales toscos, era persona de gran nobleza de sentimientos y absoluta honradez, e incluso se había hecho una cultura, a través de los libros, que le permitía hablar con pleno conocimiento de muchas cosas.

—¿Y tú crees que esto durará mucho?...

Se rascó la cabeza.

—¡Qué queréis que os diga! La sublevación ha fracasado como tal; pero los rebeldes están consolidados en Andalucía y en Galicia y en Castilla y, sobre todo, tienen la Legión y los moros. Y el gobierno no sabe qué hacer; ha perdido el control de la situación, desbordado por los acontecimientos.

Subía desde la calle un estruendo de voces, gritos, cánticos de la muchedumbre que llenaba las aceras y las calzadas, como si quisiera dejar testimonio ruidoso de su poder absoluto.

Era un calor húmedo, tremendo, asfixiante. Sobre los campanarios ennegrecidos por el humo de los incendios y los palomares de los terrados y las torretas y las cúpulas de las casas más altas se extendía una neblina blancuzca y densa. El puente del Real estaba desierto a aquella hora, las tres de la tarde, y las piedras sillares y las defensas de mampostería y las dos hornacinas donde estuvieron las imágenes de los santos patronos, ahora destruidas, brillaban como devolviendo los rayos del sol que les abrasaba.

Don Ramón Lobraqués se había quitado la chaqueta y, con ella al brazo, caminaba sin rumbo, absorto en sus pensamientos, perlada la frente por el sudor. Dudó al llegar al comienzo del puente y, finalmente, se decidió a cruzarlo, muy poco a poco, agobiado por el bochorno. De vez en cuando se secaba el rostro con un pañuelo grande, tosco, menestral. Llegó hasta la Alameda; tras los viejos eucaliptos asomaba la fachada del colegio Nebrija. Se sentó en un banco, protegido por la sombra gratificante de los árboles, y miró obsesivamente el edificio, tan familiar para él. La verja estaba entreabierta; el jardín, solitario. Vaciló tan sólo unos minutos; en seguida se levantó, se puso la chaqueta y avanzó con pasos firmes hacia su casa. Cuando atravesó la verja, alzó la vista hacia los balcones del primer piso; el de su despacho estaba cerrado.

En vez de dirigirse hacia la puerta principal, fue por el patio de la izquierda hasta la capilla y entró en ella. La impresión fue angustiosa; el pequeño altar aparecía completamente destrozado y quedaban por el suelo, en desordenado amasijo, pedazos de la imagen de la Purísima, frisos dorados de madera, candelabros partidos y los cuadros del

Vía Crucis troceados a golpes de hacha. Sobre una de las paredes, en torpe caligrafía, alguien había escrito con brochazos rojos: «¡Muera Dios!» Los bancos estaban revueltos; las vidrieras, rotas. Y frente al sagrario, abierto, vacío, habían dejado una rata muerta.

Don Ramón se hincó de rodillas y, con las manos juntas, rezó durante mucho rato. Rezó pidiendo perdón a Dios por tanta ofensa y rogándole, también, que le diera valor para afrontar su suerte con la dignidad que su condición de religioso le exigía. Después hizo la señal de la cruz y abandonó los escombros de la capilla, camino de la entrada del colegio. Pulsó el timbre con fuerza; un individuo con mono azul y cartucheras abrió la puerta.

—¿Qué quieres?

—Soy el director del colegio.

El miliciano le miró con asombro.

—¿Qué dices?

—Eso: que soy el director del colegio.

—¡Tú estás chalado! Esto era un colegio de curas.

—Y yo soy hermano marista. El hermano director.

Estuvo allí hasta primeras horas de la noche. Después le trasladaron al cercano cuartel de ingenieros y le metieron en una habitación a oscuras, llena de gente. Debían de ser quince, quizá veinte personas, cuyo silencio sólo se rompía con las respiraciones aceleradas de algunos. Cuando sus ojos se hicieron a la penumbra, advirtió que varias estaban sentadas en el suelo y que tenía al lado a un hombre calvo, maduro, en mangas de camisa.

Al rato una voz que surgió del fondo del cuarto comenzó a rezar el padrenuestro, que todos contestaron en un susurro, y siguieron después las avemarías, hasta completar un rosario. Volvió después el silencio, a veces interrumpido por algún suspiro, por alguna invocación a Dios o a la Virgen. Estaba amaneciendo cuando se abrió la puerta y una pareja de milicianos, apuntándoles con sus mosquetones, quedó junto a ella. En seguida se oyó una voz cascada:

—¡Venga! ¡Todos afuera!...

Salieron amontonados, tropezando los unos con los otros, bastantes agarrándose del brazo, para infundirse valor recíprocamente. Les formaron en fila de a tres y por vez primera, a la luz acuosa, temblona, de la amanecida, pudieron verse las caras. Varios debieron entonces reconocerse, porque intercambiaron tímidos gestos de saludo. Fueron subiendo a una camioneta de transporte industrial destartalada, que aguardaba en el patio del cuartel, y que arrancó, tras varios intentos fallidos, a fuerza de manivela. Pronto estuvieron en el puente de Aragón; al terminarlo, el vehículo dobló hacia la izquierda y, bordeando el cauce del río, seco, maloliente, lleno de yerbajos, enfiló la carretera del Saler.

Les hicieron descender muy cerca ya de la playa, junto a los pinares que llegaban hasta la misma arena, todavía fría, pues el sol era balbuceante y tímido, sol de siete de la mañana. Los quince —eran finalmente quince— formaron en fila, dando sus espaldas al mar. Don Ramón Lobraqués quedó en el centro mismo del grupo, junto a un muchacho muy joven, casi un niño, que súbitamete rompió a llorar. El marista le pasó el brazo por el hombro, atrayéndole hacia sí.

—¡Ánimo, hijo! Dios nos está esperando.

Se anticipaba, en el cielo limpio, muy azul, muy claro, un día hermoso. Las olas llegaban dulcemente hasta la orilla, y se retiraban después de mojar las finas arenas. Al fondo, donde el Mediterráneo parecía terminar, en la misma línea del horizonte, un buque dibujaba su perfil oscuro; talmente se diría que estaba inmóvil. La sensación de paz era absoluta; como la calma, como la serenidad del paisaje, el verde de los pinos contrastando con los promontorios blancos de las dunas.

Cinco milicianos montaron sus armas. El que les mandaba, un hombretón moreno, de pelo ensortijado y labios gruesos, dio la orden de apuntar. La fila se estremeció; don Ramón seguía abrazado a su compañero, que tiritaba angustiosamente, y se oyó un «¡Viva!», interrumpido por la descarga cerrada. Cayeron en confuso montón los quince desdichados y algunos, solamente malheridos, todavía intentaron incorporarse, en un gesto desesperado, aferrándose tercamente a la vida. El tiro de gracia les inmovilizó para siempre.

—Bueno, asunto concluido —dijo el que mandaba—. ¡A desayunar!

Subieron otra vez a la camioneta; cuando estaban haciendo la maniobra para regresar, llegó un Chevrolet negro, que se detuvo a su lado. Dos mujeres iban en el asiento de atrás, entre la pareja de vigilancia.

—¡Salud, compañeros! —saludó el conductor.

—¡Salud! Hoy nos hemos adelantado, ¿eh?

—Es que estas tías se pusieron muy pesadas. Son unas jefazas falangistas, ¿sabes? Dos hermanas de muchas campanillas.

—Pues a ver cómo suenan... —rió el otro. Y levantó el puño al despedirse.

Las aguas que lamían la orilla habían cambiado de color: llegaban nítidamente azules y, al replegarse, un rojo fuerte, rojo de sangre, las oscurecía.

III

Con el otoño del 37 ya avanzado, se recrudecieron los ataques aéreos sobre la ciudad. Casi siempre afectaban tan sólo al barrio del puerto; pero alguna que otra vez caían bombas sueltas por el centro y nos llevábamos un buen susto. Además, habíamos sufrido también los cañonazos de un barco de guerra de los nacionales, dijeron que el *Almirante Cervera.* Aunque lo peor fue cuando un avión acertó con los depósitos de la CAMPSA, que se incendiaron y estuvieron ardiendo bastantes días. Corrió el rumor por la academia (Pepe Miranda nos lo contó en seguida a los de la panda) de que el aviador con tan buena puntería era nada menos que el hermano de Franco.

Una mañana, don Manuel nos explicó que teníamos que proteger los cristales de las ventanas con tiras de papel engomado, como ya habían hecho en muchas casas y en la mayoría de los comercios. También advirtió que premiaría a quien lo hiciese con mejor sentido artístico; pues no sólo se trataba de colocarlas cruzadas, formando simples cuadrículas, sino que podían trazarse dibujos decorativos. Los de nuestro grupo dejamos muy bonita la ventana que nos correspondió, con una especie de pirámides en zigzag, pero ganó Isabelita Retamar, la imponente, quien —según aclaró después— había aprovechado sus experiencias del punto de cruz. De modo que la cristalera parecía una servilleta, aunque tuvimos que reconocer que muy llamativa.

El premio consistió en un frasco de colonia y se lo entregó el director, rodeado por todo el claustro. Isabelita estaba guapísima; fue dando la mano a los profesores y dedicó una especial sonrisa a don Anselmo, el teniente, lo que hizo susurrar a Luis Querol:

—Están liados; seguro.

En justa compensación a lo mucho que habíamos trabajado, don Manuel anunció que tendríamos fiesta la mañana siguiente. Francisco tuvo entonces la idea de que no lo contásemos en casa y aprovecháramos para ir al puerto, a comprobar los efectos de los bombardeos, pues decían que el barrio estaba medio destruido.

A todos nos tentó el proyecto, pese al posible riesgo; pero eso hacía aún mayor el aliciente de la aventura.

Tomamos el tranvía 2 en la Glorieta. Iba a tope; casi todo, hombres, y de ellos, muchos con uniforme de carabineros. Hablaban de los destrozos causados por la aviación franquista, y un cabo, menudo y gritón, acusó de traidores a los artilleros de la DCA.

—¡Que son unos fascistas emboscados! ¡Que los muy cabrones nunca tiran a dar! A ver, ¿cuántos aviones han derribado hasta ahora? ¡Ni uno, coño! ¡Es que ni de casualidad les atinan! ¿Sabéis por qué? ¡Pues porque disparan aposta por debajo, con la altitud mal calculada!

—¿Y qué me decís de nuestros cazas? A mí también me huele a chamusquina —terció un paisano—, que cuando llegan ya se han marchado los facciosos.

—Eso no es culpa suya, sino de lo rápidos que son los otros. Pero la cosa va a cambiar pronto: los rusos han mandado unos modelos muy modernísimos, que sé de buena tinta que estarán en servicio antes de quince días —confió el cabo—. Les llaman moscas.

—Pues a ver si es verdad, que falta hacen.

Después del paso a nivel, cerca ya del puerto, nos bajamos. Anduvimos cosa de cien metros, entre viejas casas destruidas y escombros amontonados, sobre los que ratas enormes paseaban tranquilamente. Los edificios más modernos estaban, en cambio, poco afectados y bastantes tiendas funcionaban con normalidad, aunque protegían sus fachadas con sacos terreros, y las ventanas, con colchones. La animación era escasa y apenas se veía otro personal que los soldados. En una esquina, sin embargo, frente a un bar mordido por la metralla, que aún estaba abierto, paseaba un grupo de mujeres desgreñadas. Francisco se asombró al verlas.

—¡Ahí va! ¡Pero si son putas!...

Y vaya si lo eran; que en aquel preciso momento una de ellas se agarró del brazo de un carabinero con el que había estado charlando y entraron los dos en un portal oscuro, sobre el que un letrero medio caído anunciaba la pensión Ruiz, habitaciones a precios módicos.

—Dan bastante asco, ¿verdad? —comentó Luis Querol.

—No querrás ver aquí a Joan Crawford haciendo la carrera.

Sin proponérnoslo, como por inercia, nos habíamos acercado al bar, y pasamos tan cerca de las busconas, que una de ellas nos chistó. Pero no le hicimos ningún caso, pues en aquel momento sucedió algo sorprendente: del portal de la pensión salió don Vicente, el profesor de Geografía e Historia, acompañado por una mujer que, comparada con las otras, parecía una marquesa, de la que se despidió allí mismo con gran afecto. Marchó él hacia la parada del tranvía, dándonos la espalda, y la chica entró en el bar. Nos miramos estupefactos, mientras don Vicente, con su traje holgado, sus botines y sus gafas de miope, aguardaba la llegada del 2.

—¿Creéis que nos ha visto? —preguntó Pepe Miranda.

—¡Pero si es cegato perdido! Además, aunque nos haya visto, ¿qué?

—En eso tienes razón. Quien más pierde es él.

—¡Para que te fíes de los serios!... Porque a ése, en la clase, no le conocemos la sonrisa —dijo Francisco. Y añadió tras una pausa—: Seguro que es un aberrante.

—¿Un qué?

—Un tío raro, un vicioso. Bueno, ¿nos acercamos a los muelles?

Estaba prohibido cruzar la verja sin un salvoconducto especial y tuvimos que contentarnos con ver de lejos un barco ruso, del que estaban descargando sacos y cajas de madera, y las proas de dos buques hundidos, inclinadas hacia babor, según precisó Pepe Miranda, que era lector asiduo de Salgari y sabía mucho de cosas marineras. Coincidimos también con la llegada al muelle de un destructor, desde cuya cubierta la marinería saludaba, con las gorras en alto, a los carabineros de servicio.

Todavía paseamos un buen rato por otras calles, éstas solitarias, y yo estuve a punto de pisar una granada (al menos, eso dijo Francisco, después de corregir a Luis, que le llamó obús, lo cual estaba mal, porque los obuses son los cañones y no los proyectiles) y acabamos sentándonos silenciosos sobre unas piedras, en la plazuela llena de escombros, donde las casas deshabitadas enseñaban, a través de las ventanas sin cristales, todos los secretos de sus pisos; en muchos, todavía quedaban muebles y hasta cuadros en las paredes. En las viviendas afectadas por las bombas, al aire las paredes empapeladas con chillones colores, se desnudaba la intimidad de unos hogares perdidos.

Estábamos en el centro de aquel paraje desolado, ensimismados frente a los gatos escuálidos que iban y venían, cuando comenzaron a sonar frenéticamente las sirenas. Sin darnos cuenta habíamos caminado mucho, demasiado y quedábamos lejos del refugio y aun de los edificios con cierta garantía de seguridad. Echamos a correr como locos, escuchado ya el sordo ruido de los trimotores y, casi en seguida, la explosión cercana de una bomba. Cruzar la avenida, llena ahora de humo, resultaba arriesgado. Así que nos echamos al suelo, junto a una casa, protegiéndonos la cabeza con las manos.

El bombardeo duró unos cinco minutos; fueron cinco minutos angustiosos, terribles, durante los cuales las explosiones retumbaban cerca y a nuestro lado saltaban piedras, y el polvo y el humo se nos metían en la garganta, haciéndonos toser. Pegados al suelo, arañándolo con furia, los corazones latían aceleradamente y una sensación de impotencia y miedo nos dominaba. Cuando cesaron los estallidos, levantamos con cuidado la cabeza y dijo Luis, absurdamente en voz baja, como si temiera que alguien pudiese oírle:

—Yo creo que ya se han ido...

Se incorporó Francisco, frotándose los ojos, afectados por la polvareda, y casi al momento sonaron de nuevo las sirenas, anunciando ahora el final de la alarma. Nos miramos sin hablar; teníamos los rostros sucios; los pelos revueltos; las mejillas, muy pálidas. Fuimos levantándonos despacio; sólo Pepe Miranda quedó en cuclillas. Le había dado un llanto nervioso y respiraba entrecortadamente; después le entró una especie de risa histérica. Finalmente, pareció tranquilizarse.

—Vámonos de prisa —ordenó Francisco. Y a Pepe—: Venga, tú, levántate ya.

Nos miró con ojos desolados.

—Es que me he cagado —dijo.

A la fuerza tuvimos que reírnos. Buscó él unos papeles, entre los escombros, se bajó los pantalones y procuró arreglar el estropicio.

—No seas guarro y quítate los canzoncillos —aconsejó Luis.

—¿Y qué digo después en casa?

—Pues que tienes colitis y te ha dado el apretón en plena calle.

En la avenida, carabineros y soldados desescombraban una casa que se había hundido; precisamente la de la pensión Ruiz. Vimos de lejos cómo separaban los cascotes y tiraban con fuerza de un cuerpo humano, una mujer, advertimos en seguida. La dejaron en el suelo; un soldado con brazalete de la Cruz Roja se agachó junto a ella y movió después la cabeza, con un gesto harto explícito. Atraído por una morbosa curiosidad, me acerqué; Francisco también lo hizo. La mujer tenía los ojos muy abiertos, llenos de terror. Una de sus manos agarraba todavía el bolso, cubierto de polvo. Y una sangre negruzca y sucia empapaba el traje de percal.

—Es una de aquellas putas... —susurró Francisco.

Yo estaba mudo, impresionado, lleno de pánico. Era el primer cadáver que veía en mi vida.

Los días siguientes los pasamos obsesionados con el recuerdo de la aventura. Con muy mala baba, Francisco preguntó en clase de Geografía a don Vicente cuáles eran los puertos más importantes del Mediterráneo y si el de Valencia figuraba entre ellos; como le contestase afirmativamente, le comentó si no exageraba por el mucho cariño que le tenía, lo cual entendimos los de la panda; pero el profesor pareció quedar ajeno a la segunda intención.

Naturalmente, las guasas con Pepe eran constantes y dimos en llamarle siempre *el Cagarrita*, con gran enfado por su parte. Hasta tal punto que un mediodía, al salir de la academia, nos dijo que tenía que hablarnos muy en serio y fuimos los cuatro hacia el solar que había al final de la calle, que siempre estaba solitario y donde muchas veces nos juntábamos a esas horas, porque daba el sol y se estaba muy a gusto.

Pepe nos miró con dureza.

—Antes que nada: ¿vosotros creéis en Dios? —preguntó.

Luis y yo contestamos que sí; Francisco remoloneó un poco, aunque al final dijera que también, pero con determinadas limitaciones; lo que, desde luego, no le gustaba, eran los curas.

—Pues entonces vais a jurar ahora mismo por Dios que lo que voy a contaros no se lo diréis a nadie. Uno por uno, con la mano extendida.

Así lo hicimos, bastante perplejos.

—Ya estoy harto de que me llaméis *Cagarrita* continuamente. Sí; pasé mucho miedo en el puerto. ¿O es que vosotros no lo teníais? A cualquiera se os podía haber movido también el vientre; lo que pasa es que me dio a mí. Pero tengo tantos huevos como el que más. Y tampoco soy marica, como Francisco va diciendo por ahí... Que lo sé hace tiempo.

—¡Hombre, Pepe, yo!...

—Tú no serías capaz de hacer lo que yo hice y que os lo contaré, porque habéis jurado por Dios callaros. Dadme, además, vuestra palabra de honor.

—Palabra de honor —dijimos los tres. Y nos sentamos en corro.

—Mi madre tiene un hermano fraile. Estaba en Porta-Coeli, y al empezar la guerra se vino a esconder a casa. Cuando pasó el follón de los primeros días, les confesó a mis padres que, al huir del convento, llevó con él las sagradas formas de la capilla. O sea, las hostias consagradas. Las guardaba dentro de un calcetín, en el armario de su cuarto, y sufría mucho pensando que aquello era una irreverencia. Además, otro fraile, compañero suyo, que también había huido y estaba en Burjasot, donde entraba y salía con cierta tranquilidad, porque le protegía un pariente con mucho poder en la CNT, le había pedido que se las entregase. Por lo visto decía misas clandestinas e impartía los sacramentos. El problema era llevarlas hasta el pueblo; había allí un cuartel de milicias y muchos controles en la carretera. Naturalmente, resultaba peligroso encargárselo a nadie que pudiera levantar sospechas.

Hizo una pausa; nos miró fijamente a los tres, que seguíamos su historia con patente expectación.

—Entonces yo me ofrecí para hacerlo. De un crío de

trece años, nadie va a sospechar, les dije. Además, en Burjasot vive un amigo del colegio y es verdad que, antes de la guerra, iba algunos jueves a merendar a su casa. A mi tío le pareció buena idea; claro que mi madre puso muchas pegas. Pero al final se resignó, después de que el fraile le habló de un tal san Tarsicio, y mi padre le quitó drama al asunto. Pensamos entonces cuál sería la mejor forma de esconder las hostias y también fue mía la idea de meterlas en el bombín de la bicicleta, ya que, como hacía siempre, pensaba ir al pueblo en ella.

Nos contempló con aire triunfal.

—Salí de casa al otro día, después de comer, y me hice los siete kilómetros largos que hay en cosa de un cuarto de hora, pues la burra, que es una Orbea, arrea que da gusto. Dos veces me pararon los milicianos, pero se tragaron el cuento, y sólo lo pasé mal cuando uno de ellos, con una pinta tremenda de bruto, comenzó a toquetear la bici y me pidió que le dejara subir. Le dije que bueno y se dio una vuelta y acabamos muy amigos. Así que llegué por fin a la casa donde vivía el fraile, un chalé requisado por su pariente, y le entregué el bombín y él se arrodilló y, con mucha reverencia, sacó las hostias y las guardó en un vaso de metal. Después me dio unas chocolatinas, me habló también de san Tarsicio y aseguró que me había ganado el cielo. La vuelta, por supuesto, ya no tuvo complicaciones.

Se puso en pie. También nosotros, absolutamente impresionados. Hasta el punto que Francisco agarró a Pepe Miranda por los hombros y le dijo:

—¡Joder, qué machada!...

—Entonces, lo de *Cagarrita* se ha acabado para siempre...

—¡Tu dirás!...

—Y lo de mariquita también.

—Por supuesto.

Para celebrarlo fuimos a la pastelería Martí y nos bebimos unos vasos de agua de seltz que nos picaron en la garganta y que pagó Francisco.

La calle de Pi y Margall estaba llena de bullicio siempre; pero sobre todo a últimas horas de la tarde, cuando salíamos de la academia. Nadie hubiera dicho que nuestra ciudad era la capital (bien que provisional) de un país en guerra civil. Solamente los uniformes, tan abundantes que parecía llevarlos todo el mundo, daban la sensación de anormalidad. La gente iba y venía, riendo y gritando, y se agolpaba frente a los locales de espectáculos que, eso sí, tenían apagados sus letreros luminosos, como elemental precaución ante los bombardeos aéreos.

En el teatro Eslava representaban una función cómica, *¡Qué más da!*, se titulaba, y en el Ruzafa, una revista, según decían, muy picante, *Las tocas*. Con lo cual, el humor popular, al que no parecían afectar las circunstancias, dio en llamar a la calle *la de las tocas y ¡qué más da!* No dejaba de ser cierto; pues los soldados se daban respetables lotes con sus femeninas acompañantes, si bien no llegaban al abuso de los primeros meses, cuando milicianos y compañeras habían convertido las vías públicas en escenarios de sus arrebatos pasionales.

Tras los cristales cruzados por tiras engomadas de los escaparates de las tiendas se veían pocos artículos; tampoco los bares ofrecían ya las apetitosas tapas de antes, pero corrían a caño abierto el vino y la cerveza. Los de *la Guapa* pedían de continuo la documentación a todo varón con aspecto de estar en edad militar que no vistiera de uniforme, y unas huertanas vendían mazorcas asadas y calabazas al horno, dos auténticas golosinas a la sazón, en improvisados tenderetes. Sobre la fachada de una pensión de mala nota que había al final de la calle habían colocado un letrero, muy repetido, por lo visto, en los prostíbulos: «Camarada, respeta a las prostitutas. Piensa que pueden ser tu mujer o tu hermana. El Sindicato.»

Íbamos Pepe y yo una tarde caminando despacio entre aquella animación vocinglera y variopinta, camino de casa, cuando llegó corriendo Luis Querol, al que habíamos dejado en la academia. Jadeante, muy excitado, nos comunicó entre resoplidos:

—¡Notición! Ha aumentado el claustro. Pero ha aumentado con una mujer. Una profesora, dicen que de ciencias naturales.

—¡Ahí va! —fue lo único que se nos ocurrió contestar.

Hubo cierta expectación a la mañana siguiente, cuando don Manuel la presentó. Solamente daría clase a los mayores, ya que nosotros no teníamos que estudiar todavía aquellas cosas de la zoología y la botánica. Tampoco perdíamos demasiado; doña Elena, que así se llamaba, era cuarentona, con gafas, carecía del menor atractivo. Vestía mal, llevaba unas medias tupidas, que cubrían sus pantorrillas gruesas, y sólo tenía agradable la voz, muy dulce, muy cariñosa. De modo que Francisco opinó en seguida que era una birria.

En cambio, estaban cada día más estupendas las chicas de la peluquería de la casa de enfrente, a las que veíamos todas las mañanas quitarse el traje y quedarse en combinación, hasta que se colocaban las batas blancas. Como esto ocurría poco antes de las nueve, cuando todavía no habían comenzado las clases e incluso faltaban por llegar la mayoría de los profesores, montábamos un discreto observatorio desde la ventana entornada y nos turnábamos en la contemplación del espectáculo, un minuto cada uno. El más afortunado era aquel que coincidía con el momento en que alguna de las peluqueras se subía la combinación para estirarse las medias. Entonces había que quitarle a empujones del observatorio, porque pretendía pasarse del tiempo.

Si era Francisco quien disfrutaba del fascinante número, ya se sabía: en vez de venirse con nosotros, al terminar la clase, se marchaba con Amparo Chuliá, la pecosa. Que los demás decíamos que no valía nada; pero lo decíamos llenos de envidia.

IV

Les enloquecía el boato, la farfolla y el oropel, los signos externos de prepotencia, la fastuosidad y los aderezos rimbombantes. Mientras los combatientes de filas andaban mal vestidos y peor calzados, aquellos improvisados jefes de milicias lucían polainas embetunadas, cazadoras de brillante cuero, cruzadas por ostentosos correajes, y llevaban distintivos, muchos distintivos, y se colocaban galones, adjudicándose súbitos e irregulares ascensos. El limpiabotas tuerto de la granja Levante se había nombrado a sí mismo sargento; aquel portero, negro y gigantesco, que vestido de librea abría antes las puertas de los coches en el restaurante del Náutico, aparecía de pronto con las estrellas de teniente. Y *el Tarta*, becerrista entrado en años, asiduo de las capeas pueblerinas, farfullaba órdenes con la autoridad que le concedían las insignias de capitán que se había cosido en una bien cortada guerrera caqui, procedente de cualquier registro domiciliario.

Aquel primer agosto de la guerra, más bien de la revolución, conoció la instalación en el poder militar efectivo de unos personajes absurdos, que se dieron con infinito alborozo al juego castrense. Curiosamente, algunos iban a resultar auténticos talentos del arte militar, intuitivos y eficaces estrategas. Pero la inmensa mayoría buscaban tan sólo disfrutar de viejas ambiciones de poder, largos años reprimidas y ahora gloriosamente satisfechas. Aunque casi siempre limitasen sus actividades a la incautación de bienes ajenos, la caza de facciosos y su posterior paseo. Hasta que, mediado el otoño, el gobierno recuperó en parte su autoridad, perdida durante meses, apenas usaron de sus armas más que para despachar con frialdad y precisión los tiros de gracia.

Como siempre, fue Lorente quien dio el aviso: venían por Néstor. Aprovechando el hueco de la escalera de caracol, tapiada abajo, improvisamos un refugio, cubriéndolo con unas maderas, una alfombra y un armario. Allá se metió mi hermano y, afortunadamente, los milicianos no acertaron con el escondrijo. Y eso que miraron y remiraron, golpeando incluso en las paredes y rebuscando por todos los rincones. Finalmente se dieron por vencidos; pero entonces el que mandaba decidió que mi padre tenía que acompañarles.

Pasamos unas horas angustiosas, durante las que mamá hubo de imponer todo su genio para evitar que Néstor se presentara en el cuartel de la FAI, como pretendió hacer desde que lo supo. Lorente, que vino en seguida, ayudó a convencerle, asegurándonos que conseguiría la libertad de nuestro padre. Efectivamente, cerca de las doce de la noche regresó, muy abatido porque había coincidido, en la iglesia convertida en cárcel, con su amigo Maicas, el de la librería, a quien dejó con la certeza de que iban a fusilarle, acusado de vender Biblias y novelas del jesuita padre Coloma, así como estampas del Sagrado Corazón y de la Virgen.

—Lo que hay que decidir en seguida —dijo Lorente, mientras papá se tomaba una infusión de manzanilla, con agua de azahar— es dónde escondemos a Néstor, porque ha sido un milagro que no le encontrasen.

—¿Y si se marchara fuera de Valencia? Quizá a Castellón, a casa de mi hermano Luis.

—Le detendrían en el camino. Hace falta un salvoconducto para viajar y los trenes están muy vigilados.

—¿Y en el porche?

—Te olvidas del portero.

La idea fue de Pepita.

—Don Darío, el vecino de arriba, ha puesto en la puerta de su piso una bandera de no sé qué país americano. Creo que de Guatemala. Por lo visto es el cónsul.

—Efectivamente —confirmó mi padre—. Hace ya dos o tres años que le dieron ese cargo, que no sirve absolutamente para nada. Pero como es tan presumido, a él le encanta.

—Pues los cónsules —comentó Lorente— se han inventado ahora que gozan de extraterritorialidad y, de momento, se la están respetando. O sea que si tienes amistad con él...

—¡Hombre! Le conozco desde que hace siete años vinimos a vivir aquí y siempre nos hemos llevado bien. Es un fanfarrón, un vanidoso, que vive de las rentas de su mujer, que es francesa, sin dar golpe. En una ocasión me pidió un préstamo; no te digo más.

—¿Se lo diste?

—Sí; aunque menos de lo que pretendía. Después me costó Dios y ayuda recuperar el dinero.

—Pues, favor por favor, pídele ahora que esconda al chico en el consulado.

Tenía una cara ancha, abotargada, con las mejillas picadas por cicatrices de viruela. El cuello corto, la tripa abombada. Y una mirada huidiza, que escondía dirigiéndola a la pipa, constantemente apretada por su mano izquierda.

—Julio, ¡qué alegría verte! ¿Qué tal estáis? Bueno, no sé por qué te lo pregunto. ¿Cómo vais a estar? Fastidiados, como todas las personas decentes. ¿Qué te parece la situación? Pero pasa, pasa...

Dejaron el recibimiento en penumbra, oscurecido todavía más por unos horrorosos sillones Renacimiento y un perchero del mismo espantoso estilo y una mesa sobre la que un tapete con flecos servía de apoyatura a una especie de quinqué dorado. En el salón, el gran tapiz colgado de la pared tenía bordado un extraño escudo de armas, a cuyo alrededor, circundándole, podía leerse la divisa solariega que se había inventado el cónsul: «De los Jiménez Garriga, nadie murmure ni diga.»

—Estaremos mejor en el despacho, ¿te parece?

Cruzaron el salón, desde el que se accedía al despacho por una puerta acristalada. Junto a la mesa lucía una gran bandera con tres franjas, roja, blanca y azul, con una estrella dorada de cinco puntas en el centro, entre dos ramas de laurel.

—Bonita bandera la de Guatemala —lisonjeó Julio.

—Querrás decir la de Paraguay, que es de donde soy cónsul —rectificó Darío—. Aquí tienes el nombramiento.

Le mostró un pergamino ostentosamente enmarcado, con sellos lacrados, firmas y hasta una cinta colgando.

—Chico, yo es que me armo un lío con esos países...

—El que yo represento, aunque poco conocido en España, es uno de los pueblos hermanos de Suramérica con mejor porvenir. Casi un millón de habitantes, agricultura próspera, especialmente rica en algodón y azúcar, y un gobierno consolidado y estable. Bueno —matizó—, en lo que por allí cabe. Conmigo están muy satisfechos; mira, en aquel marco de plata, puedes leer una carta del presidente de la República, felicitándome por mi labor como cónsul. Fue a raíz de la importación por parte de España de varias toneladas de mate, que conseguí contratar desde Valencia.

—No sabía; enhorabuena.

—El trabajo de los cónsules es poco espectacular, pero muy importante. Por ejemplo, tenemos que visar los pasaportes de cuantos viajan al país. Y, naturalmente, estamos en constante conexión con la embajada.

—Lo que ignoraba es que gozaseis de extraterritorialidad.

—Bueno, realmente se trata de una interpretación libre de las normas del Derecho Internacional. No existen tratados específicos, pero los usos, ¿comprendes? El gobierno de la República así lo entiende.

—¿Y los milicianos?

—¡Hombre!... Desde luego, les impresiona ver una bandera extranjera protegiendo la puerta del piso. Te habrás dado cuenta, además, de que he cambiado la placa que antes tenía en el portal, que era realmente demasiado pequeña, por una de regular tamaño, donde dice bien clarito: «Consulado del Paraguay.» La verdad es que no me han molestado en absoluto, a pesar de mis ideas y de que un cuñado mío es diputado de Renovación Española.

—Por eso precisamente he subido a verte. Verás, mi hijo Néstor...

Darío escuchó la explicación con gesto imperturbable, mientras daba largas chupadas a la pipa, que expandía por la pequeña habitación un humo azulado, con aroma a sándalo.

—... en definitiva, que te ruego que tengas al chico aquí, en tu casa, donde, como acabas de decirme, estás protegido por tu representación consular y al abrigo de posibles registros.

—Hasta cierto punto, se entiende...

—Ya, ya. Hasta cierto punto.

Se levantó el cónsul.

—Sabes lo mucho que te aprecio, Julio, y cómo me gustaría acceder a tu petición. Aunque comprenderás mi responsabilidad; realmente no debería tomar una decisión de esta naturaleza sin consultar con el gobierno de Asunción.

—Yo te pido que hagas lo imposible.

—A ver qué opina mi mujer. Perdona un momento.

Fueron unos minutos que a Julio se le hicieron siglos. Regresó por fin Darío.

—Désirée te envía sus saludos y te ruega que la excuses. Está sin arreglar; ya sabes cómo son las mujeres. Sobre todo, las francesas.

—Claro, claro.

—¿Nos sentamos?

Comenzó Darío a rellenar con parsimonia su pipa, empujando primero con el dedo gordo el esponjoso tabaco, rojizo, fibroso. Sacó después un aparatito de metal, para apretujarlo todavía más... A Julio le pudieron los nervios.

—¿Qué dice tu mujer?

El cónsul se acarició el mentón con la mano derecha.

—Siempre ha tenido gran simpatía por ese hijo tuyo. Yo también, claro; tiene buena planta y es inteligente. Sabemos que poco antes del 18 de julio anduvo en líos políticos; con los muchachos de Falange, ¿no es así?

—Cosas de jóvenes... Querían arreglar España... Pero Néstor nunca pasó de la teoría, ¿comprendes? Quiero decir que no se metió en riñas ni en actividades por el estilo.

—Sin embargo, le acusan de haber intervenido en el asalto a la radio —cortó a Julio, que iba a replicar—. Al menos, es lo que dice Lisardo, el portero. Y lo que les ha contado a los del comité... Eso no he de aclarártelo, aumenta el riesgo que supondría esconderlo aquí.

—Darío, yo te suplico...

—Désirée, que tiene un gran sentido práctico, piensa también en otros problemas. Por ejemplo, la comida. Ahora no sobra, y a esas edades tienen un apetito envidiable.

—Podríamos subírsela desde casa.

—Imposible. El rastro resultaría fatal.

Vaciló Julio unos segundos, antes de proponer:

—Fijemos un precio: te pagaré por adelantado un mes de la, digamos, pensión. Me parece lógico.

Darío mordisqueó la empuñadura de la pipa.

—Te aseguro que se me hace muy cuesta arriba aceptar semejante solución; pero tengo mis fondos en el extranjero, y con esto de la revolución me resulta difícil disponer de ellos, al menos por ahora. Francamente, estamos pasando momentos algo difíciles en lo económico.

—De acuerdo, entonces. ¿Qué cantidad te parece?

Se levantó el cónsul; dio unos pasos, aparentemente ensimismado.

—Habrá también otros gastos... La ropa y todo eso... Pero lo que más me preocupa es lo de la criada. No es que dude de su discreción, no; lleva con nosotros seis años y parece de fiar. Aunque, sin duda, sería conveniente tener algún detalle con ella, con la excusa del mayor trabajo que ahora va a darle el chico. Es una muchacha muy digna, que de otro modo no aceptaría nada. De ahí que yo crea más práctico o, ¿cómo te diría?, más convincente ganarla de esta forma.

Julio no aguantó más; se puso también en pie para preguntar, con cierta aspereza:

—En definitiva, ¿cuánto?

—Digamos que una primera entrega de diez mil pesetas...

Metió la mano en el bolsillo del pantalón; el cónsul le sujetó el brazo, mientras sonreía:

—¡Por favor! Somos amigos. Buenos amigos. No es preciso que corras tanto... Además, créeme, el dinero es lo de menos. Cosas así no se hacen por todo el oro del mundo. Te juro que si pudiese...

—Lo sé, lo sé. Muchas gracias, Darío...

Le dio un abrazo que, pese a sus deseos, le salió protocolario, frío, distante. Quiso apretar con fuerza, pero la efusión quedó poco sincera.

—Lo mejor será que el chico suba esta madrugada. A las tres en punto. Le estaré esperando. Que traiga una maleta con lo más indispensable. ¡Ah! Habrá de dormir en un sofá-cama. No tenemos otra cosa.

—No te preocupes por eso...

El lunes siguiente, temprano, llamaron a la puerta de casa. La doncella ya se había marchado al pueblo; así que abrió mi madre, bastante alterada, porque en aquellas circunstancias las visitas imprevistas siempre alarmaban: podían ser otra vez los milicianos. Pero no; era una joven vestida discretamente y que parecía también muy nerviosa.

—¿La señora de Calatayud? —preguntó.

—Soy yo.

Mantenía la puerta entreabierta; la chica, pues, continuaba en el descansillo.

—¿Me permite?

—Sí, claro. Perdone; pase...

Cerró la puerta.

—Me llamo Socorro González. Aunque quizá usted me conozca mejor por Vicky.

Mamá no ocultó su desagrado.

—En efecto. Su nombre, digamos artístico, me suena más. Lo que no entiendo es la razón de su visita. Tengo entendido que su... amistad con mi hijo Néstor terminó hace tiempo.

—¿Cómo está? —Había ansiedad en la pregunta.

—Supongo que bien, gracias a Dios.

—¿Supone?

—Es que se fue de Valencia. Hace ya varios días.

Vicky pasó una mano por su frente.

—Menos mal... —dijo, como en un suspiro.

—Y después de todo, a usted, ¿qué más le da?

Miró a mi madre con tristeza.

—Me parece que no podría entenderlo. Ya sé lo que piensa de mí; sé también que hizo todo lo posible por alejarme de Néstor. No, no le reprocho nada. Quizá tuviera razón... Pero me enteré de que habían venido a buscarle, de que le tienen fichado... Sería horrible que le pasara algo... Entonces, hablé con mi padre. Él es socialista; tiene amigos en la ejecutiva. Todos le aprecian allí. Aunque no se ha mezclado en nada sucio, por supuesto...

Hizo una pausa.

—En fin, ya veo que afortunadamente no es necesario.

—¿El qué?

Dudó antes de contestar.

—Habíamos pensado proponerle que se escondiera en casa. Nuestra casa es humilde, desde luego; pero allí hubiese estado muy seguro. Al menos hasta que los ánimos se calmen.

Hubo un silencio largo.

—De todos modos, señora, si en algún momento nos necesitara... No tenemos teléfono, pero puede llamar a la droguería del bajo. Me avisan en seguida. ¿Quiere apuntar el número?

Mamá nos confesó después que en aquellos momentos sintió una enorme vergüenza, una sensación abochornante de inferioridad moral. Que le faltaron palabras para disculparse, que anduvo torpe y desafortunada.

—Perdóneme, Vicky; estoy muy nerviosa. Ni siquiera le dije que pasara y la tengo aquí, medio a oscuras...

—No se preocupe. ¿Le doy el teléfono?

—Sí, por supuesto; pero vamos adentro.

—No es necesario, gracias. Tengo bastante prisa. Es el 13780. Naturalmente, sólo están a las horas del comercio; aunque por las tardes se quedan hasta las ocho, arreglando las cosas.

Se miraron por primera vez cara a cara. A mamá se le escapó un sollozo.

—¿Qué pensará de mí? —preguntó.

—Eso da igual ahora. Lo importante es que a Néstor no le ocurra nada. ¿Recuerda bien el número?

—Sí, claro que lo recuerdo.

—Buenos días, señora.

Ella misma abrió la puerta. Mi madre, entonces, le extendió la mano. Vicky se la estrechó con fuerza.

—Muchas gracias, Socorro. Muchas gracias. Es usted una buena chica.

Ella sonrió con amargura.

—Creo que lo he sido siempre. Que también lo era antes.

Ya en el rellano de la escalera, volvió la cabeza para pedir:

—Muchos recuerdos a Néstor. Si me permite usted dárselos...

—Naturalmente que sí. Y, además, le ruego...

La cortó secamente:

—Buenos días...

El comentario de papá fue escueto:

—Nunca se debe juzgar por las apariencias...

Y Pepita metió baza:

—Si me hubierais hecho caso...

—De todas formas, será mejor no decirle nada por ahora al chico... —indicó mi padre.

Sin contestar, mamá se fue al cuarto de la abuela. Seguro que se pusieron a rezar juntas.

Obligaban a tener las ventanas abiertas por las noches, para que se delatasen quienes oían las radios facciosas. Mi padre, a pesar de eso, no se perdía ninguna charla del general Queipo de Llano, para lo cual había llevado el Telefunken al cuarto de los trastos, y allí, cubierto con una manta y en pijama, escuchaba a don Gonzalo y también las emisiones de Radio Club Portugués, que daba información veraz sobre la marcha de las operaciones. Pues la prensa local mentía descaradamente, y para ella todo eran triunfos de los leales y constantes fracasos de los sublevados.

Hasta tal punto que en *Fragua social*, que así se titulaba ahora *Las provincias*, el diario que siempre habíamos leído en casa, anunciaron a toda plana la muerte de Franco, asesinado en Ceuta, según decía la noticia, por un oficial del Ejército. También, cada dos o tres días, comunicaban la toma del Alcázar de Toledo y la inminente caída de Zaragoza en poder de las columnas anarquistas que habían salido desde Barcelona para conquistar la capital aragonesa. Se podían asimismo leer curiosas notas de las distintas columnas integrantes de las Milicias Populares, la Torres Benedito, la de Aguiluchos de la FAI, la del Amanecer Rojo, la de Hierro, ordenando reincorporarse al frente a los milicianos que estuvieran en la retaguardia sin el debido permiso, con amenaza, caso contrario, de graves penas.

Diariamente se publicaban largas listas de detenidos, precisando los motivos de su detención: sospechoso de fascista, fascista, protegido (esto es, oculto en casa ajena), cura, propagador de bulos, oyente de radios facciosas. Algunas veces se daba cuenta también del cumplimiento de sentencias dictadas por la *justicia popular*; aunque la mayoría de las ejecuciones se llevaban a cabo sin ningún trámite previo.

Muchas iglesias estaban convertidas en almacenes; otras, en cárceles. Habían requisado todos los automóviles particulares; también el nuestro, por supuesto. En ellos y, sobre todo, en los autobuses del servicio público, las milicias marchaban hacia el frente de Teruel, y se las despedía entusiásticamente y los milicianos cantaban *La Internacional* y alzaban los puños y prometían el triunfo inmediato del pueblo en armas. Iban también bastantes mujeres, las compañeras, las llamaban, vestidas de mono y con pistolas al cinto, y, a juzgar por las apariencias, eran tan aguerridas y combativas como los hombres.

A nuestra madre no le gustaba que contempläsemos aquellos espectáculos y nos hacía retirarnos de los balcones. Seguíamos escuchando el tumulto y los vítores y las canciones, y cuando la columna miliciana se alejaba, llegaba otra vez el campanilleo de los organillos, que eran muchos y cuyo repertorio se repetía en todos: *El Picolino* y las melodías de Cole Porter, y *La bien pagá* y *María de la O* y *Mi jaca*. Con el inevitable aditamento, al comienzo y al final de la audición, de *La Internacional, La Marsellesa* y el *Himno de Riego*.

Supimos que habían fusilado a don Joaquín, el director espiritual de mamá, porque Raimunda, la mujer del portero, se lo contó con todo lujo de detalles, regodeándose al hacerlo. Raimunda formaba parte de aquellos grupos de arpías que, a media mañana, iban a los lugares donde más comúnmente se llevaban a cabo las ejecuciones, para contemplar los cadáveres y comentar después, con sus amigas de la vecindad, la crispación de los rostros y los datos más macabros sobre la forma cómo cayeron o las huellas de torturas que presentaban. Acompañando siempre las descripciones con crueles comentarios sobre la personalidad de las víctimas e, incluso, con histéricas risotadas.

El doctor Planelles seguía viniendo varias veces por semana, para atender a la abuela, que a finales de agosto empeoró. Aunque nada nos dijeron ni a Pepita ni a mí, comprendimos que no tenía remedio, por los comentarios del médico y la pena de mamá. Efectivamente, murió el día 27 y no nos dejaron verla; Néstor se enteró a través de don Darío, pues su incomunicación con nosotros era absoluta, por razones lógicas de seguridad. El entierro fue muy sencillo y muy triste; seguimos en un taxi, hasta el cementerio, a la carroza fúnebre, que anduvo cansinamente por las calles, sin más acompañamiento que el nuestro. Mamá sollozaba, especialmente afectada por la ausencia de todo símbolo religioso.

—¡Mi pobre madre, tan religiosa, tan devota de la Virgen y ha tenido que morir sin recibir el viático ni siquiera la absolución. ¡Y sin cruz alzada en el entierro!

—No te preocupes, que habrá ido directamente al cielo.

Y nuestro padre le apoyó la cabeza en su hombro para evitarle la contemplación de unos guardias de asalto que, al pasar la comitiva, saludaron con el puño en alto.

Únicamente Rosita, la cajera, subió al otro día para darnos el pésame. Urrutia se había limitado a decirle a papá que tenía permiso para ir al entierro y no volver hasta el día siguiente. Lorente no pudo asistir; pero aquella noche estuvo haciéndonos compañía. Por él supimos novedades de los frentes.

—Las columnas rebeldes avanzan de prisa hacia Madrid. En Somosierra ha habido luchas muy duras; como siempre, el entusiasmo de los milicianos no va acompañado de la necesaria dirección táctica. Nos faltan mandos. Y nos sobra desorganización. En Teruel se ha visto claro: la ciudad estaba medio desguarnecida y pudo tomarse con facilidad. Pero los de la columna de Hierro se detuvieron en Pueblo de Valverde, entraron a saco en los secaderos de jamones de Barrachina y perdieron tres días comiendo y bebiendo sin parar. Total, que dieron tiempo a que se reforzara la defensa y, cuando intentaron el asalto, encontraron una resistencia insalvable.

—Entonces, tu opinión...

—Ahora más que nunca estoy convencido de que esto va para largo.

Se le notaba una seria preocupación.

Siempre camina con aire jacarandoso, los pantalones, ceñidos; la chaqueta corta, también ajustada; clavel en el ojal y un sombrero a juego con el color del traje. Pero un sombrero especial, con la copa tan abombada, que casi parece un gorro militar. Quizá por eso sigue llevándolo en plena revolución; dicen que es el único sombrero que puede verse en la zona, aparte, lógicamente, los de los señores del gobierno de la República, que ésos continúan con el flexible, ajenos a la proletarización en el vestir que el pueblo en armas ha impuesto. Hasta Largo Caballero, tan socialista, mantiene sus apariencias burguesas, y no se diga Casares, que parece talmente un señorito. Hay que comprenderlo: ellos deben mantener su imagen, de cara a la Europa democrática que les apoya.

También Frasquito sigue con la suya, popular en lo que llaman el planeta de los toros, desde que formaba en la cuadrilla de Manolo Granero. A la muerte del maestro, probó fortuna como novillero y hasta una tarde, en la plaza de Valencia, fue sobresaliente de espada en un mano a mano entre Villalta y Marcial. Pero andaba corto de valor (aunque le sobraba arte) y prefirió colgar el traje de luces, para dedicarse a descubrir jóvenes valores de la torería. Después, ya metido en el negocio taurino, apoderó a varios maestros de segunda fila e incluso ha sacado adelante a alguno. Dicen que tiene una gracia especial para convencer a los empresarios. Y ganó dinero; todavía lo gana ahora, a pesar de cómo están las cosas.

Es de Masamagrell; pero, por una lógica razón profesional, habla con un acento vagamente andaluz. Hasta que llegó el Alzamiento, lucía en sus dedos un variado muestrario de bisutería fina y hasta un brillante de regular tamaño, que se tenía por bueno. Lógicas razones de seguridad le han hecho suprimir la burguesa ostentación; tampoco exhibe ya aquellas corbatas escandalosas, siempre de colores chillones, con dibujos (incluso hechos a mano), que iban desde tropicales pámpanos hasta cabezas de reses que hicieron historia en la Fiesta. Por lo demás, Frasquito (Sánchez Gutiérrez de apellidos) es un republicano de toda la vida; tiene en el pasillo de su casa, dentro de una vitrina de cristal, una vieja bandera tricolor, que le trajo algunos problemas durante la dictadura de Primo de Rivera. Y aunque apenas lee otra cosa que las revistas de toros y alguna novela galante, exhibe con orgullo en su biblioteca, como únicos volúmenes allí existentes, la colección completa de las obras de Blasco Ibáñez, encuadernadas en blanco y con cantoneras doradas, en la conocida edición de lujo de Prometeo.

Frasquito es amigo viejo de Julio Calatayud, a quien, en épocas de vacas flacas y toros escasos, acude en busca de apoyaturas económicas. Siempre devuelve los préstamos, en cuanto consigue enhebrar varios contratos para sus poderdantes; y a guisa de intereses, compra algo en la tienda, generalmente objetos de regalo, destinados a sus diversas mujeres. Pues dicen que convive nada menos que con tres al tiempo, pese a que dejó atrás (bien que recientemente) los cuarenta años. Al comerciante le cae simpático, como a todo el mundo, este pintoresco personaje, que en sus rachas boyantes es espléndido y generoso como pocos.

Entra en la tienda cimbreándose, pues camina siempre como los diestros al hacer el paseíllo. Saluda a Urrutia, con quien también mantiene afectuosas relaciones; una charla breve le basta para comprender la nueva situación en la titularidad del negocio. Ofrece un farias al responsable del comité de control y le promete dos tendidos para la corrida del domingo, a pesar de que, por tratarse de un festival benéfico, todo el mundo irá pagando. Y después se interesa por su amigo Julio.

—Está en el sótano, empaquetando unos bolsos.

—¡Digo! Como debe ser, que ahora hay que arrimar el hombro sin descriminasión de clases. Aunque mi Julio lo hiso así siempre, ¿verdá, ustedes?

Urrutia no mueve un solo músculo de la cara, impávida, pétrea. A Frasquito no le impresiona semejante frialdad.

—Pues ya sabréis ustedes, vosotros, que mis chaveas y, por supuesto, servidor, estamos colaborando con la causa desde el primer día, que llevamos ya onse corrías benéficas y las que nos esperan. Casi gratis toreamos, como aquel que dise; pero muy a gusto, vaya que sí. De forma que el *dijous* —fatalmente decía en valenciano algunas palabras, y siempre los días de la semana— nos vamos a Barselona, para intervenir en el festival monstruo en homenaje y benefisio de las milisias comunistas.

Sonríe por fin Urrutia.

—Eso está bien, Frasquito.

—Eso es lo que hasen ahora los toreros leales, que tién apodearos adictos al régimen. Ea, y avísame a don Julio o al camarada Julio, como prefieras, que con tu permiso quiero invitarle a unas cañitas aquí al lao, en Balansá. Y a ti también, por supuesto.

—Ahora no, gracias.

Pero llama a Julio y Frasquito le abraza y salen juntos.

—No debías hacer esto. Seguro que a Urrutia le ha sentado a cuerno quemado.

—¡A mí con cuernesitos! Pero ese marrajo, ¿qué se ha creío? Mira, yo ahora estoy bien colocao con la milisianada, que mis chicos no paran de torear para ellos. A ver quién es el guapo que se niega, claro; que a Rafaelillo le dieron un susto porque presentó sertificado médico el último *diumenge* y han tenido que publicar la foto de la corná que le habían pegao, también en una benéfica, para que se convensiesen de que era verdá que no podía vestirse de corto.

El bar está a rebosar de gentes armadas. Ellos hablan de naderías. Después, Frasquito se agarra del brazo de Julio y pasean por la acera de Correos. Baja la voz para explicarle:

—Lo que pasa es que, grasias a esto, nos darán el pasaporte en cuantito yo consiga un contrato para cualquier plasa del sur de Fransia. Y una vez allí, si te he visto, no me acuerdo.

—Ya lo han hecho algunos toreros, ¿no?

—¡Digo! Ortega, ná menos. Que toreó en Nimes y en Arlés y ahora está en Sevilla.

—Pero, Frasquito, tú, con tus ideas...

—Yo soy más republicano que don Emilio Castelar y tú lo sabes; pero esto de aquí no va conmigo. Esto es la mugre; y yo soy lo que se dise un higiénico. Además, que están hasiendo demasiás barbaridades. En mi pueblo, por ejemplo, se han cargao al pobre párroco, que era un bendito, y a tós los que tenían una posisión, sólo por eso. Que no, que no es mi estilo...

Vuelven hacia la tienda. Inesperadamente, casi se dan de bruces con don Domingo, el médico. Viste uniforme, con las dos estrellas de teniente.

—¡Don Domingo! ¡Qué alegría verle! Creí que seguía en el frente.

—He regresado ayer. Me ascendieron y vengo a hacerme cargo de una sala del hospital Militar.

—Lo celebro mucho. ¿Se conocen ustedes?

Las presentaciones. Y pregunta el doctor:

—¿Cómo sigue su madre política?

—Falleció la semana pasada.

—Lo siento, aunque no me extraña; la dejé francamente mal.

—No superó el nuevo infarto.

—Ya supongo. Dele el pésame a su señora. Los chicos, ¿qué tal?

—Así, así. Néstor tuvo que marcharse de Valencia porque le buscaban.

—Hizo bien. Por desgracia no hay forma de contener a esos locos que siguen llenando de vergüenza nuestro bando.

Lo dice con amargura y despecho. Enojado.

—Pero no debe generalizarse, don Domingo.

—¿Usted cree? Claro que así nos va; porque lo de los frentes es también lamentable.

Un silencio espeso.

—En fin, ya saben dónde me tienen. No le digo que pasaré a saludar a doña Amparo porque imagino que me será imposible.

—Lo comprendo; no se preocupe. De veras que me alegro mucho de verle. Y, sobre todo, de que esté aquí, lejos del peligro.

—Quién sabe si merece la pena dejarlo.

Se despiden con un apretón de manos.

—Oye, ese amigo tuyo tampoco parese demasiao afecto...

—Es nuestro médico. Un idealista del PC.

—Pues sí que está el patio como para idealisar la cosa... Bueno, ¿quieres dos entradas para el *diumenge*?

—No estoy de humor; gracias.

—Hases bien; que entoavía te pondrías de peor leche si fueras. Que esto de ahora ni son toros ni son ná. Las cuadrillas hasen el paseíllo con el puño en alto, en la presidensia están los mandamases de los comités y tó parese una pantomima. Pero hay que tragar, por lo que ya te he dicho.

En la tienda, vacía de público, Camilo lee un periódico, Rosita hace calceta, siempre en su silla, detrás de la máquina registradora y Urrutia se está terminando el farias.

—Ahí va otro, que te vas a chamuscar los labios, compañero.

—Gracias.

—Bueno, y voy a haser un poquito de gasto, que os veo muy solitarios.

—La gente está con otras preocupaciones.

—Lo natural. Y eso que aquí, vosotros, ustedes, no tenéis problema de géneros. Que lo nuestro se está poniendo grave; las ganaderías castellanas se han quedao sin reses, porque unos grasiosos han dicho que los toros son de tós y se los están comiendo en filetes. ¡Digo! Como si los de nuestro ofisio no diéramos el callo y no fuéramos también lo que se dise el pueblo.

—Hay mucha hambre atrasada.

—De acuerdo. Pero es que a este paso a ver lo que comemos nosotros los taurinos. Que sin ganao ya me dirás qué hasemos.

Comprende que el comentario no ha gustado al responsable. Así que lo arregla en seguida.

—Menos mal que dentro de ná, corremos al pelo al borracho de Queipo y tomamos Andalusía y tenemos Miuras para dar y vender.

Agarra un abanico que estaba sobre la vitrina; lo mira por ambos lados.

—Anda, ponme este palmito. Y échale arte al envoltorio, que es para una morenasa a lo Romero de Torres.

V

La llegada de doña Elena a la Academia Comercial influyó en todos nosotros bastante más de lo que en un principio podíamos suponer. Por lo pronto, procuramos esmerarnos en el lenguaje y no abusar de los tacos y las palabrotas, ante la posibilidad de que las escuchara. Porque aquella mujer, pese a su robustez, resultaba liviana, frágil, imperceptible, y de pronto nos la encontrábamos a nuestro lado o aparecía súbitamente en la clase, durante los descansos y con su voz amable y menuda nos reprendía por hacer algo que, hasta entonces, nunca pareció mal a los profesores. Como, por ejemplo, estornudar con estrépito.

Francisco fue uno de los mayormente afectados; sus escarceos con la pecosa, en la zona de la cocina, se hicieron menos frecuentes y acabó confesándonos que se encontraba incómodo allí, en sus manipulaciones sobre las flacas carnes de la chica, hasta el punto de decidirse por satisfacer sus lúbricos deseos fuera de la academia, en la oscuridad del cine Lírico o de alguno de los jardincillos del Parterre. Sucedió, pues, que la profesora impuso una cierta disciplina, incluso a quienes no éramos alumnos de su clase, y de ello se beneficiaron los varones del claustro, ya que hasta don Alberto pudo dar las lecciones entre un desusado silencio.

Pero, curiosamente, quienes más salieron ganando fueron nuestras madres. Ya que una mañana, don Manuel reunió a todos los alumnos en el aula grande, para comunicarnos que doña Elena, además de especialista en ciencias naturales, era una excelente cocinera, que últimamente había dedicado singular atención a la que llamaba cocina de guerra y que, en consecuencia, una vez por semana impartiría una especie de charlas con las que pensaba aliviar, en lo posible, los problemas de alimentación que padecíamos. Naturalmente, se trataba de que tomásemos debida nota de sus recetas, para llevarlas después a casa. De esta forma, dijo don Manuel, muy solemne, la academia agradecería a nuestras familias la confianza que habían depositado en el centro.

Aunque la clase, si así queremos llamarla, no tenía carácter obligatorio más que para las mujeres, el primer día fuimos casi todos los chicos, con bastante curiosidad, que, desde luego, no quedó defraudada. A modo de iniciación general al ciclo, doña Elena hizo distintas consideraciones sobre la utilización y aprovechamiento múltiple de las pocas viandas de que se disponía en el mercado. Por ejemplo: las mondas de naranja, limpias de su parte amarilla y pasadas por la sartén, se convertían en un excelente sucedáneo de las patatas fritas. Las hojas de las violetas, bien hervidas, podían recordar el gusto de las lombardas y los repollos. Los cacahuetes, guisados como si fuesen garbanzos, lo parecían talmente.

De modo y manera que cabía preparar un cocido de guerra, a base de cacahuetes, violetas, boniatos y algún hueso de caballo, que ésos sí que se encontraban en las expendedurías de carne equina, las cuales se anunciaban con el dibujo de una herradura junto al rótulo del establecimiento, por si algún ingenuo pensaba que allí vendían ternera de Ávila. Después del postre, para el que la señora recomendó algarrobas a la cubanita o pétalos de rosa con miel, resultaba imprescindible el café. Naturalmente, no lo había desde varios meses antes; ni siquiera malta. Pero, ¡ah!, podía, conseguirse una aproximación a su sabor, tostando con sabiduría las cáscaras de los cacahuetes.

No extrañará que nuestras familias celebraran con entusiasmo la idea de don Manuel; las recetas semanales de la profesora se esperaban con ansia, y gracias a ellas salimos de la diaria monotonía de las lentejas y los boniatos. Doña Elena se convirtió así en la estrella de la Academia Comercial, y don Manuel, a requerimiento de numerosas madres de alumnos, imprimió en ciclostyle su colección de recetas, vendiendo los ejemplares a peseta. Tuvo que hacer tres ediciones en pocos días, dado su éxito, pues verdaderamente la imaginación de la maestra cocinera no tenía límites.

Uno de sus inventos más celebrados fue el de la tortilla sin huevos. Obviamente, antes que nada había que hacer el huevo. La fórmula era la siguiente: se frotaba con un ajo el fondo de un plato sopero. Se echaban tres o cuatro gotas de aceite (de soja, por supuesto), la sal, cuatro cucharadas soperas de harina y una de bicarbonato de sosa. Pimienta blanca en polvo, diez cucharadas soperas de agua y todo ello se batía con energía, hasta conseguir una mezcla sin grumos. Reposada durante diez minutos, se llevaba a la sartén, consiguiendo una masa amarillenta que, en efecto, tenía un vago sabor a tortilla. Más aún si se hacía con patatas; entiéndase, con mondas de naranja debidamente preparadas.

En plena inventiva culinaria, doña Elena facilitó recetas para conseguir la mayonesa también sin huevos e incluso las que llamaba falsas chuletas, consistentes en una picadura de arroz, especie de bechamel, que se freía dentro de unos recipientes de hoja de lata en forma de costillas de ternera. Y ni que decir tiene que muchos platos a base de lo que podía comprarse en los colmados: cardos borriqueros, calabazas, hojas de girasol, hojas de geranio, mazorcas, algarrobas... Su fantasía resultaba inacabable; y fascinadas por ella, ninguna familia protestó cuando, a mediados de noviembre, el director aumentó en siete pesetas la factura de la academia.

Por cierto que a don Manuel se le veía muy entusiasmado con la profesora, hasta el punto de que no se perdía ninguna de las charlas culinarias e incluso solía elogiar las recetas de la semana anterior, asegurando que las había experimentado con satisfactorios resultados. Don Ricardo, en cambio, siempre guasón, comentó una tarde, en clase de caligrafía, que como a él le encantaba el rabo de toro (natural consecuencia de su afición a la fiesta) iba a sugerirle a la señorita que ensayara la posibilidad de encontrar un sucedáneo a base de cola de perro lobo.

Aquella misma tarde, Luis Querol, que se daba mucha maña para el dibujo, hizo a hurtadillas una caricatura de Pepe, en vez de rellenar la hoja de papel pautado con frases escritas en letra gótica alemana. Le descubrió don Ricardo, y cuando todos esperábamos la bronca manifestó su complacencia por el garbo de los trazos y, sacando su estilográfica, corrigió varios de ellos. Después de interesarse por las aficiones de nuestro compañero, le pidió que le llevara algunos dibujos, ya que veía en él buenas aptitudes. En seguida reaccionó, hizo como que se enfadaba y acabó indicando que olvidaría la falta de aplicación de Luis, si alguien le facilitaba un cigarro. Francisco le ofreció el paquete de Ideales y él tomó dos, aclarando:

—Como estoy seguro de que muchas otras veces habrás dibujado, en lugar de hacer la caligrafía, la sanción ha de ser doble.

Posiblemente era el profesor a quien más apreciábamos, porque tenía un carácter jovial y campechano, y de ahí que celebráramos mucho cuando, por ausencia de don Vicente, se hizo también cargo de la clase de Geografía. La explicaba de una forma curiosa, muy personal y así, al hablar de las provincias españolas, por ejemplo, además de resaltar sus monumentos y sus fuentes económicas y la orografía y demás características, hacía especial hincapié en las plazas de toros que había en ellas y en la tradición de sus ferias, abundando en anécdotas taurinas. De este modo supimos que Talavera de la Reina no sólo era famosa por sus cerámicas, sino más todavía porque en su coso resultó cogido mortalmente Joselito. Y Manzanares, aparte de su gran riqueza agrícola, sería siempre recordado por otra fatal cogida, la de Sánchez Mejías, que, además de cuñado de Joselito, era un torero intelectual, que hasta llegó a estrenar una obra de teatro.

No se nos había dado ninguna explicación acerca de la ausencia de don Vicente; tan sólo que durante una temporada tendría que faltar. Notábamos, sin embargo, cierta preocupación en don Manuel; y Francisco opinó que debía haberse escapado con alguna amante. Cuando al regresar, al cabo de tres semanas, le vimos mucho más delgado y envejecido, se empeñó en interpretar semejante bajón físico como una prueba de sus excesos sexuales y no se cansaba de repetir:

—Es un vicioso, seguro; un aberrante.

Los jueves por la tarde no teníamos clase; lo que me permitía asistir a la tertulia que siempre ese día y alrededor de las siete se organizaba en casa. Poco después del verano, mi padre había comenzado a reunirse con un grupo de amigos, tres o cuatro, con los que hablaba de muchas cosas, aunque principalmente de la guerra. Si ése era el tema, me dejaba estar con ellos y ya sabía yo cuándo debía marcharme, porque habían invadido otros vericuetos, añoranzas de juventud, recuerdos de conocidos comunes e incluso alguna que otra picardía.

Nunca faltaba Serafín Galobart, *maître* de un hotel de Barcelona, de donde había tenido que escapar porque algunos camareros se la tenían jurada, y vivía desde el verano anterior, el del 36, en Valencia, haciendo negocios con todo lo que caía en sus manos. Hablaba con un cerrado acento leridano y llevaba siempre encima, como una obsesión, el recuerdo de su mujer y sus dos hijas, a las que no veía desde hacía más de un año. Alto, con el cabello plateado y el perfil anguloso, tenía un empaque muy profesional, que parecía estar reclamando la elegancia del frac.

Don Benjamín, viajante de comercio, era taciturno y profundamente pesimista; los demás se divertían a su costa, embromándole de continuo. Otro asiduo era Villanueva, dueño de un comercio de ropa confeccionada, especializado en abrigos: los muy famosos gabanes Chic, marca registrada. Naturalmente, tenía la tienda incautada, pero en connivencia con los dependientes, que le habían respondido muy bien y le permitían seguir dirigiendo, de hecho, el negocio y hasta administrarlo. Con fama de mujeriego, presumía de querida: una artista de varietés, por lo visto, guapísima.

Siempre acababa discutiendo con Boil, el farmacéutico, carlista hasta las cachas, muy religioso, que le afeaba su conducta, recordándole la virtud de su mujer y el mal ejemplo que daba a sus hijos. A lo que inevitablemente contestaba Villanueva:

—Mercedes es la catedral; las demás mujeres no pasan de capillitas.

Por supuesto que cuando la conversación tomaba estos derroteros, yo me iba discretamente, para encerrarme en la habitación, a leer el *Aventurero*, que salía cada vez con menos páginas y en formato más pequeño, impreso en un papel oscuro con briznas de paja. En cambio, me acercaba al grupo de amigos siempre que, apiñados junto a la mesa, seguían la marcha de las operaciones en un mapa Michelin de carreteras que mi padre guardaba cuidadosamente debajo de la radio. Con un cortapapeles, señalaban las líneas de los frentes y los avances de los nacionales en los últimos días, y Serafín, que era el más entusiasta, resaltaba la táctica de las bolsas, que tan buen resultado le estaban dando al Ejército franquista.

Convencidos de que la próxima ofensiva se dirigiría contra Valencia, ya se imaginaban el recorrido triunfal de las divisiones.

—Las líneas de penetración están claras —decía mi padre, metido a estratega—. Un cuerpo de ejército bajará por Ademuz, en maniobra envolvente; otro atacará de manera frontal, en dirección a Segorbe y Nules. De esta forma apretarán la tenaza sobre Valencia.

—Tú lo ves todo fácil; pero los rojos están muy fuertes, desde que se han tomado en serio lo del Ejército Popular. Y cada vez tienen más material, que los barcos rusos no paran de desembarcarlo.

—También a Franco le mandan Hitler y Mussolini lo mejorcito de su armamento.

—Pero las Brigadas Internacionales están batiendo el cobre mucho más en serio que los italianos. Acordaos de Guadalajara...

—Aquello fue por culpa del mal tiempo. Los aviones nacionales no pudieron despegar. Después, en Santander, los del CTV se portaron muy bien.

—De todos modos —decía Boil—, donde esté la infantería española...

—Oye, que los de Líster y *el Campesino* también son paisanos.

—Y ya se nota. Aunque les falta el espíritu de los nuestros: su ideal. Esa fe de los requetés, que siempre comulgan antes de entrar en combate.

Cada jueves, uno de los contertulios se encargaba de aportar la bebida. Generalmente, coñac; pero comenzó a escasear y pronto tuvieron que dedicarse a los licores catalanes, que se adquirían con mayor facilidad, aunque siempre de estraperlo.

—¿Qué os pareció anoche la charla de Queipo?

—Genial, como siempre.

—Es una lástima que utilice demasiadas palabras malsonantes —criticó Boil—. A veces roza la ordinariez.

—Déjate, que les hace mucha pupa.

Mi madre y Pepita no asistían nunca a la tertulia de los jueves. Recibían a los amigos y se marchaban en seguida al comedor, hasta que llegaba el momento de despedirles. Algunas tardes me iba con ellas para ayudarles a descascarillar arroz, que es a lo que solían dedicarse a aquella hora. Pues papá había comprado, gracias a Lorente, un saco de diez kilos, pero los granos venían con cáscara. Malamente conseguíamos quitársela, con un aparato de madera, de fabricación casera, que no los limpiaba del todo. Gracias a eso, sin embargo, los domingos podíamos comer paella, llena, eso sí, de menudas briznas. La llamábamos de mariscos, para consolarnos.

Tenía mi padre la lógica obsesión porque no nos faltase comida y los domingos se marchaba en el tranvía a los pueblos cercanos, de donde siempre traía algo. Lo terrible fue cuando apareció con una pareja de conejos, exultante de júbilo, ya que, según él, aquello iba a resolvernos definitivamente el problema de la alimentación. Compró una jaula y los instaló en el trastero, que al poco tiempo olía a orín ácido y a porquerías de forma irresistible. No resultó eso lo peor, sino que la intención de papá era convertir a la pareja en infatigable reproductora de lepóridos. Y, en efecto, la proverbial fecundidad de los animalitos hizo que pronto tuviéramos una docena y hubiera que ampliar la conejera. Más tarde llegaron a veinte; puede suponerse el hedor que salía del cuarto, pues a pesar de que el conejo se hizo plato habitual en las comidas, la velocidad de su reproducción iba siempre por delante de nuestro apetito.

A comienzos de diciembre, la tertulia de los jueves se conmovió; la policía había detenido a Boil. Fue a consecuencia de una redada, en la que cayeron varias personas que trabajaban activamente en la llamada quinta columna; es decir, en una especie de espionaje, conectado con la zona nacional. Uno de los detenidos tenía en casa una emisora clandestina, que daba y recibía consignas e informaciones. También le encontraron sellos de caucho y diverso material para falsificar carnés y salvoconductos. Y lo que fue peor: una libreta en la cual, con increíble imprudencia, había apuntado los teléfonos de varias personas; entre ellas, el del carlista.

Los llevaron a todos a la checa de la calle de Sorní, que dependía del SIM y donde se aplicaban a los presos las más refinadas torturas. Lo contó don Benjamín ante el espanto de los demás:

—Hay unas celdas con el techo tan bajo, que una persona normal tiene forzosamente que estar siempre agachada. Tampoco se puede sentar, ya que el suelo está lleno de ladrillos verticales y objetos punzantes. Allí los tienen varios días. Después les meten en una especie de tubo, donde no pueden moverse; así han de soportar las gotas de agua fría que cada cuatro o cinco segundos les caen sobre la cabeza. A otros les arrancan las uñas e incluso les aplican corrientes eléctricas en los testículos.

—¡No es posible!

—Créanlo ustedes; un cuñado mío estuvo varias semanas en una checa de ésas. Perdió quince kilos y se ha quedado como alelado. A él le encerraron en un cuarto pequeño, con las paredes y los techos pintados en cuadrículas rojas y negras, atado a un sillón de hierro y con un foco dándole continuamente en la cara. Solamente comía un panecillo de maíz, con un pedazo de tocino frito, y un vaso de agua para beber. Más tarde le trasladaron a una celda con el suelo encharcado y le tuvieron descalzo cuarenta y ocho horas.

—¡Qué salvajada!

—Pues, hasta cierto punto, fue de los mejor librados. A otros detenidos les dan unas palizas terribles; por cierto que de ello se encargan varios boxeadores profesionales e incluso uno que fue campeón de Europa, no recuerdo ahora su nombre. Se han dado ya casos de pérdida de la razón, a causa de tan atroces sufrimientos. Aunque, eso sí, procuran conservarles la vida; si bien algunos han fallecido de ataques al corazón.

—¿Y cómo es posible que, a estas alturas, todavía ocurran semejantes cosas? Yo pensaba que el gobierno había terminado con las represiones incontroladas.

—Eso es lo que dice la propaganda; y en alguna medida, es cierto. Los paseos se acabaron poco después de que los ministros se instalasen aquí, aunque se sigue fusilando a mucha gente, tras el simulacro de un juicio, ante los tribunales populares. Pero las checas no dependen del gobierno; tienen, digámoslo así, plena autonomía. Muchas pertenecen al Partido Comunista y otras están en manos del SIM, que es un organismo dedicado al contraespionaje, similar a la GPU. Dicen que han intervenido en su instalación técnicos rusos, aportando su experiencia en la materia.

—¿Y hay muchas?

—En Valencia, cuatro o cinco. Pero en Madrid y en Barcelona, bastantes más. Las de aquí las dirige un tal Apellániz.

Guardaron un largo y preocupado silencio. Lo rompió Serafín Galobart.

—Quizá fuese prudente que suspendiéramos nuestra tertulia. Al menos, durante algunas semanas.

—Yo también lo creo.

—Desde luego; si llegan a saber que el pobre Boil era asiduo...

Se despidieron con tristeza. Y Villanueva comentó, ya en el recibimiento:

—Afortunadamente, Boil es un hombre con una extraordinaria fe cristiana. Comprendo que en estos trances debe ayudar mucho.

En medio de todo, fue providencial que terminaran las tertulias de los jueves. Pues por aquellos mismos días se anunció que dejaban de celebrarse los conciertos que, también los jueves, daba la Sinfónica en el teatro Principal y a los que nunca faltaban los tíos, con el grupo de intelectuales de Madrid, amigos suyos que estaban refugiados en Valencia.

Evidentemente, con Pepe delante no hubiesen podido mi padre y Serafín y Villanueva y Boil y don Benjamín repasar en el Michelin la situación de los frentes. Ni mucho menos desear en voz alta la pronta liberación de la ciudad por las tropas franquistas.

VI

Los tíos llegaron a Valencia a finales de noviembre del 36; Camila había hablado por teléfono con mamá días antes y decidieron, naturalmente, que se alojarían en casa. A mi padre no le hizo demasiada gracia la idea, pero, tras una tímida oposición, acabó rindiéndose ante el argumento inevitable.

—Además, Julio, piensa que es mi única hermana...

Traían poco equipaje, lo indispensable nada más, y ocuparon el cuarto que había sido de la abuela. Camila lloró un poco, recordando a su madre, de la que, por las circunstancias, no había podido siquiera despedirse, mientras Pepe deshacía las maletas, más llenas de libros que de otra cosa. Con sumo cuidado colocó sobre la mesa una pequeña máquina de escribir y me preguntó si había cerca de casa alguna papelería. Aunque nunca mantuvimos demasiada relación personal —apenas le había visto hasta entonces tres o cuatro veces—, sentía por él esa mezcla de admiración y respeto que despiertan siempre los intelectuales en quienes transitamos por un mundo muy distinto del suyo.

Papá, en cambio, no le tenía excesiva simpatía. Con su mentalidad pragmática, de comerciante puro, consideraba que las personas que no ejercen una actividad generadora de riqueza material constituyen un lastre para la sociedad e incluso, en cierta medida, viven a costa del esfuerzo ajeno. No comprendía que su cuñado perdiera las horas en los museos y en las exposiciones a cambio de las doscientas pesetas que le daban por sus críticas. Ni que tía Camila hubiera de aprovechar algunos vestidos de mamá, teniendo, como tenía, la casa llena de cuadros que valían mucho dinero, regalos de sus autores.

—Ya podían vender alguno —comentaba en sus momentos de enfado, coincidentes con alguna ayuda económica que mi madre prestaba a su hermana.

—Pepe es así; un idealista, un hombre que vive en otro mundo... Un despistado...

—Pues a su edad ya podía pisar en el suelo; que es mayor que yo. Y aún gracias que no tienen hijos, que si no...

—Debes comprenderle; lo que le ilusiona es investigar, estudiar, escribir...

—Perder el tiempo, vamos. Encima es socialista y piensa que hay que terminar con el capitalismo. Pues a no ser por los que trabajamos...

—También él trabaja. Se pasa horas y horas ante la máquina.

—Por lo menos, si escribiera novelas de amor, que son las que se venden. Pero no: sólo sabe hablar de los primitivos y del arte románico y de esas historias que no interesan a nadie.

Efectivamente, Pepe estaba siempre en las nubes, ajeno a las necesidades materiales cotidianas, quizá porque le afectaban poco. Frugal, casi ascético en las comidas, vestía descuidadamente y su único vicio era el arte. Académico de número, requerido continuamente para dar conferencias no sólo en España, sino en otros muchos países, su sensibilidad había sido duramente afectada por los bombardeos padecidos en Madrid. Como buen intelectual, tenía una profunda aversión por la violencia y carecía del menor impulso heroico. Antes al contrario, era cobarde. Visceralmente cobarde, como suelen ser los exquisitos.

Había pasado mucho miedo, pues vivían en un piso del barrio madrileño de Argüelles, a cuyos arrabales llegaron los soldados de Varela. La casa recibió varios cañonazos y algunas cercanas fueron derruidas por la aviación. Llevaba encima el recuerdo dramático de las explosiones y la visión trágica de los niños destrozados por las bombas y no le abandonaba aquel olor picante a pólvora y a muerte. El simple sonar de las sirenas le provocaba ataques de nervios muy agudos; un temblor intenso se apoderaba de él y palidecía y le chirriaban los dientes y su habitual mesura —pues era normalmente comedido y correcto— se trocaba en explosiva irascibilidad. Que desfogaba verbalmente en insultos a Franco y en palabrotas y, sobre todo, en su imprecación predilecta en tales trances:

—¡Me cago en el obispo de Burgos!...

Su talante, profundamente anticlerical, le hacía achacar a la Iglesia española buena parte de responsabilidad en el Alzamiento. A pesar de lo cual, siempre mantuvo excelentes relaciones con muchos sacerdotes, eruditos en arte, e incluso tenía buena amistad con algunos. Pero los ataques aéreos le trastornaban, convirtiéndole en otra persona, alterando por completo su carácter.

Por fortuna, las alarmas no resultaban excesivas en Valencia, una o dos por semana, a lo sumo, y tampoco existía sensación de riesgo inmediato, fuera de la zona portuaria. De modo que fue calmándose, y con el tiempo perdió parte de aquel miedo de los primeros días, aunque continuara defecándose de palabra en el obispo burgalés cada vez que sonaban las sirenas. Camila procuraba tranquilizarle y mi padre, que al principio se indignó mucho con los exabruptos, terminó por no darles importancia.

Conocimos a varios amigos suyos, intelectuales como él y marxistas: músicos, pintores, poetas, ensayistas. Parecían cortados todos por el mismo patrón; eran melosos, remilgados, suficientes, con ese punto de pedantería característico de los productos de la Institución Libre de Enseñanza. Comenzaron a venir por casa algunas tardes, ellos con barbitas menudas; ellas, escasamente femeninas. Todos admiraban a tío Pepe, aunque en ocasiones se excedieran en los elogios, delatando un interesado afán de adulación. Casi nunca coincidían con mi padre, que a esas horas estaba en la tienda; pero si lo hacían, se limitaban a cambiar algunas palabras puramente de cumplido.

Yo simpaticé con Matiñón, un periodista del PSOE menos enfautado que los demás, cuya mujer tocaba el piano muy bien. Bueno, digo la mujer, aunque parece que no estaban casados como Dios manda; pero todos les trataban como si fuesen matrimonio. Una tarde me invitaron al concierto de la Sinfónica y lo pasé menos aburrido de lo que me imaginaba, en un palco del Principal, al que acudieron otros varios refugiados madrileños a saludar efusivamente al tío Pepe. También me llevaron a una de las sesiones del Congreso de Escritores Antifascistas, que se celebraba en el salón de actos del Ayuntamiento. Allí me divertí más, escuchando versos y discursos, en todos los cuales exaltaban a la libertad y a la democracia y a Rusia y ponían verdes a los fascistas y a los militares traidores y a los curas que les bendecían.

Por entonces se había frenado bastante la represión y mis padres decidieron que Néstor volviese a casa. Naturalmente, los tíos estaban enterados desde el primer momento de su situación y Pepe se movió por los ministerios, donde tantos amigos tenía, dando después seguridad de que no le sucedería nada. Fue una gran alegría, además de un respiro económico para papá, ya que don Darío venía cobrando últimamente veinte mil pesetas mensuales por lo que llamaba gastos de estancia.

Mi hermano estaba más delgado, pues le daban muy mal de comer, a pesar del precio. Tampoco había congeniado con el cónsul y menos todavía con su mujer, la francesa, que le parecía estúpida. Lo único positivo de sus tres meses largos de encierro habían sido las lecturas; don Darío tenía una buena biblioteca, que nunca usaba, porque, como en todo, sólo le interesaban las apariencias. Tuvo, pues, a su disposición muchos libros interesantes, de los más distintos autores, que leyó con creciente interés y que nos lo devolvieron más culto y más formado. Hasta el punto de que conversaba sin desdoro con el tío Pepe e incluso con sus amigos intelectuales.

A los pocos días de estar con nosotros, surgió una grave contrariedad: movilizaron su quinta. Mamá se llevó un disgusto muy grande, ya que Néstor insistía en incorporarse a filas.

—Lo contrario sería convertirse en desertor; y otra vez a esconderme. Es mucho mejor que me presente y después del período de instrucción, cuando estemos en el frente, ya veré la forma de pasarme a los nacionales.

—Pero eso es muy arriesgado, hijo.

—En absoluto. Lo hacen muchos todos los días, desde uno y otro bando.

Papá le preguntó:

—Y cuando estés en la otra zona, ¿qué vas a hacer?

—Irme voluntario, naturalmente.

No hubo forma humana de hacerle cambiar de idea. Una mañana salió a la calle, por vez primera después de tanto tiempo y con la tranquilidad de no encontrarse con Lisardo, a quien habían movilizado también unas semanas antes. Raimunda le miró con sorpresa y apenas pudo contestar a su saludo indiferente. A los dos días regresó, ya de uniforme: iba destinado a artillería, lo que hacía más difícil su evasión. Pero ya encontraría la oportunidad...

La instrucción sería breve: poco más de veinte días, en los cuarteles de Paterna. Tenía permiso los sábados; cuando regresó del primero de ellos, mamá lo llamó a su cuarto.

—Quiero descargar la conciencia contigo —le dijo—. No sería cristiano que me lo callase, y además debes conocerlo. A poco de estar tú en el consulado, vino a verme tu amiga Vicky. Sabía que te buscaban y ofrecía su casa para que te escondieras en ella. Me pareció que lo hacía de corazón; reconozco que la chica no era como yo pensaba. Imagino que te gustará saberlo.

—Me das una alegría muy grande, mamá. Confesión por confesión, te diré que pensaba ir a verla esta tarde.

—Me parece natural. Dale recuerdos míos.

Tío Pepe consiguió colocar a Pepita en el Ministerio de Estado, que ocupaba un viejo caserón de la calle de las Barcas. Su conocimiento de los idiomas facilitó el empleo, que de todos modos nunca hubiera logrado a no ser por las influencias; le pagaban cuatrocientas pesetas al mes, que parchearon nuestra maltratada economía doméstica. A raíz de esto, parecieron suavizarse las relaciones entre los dos cuñados, y un domingo, después de comer, mantuvieron por vez primera una conversación a fondo. La comenzó papá:

—Mira, Pepe —dijo—. Entre nosotros no debemos mantener posturas falsas. Sabes de sobra cómo pienso, lo mismo que yo lo sé de ti. Ninguno de los dos conseguiremos convencernos recíprocamente; así que lo mejor será que nos aceptemos y nos respetemos.

—Estoy completamente de acuerdo.

—Desde que vinisteis, ando violentándome en algunas cosas, que antes hacía de modo habitual. Por ejemplo, oír las radios nacionales. Te confieso que necesito hacerlo; de modo que, con tu permiso, volveré cada noche a mis escuchas.

—Estás en tu casa, Julio. Te agradezco el sacrificio que has hecho, pero no lo repitas. ¡Faltaría más!

Papá se envalentonó:

—Sinceramente, no comprendo cómo tú, tan artista, puedes sentirte a gusto entre esta gente. No te molestes, pero la mayoría no son más que chusma.

—La culpa la tienen tantos años de oscurantismo, de gobiernos podridos, de una monarquía enquistada en sus privilegios. Nuestro pueblo es sano, pero inculto; precisamente ahora, a pesar de las dificultades, hemos empezado a elevar sus niveles de educación.

—Pero esos crímenes... esos expolios...

—También los hay en la zona fascista. ¿Quién asesinó a García Lorca? Y a tantos obreros, sólo por el delito de ser de izquierdas.

—No hay comparación; lo de aquí ha sido monstruoso.

—Lo que ocurre es que lo de aquí lo has vivido y lo de allí lo desconoces. Pero yo tengo información sobrada para poder asegurarte que la represión también fue feroz. En Andalucía y en Valladolid y en todas las provincias donde mandan los militares.

—No sé; si tú lo dices... Pero ¿por qué? ¿Por qué, Pepe, este odio entre hermanos?

—Porque no nos enseñaron a convivir. Nunca tuvimos una democracia auténtica, y cuando comenzábamos a disfrutar de ella los militares traicionaron al gobierno legítimo de la República.

—Perdona; el gobierno había perdido por completo el control del país. Creo que la sublevación resultó inevitable. De no alzarse los militares, se hubiera producido un alzamiento a la inversa. Caballero lo venía anunciando claramente.

—Precisamente, la obligación del Ejército era apoyar al gobierno para evitarla.

—¿Y qué autoridad tenía el gobierno? ¿Qué mandaba Casares frente a los sindicatos y las organizaciones obreras?

—De todos modos, tú partes de unas consideraciones sobre algo que no llegó a ocurrir, mientras que la sublevación militar es un hecho consumado. Y por ella estamos en guerra, en una guerra civil atroz.

—Gane quien gane, ¿servirá de algo?

—Como yo no dudo de que ganaremos nosotros, tengo la seguridad de que, al final, recobraremos las libertades ciudadanas, en un Estado democrático.

—Ojalá fuera así. Aunque yo creo más bien que, si ganan los nacionales, como espero y deseo, se instaurará en España un régimen de autoridad, que buena falta hace, lleno de preocupaciones sociales. Deberías escuchar alguna vez los discursos de Franco.

—Franco está mediatizado por la Iglesia y por los alemanes y los italianos. Ha pactado con ellos la entrega de las Baleares y las Canarias, lo mismo que ha tenido que rendirse a las exigencias de la oligarquía capitalista. No olvides que gracias al sinvergüenza de March pudo comprar sus primeros aviones.

—¿Y la influencia rusa aquí?

—Simplemente ideológica. Los soviéticos no tienen apetencias territoriales; sólo buscan defender a nuestro país de la agresión nazi.

Estaba claro que no podían entenderse.

—Lo terrible —comentó Pepe— es la ilusión con que esos jóvenes, los nuestros y los vuestros, salen a matarse por los frentes. Todos se sienten abanderados de una causa noble, de un ideal hermoso.

Y forzosamente, unos u otros no tendrán razón.

—Todos tienen razón. Ellos sí que la tienen; ellos luchan sin enterarse de las verdaderas intenciones de quienes les azuzan desde arriba. Por eso mueren felices, seguros de haberlo hecho por algo que merecía la pena.

—¿Y la merece?

—No sé. Personalmente, nunca he creído que nada en este mundo pudiera justificar un precio tan alto como la vida de un hombre. Imagínate si son millares de vidas las que se sacrifican.

Quedaron en silencio, mirándose muy fijos.

—Pepe, yo no tengo tu cultura. Pero sí creo que conozco mejor la vida y, sobre todo, las gentes. Lo de menos es lo que piensen; lo importante es que sean buenas de verdad. Mi gran asombro ha sido comprobar que hay muchos más canallas de los que jamás pude imaginar.

—En eso llevas razón. Quizá lo único positivo de estas situaciones sea que desvelan muchas pasiones soterradas, que descubren la autenticidad de las personas. Por eso ha habido tantas sorpresas en uno y otro sentido, para bien y para mal.

—Y que lo digas. Todos se han quitado las caretas; la lección no la podremos olvidar jamás.

—Nosotros, no. Pero la generación que nos sigue, y aún más, la otra, no querrán ya recordarlo. Las colectividades carecen de memoria; la historia lo demuestra.

Unas gotas menudas picotearon sobre los cristales del balcón. Y a poco, sonó el rotundo reventar de un trueno largo y sostenido. La tormenta se generalizó en pocos minutos, limpiando de peatones la calle. Pepe levantó los ojos hacia el cielo enfurruñado.

—Me gustan la lluvia y las nubes grises y hasta los relámpagos. Recuerdo mis tiempos de becario, en Lovaina, donde apenas veíamos el sol.

Quedó ensimismado.

—¿Sabes, Julio? Antes decías, y es cierto, que te sorprende haber descubierto tanta maldad entre las gentes. ¿No será que aquí estamos demasiado tostados por el sol? Nos abrasa los sentidos, nos calienta las pasiones bajas, enciende todos los rencores.

—Pero el sol sale para todos...

—No creas. Solamente quema a los braceros en el campo, a los caminantes sin refugio, a los obreros de torso desnudo, que se curvan, pico en mano. A eso que tú llamas la chusma que, de pronto, enloquece de sol y busca a todo trance un refugio, un soplo de brisa, un trago de agua helada. Y hace lo que decimos una revolución.

—¿Y necesita matar?

—Matar y morir. Que es librarse: los muertos se pudren al sol; pero no pasan calor.

Don Darío esperó que diera la una; cruzó la calzada e hizo como que se entretenía mirando los escaparates de la tienda. Poco había que ver en ellos; aunque dejó pasar unos minutos, hasta que Julio salió. Entonces, el cónsul fingió sorpresa, mientras le saludaba con su más amplia sonrisa.

—¡Qué casualidad! A comer, ¿eh?

—Más bien a engañar el hambre, ¿no crees?

—Vaya que sí. A propósito: conozco una taberna, cerca

de aquí, donde a los clientes de confianza nos sirven pajaritos fritos. Por supuesto, en un cuarto interior y reservado.

—Serán palomas; ya no queda ninguna en los jardines.

—Anda, vamos. Te invito.

La trastienda estaba llena, con abundancia de militares bien uniformados.

—Como la Jefatura del gobierno está ahí mismo, a la vuelta, aquí vienen mucho los oficiales del Batallón Presidencial. Y bastantes peces gordos.

—Dando ejemplo, como suele decirse…

Las mesas eran toscas; los manteles, sucios, llenos de remiendos. Servían dos muchachas feas y despabiladas, y a ratos asomaba el tabernero, arrugado, ojeroso, manco del brazo izquierdo, sumamente hábil en el uso intensivo del que le quedaba sano.

—Bien, Julio, bien… —Encendió la pipa, con su ritual de costumbre—. ¿Qué tal Néstor? Sinceramente, le echamos de menos en casa. ¡Es tan agradable, tan educado!

—Le han movilizado. La semana que viene se marcha al frente.

—¿De verdad? ¡Qué disgusto, oye! ¿No has podido enchufarle?

—No.

—Excuso decirte que si quiere volver con nosotros… Désirée y yo le recibiríamos con los brazos abiertos.

—Gracias. Pero ahora sí que resultaría peligroso.

Sin duda para amenguar la pena que la noticia le había producido, el cónsul se enzarzó en una lucha a dentellada limpia con los huesecillos del pájaro, procurando rescatar cualquier molla, por insignificante que fuera. Terminada la tarea de disección, se limpió cuidadosamente los dedos en un pocillo con agua, secándose después con parsimonia.

—Están ricos, ¿verdad? Claro que así los cobran.

—Por lo que veo, has conseguido desbloquear tus cuentas en el extranjero.

—No, no es eso. —Bajó la voz—. Son los pasaportes. Mira, puesto que ha salido el tema: he conseguido ya sacar al extranjero a tres personas. Fingimos que tenían parientes en el Paraguay que les habían reclamado; yo me moví en la embajada, hice unas gestiones en el ministerio, agencié los visados… Como es natural, eso tiene un precio.

—¡Ah, ya!…

—Un precio caro: cien mil pesetas por barba. Pero merece la pena.

—Para quien pueda pagarlo.

—¿Otro pajarito? —Julio negó con un gesto de manos—. Por cierto, he sabido que tu hija está trabajando en el Ministerio de Estado.

—Efectivamente. Habla muy bien francés e inglés, y gracias a eso, mi cuñado Pepe, que tiene influencias, consiguió colocarla.

—Lo celebro tantísimo. Vaya si lo celebro. ¿De verdad no quieres otro? Acábate este muslito, hombre.

Julio lo mordisqueó sin demasiado entusiasmo.

—¿Y en qué sección trabaja la chica?

—Precisamente en pasaportes. Allí casi siempre ha de tratar con extranjeros...

—¡Vaya, vaya, qué casualidad! Pues ¿sabes lo que te digo? Que me gustaría echar una parrafada con ella.

Le miró con desconfianza.

—¿Para qué?

—Con Pepita en el ministerio, podríamos hacer grandes cosas. Imagínate: yo aporto los pasaportes. Paraguayos, naturalmente; y los familiares que les reclaman. ¿Qué más da cambiar de nacionalidad por unos días? Por parte de mi embajada no hay problemas; el trámite depende de mí, como cónsul. Si esos pasaportes se pudieran sellar en el ministerio... Aún te diría más: si consiguiéramos disponer de un sello...

Julio se levantó.

—¿Qué pretendes? ¿Que mi hija se exponga a que la fusilen, para que tú aumentes tus ganancias?

—Por supuesto, la chica llevaría una participación importante...

—Ni aun así. Pepita no es una delincuente; y lo que tú le propones es un delito.

También el cónsul se había puesto en pie.

—Pero un delito patriótico, Julio, ¿te das cuenta? Te juro que no me mueve el ánimo de lucro; que estoy haciendo esto, fundamentalmente, por salvar la vida a las gentes de derechas, a nuestras gentes. ¡Ojalá pudiera sacar de aquí a los más posibles! Se trata de una labor benéfica...

—A veinte mil duros por cabeza.

—También arriesgo la mía.

Julio habló muy poco a poco.

—No, no cuentes con Pepita.

—Bien; en todo caso, si cambias de opinión, ya sabes. Podría ofrecerle hasta un veinte por ciento en cada operación.

En la puerta coincidieron con Frasquito.

—¡Un abraso, Julio! Dame un abraso mú grande, que hoy es un día sonao.

—¿Qué te pasa?

—¡Casi ná! Aquí, en este bolsillo, junto al corasón, llevo los contratos para una corrida benéfica en Nimes. Y en este otro, bien amarrao, el pasaporte en regla. ¡Que nos vamos a Fransia a torear!

Le guiñó un ojo.

—Salimos el *dilluns*. Descuida, que iré a despedirme de ti ofisialmente. ¡Ah! Y del venao de Urrutia, pá que rabie un poco.

—A lo mejor no le ves. Ya le han movilizado.

—Pero ¿no desía el muy revolusionario que tenía los pies chungos?

—Sí; y por eso le han destinado a servicios auxiliares.

—Pues si no le veo la guita, mejor que mejor. Ea, ¡salud!...

Desde una mesa del fondo unos oficiales le llamaron, agitando los brazos, y allá se fue con sus andares jacarandosos.

Urrutia, repantigado en el sillón, tenía la mirada fija en las espirales de humo que se escapaban del cigarro puro y subían hacia el techo, para desvanecerse antes de llegar. El despacho estaba a media luz; Lorente daba lentos paseos alrededor de la mesa; también le colgaba de los labios un farias a medio consumir, que posiblemente estaba apagado. Pero a él no parecía importarle; de modo que hablaba con la colilla subiendo y bajando, al compás de las palabras.

—Ahora no nos oye nadie. Entonces dime, honradamente, ¿qué habéis hecho en estos cuatro meses de incautación? Mandar a la mierda el negocio. ¿Es verdad o no? Porque resulta muy fácil decir: esto ya es de todos, se acabó el yugo capitalista. Pero después hay que agarrar el timón y saber por dónde llevar el barco y, sobre todo, llenarlo de mercancía. Aquí habéis liquidado la que teníais; y ahora, ¿qué?

—No hay géneros en el mercado. Sobre todo, de los nuestros.

—Pues se venden otros. Lo que no se puede es tener vacías las estanterías. Y pagar la nómina todos los meses. Así no hay quien aguante; y vosotros no podéis aguantar más.

—Yo hago lo que puedo.

—Tú eres contable, hombre de números. De compras y de elegir muestrarios y de arreglar escaparates no tienes puñetera idea. Esos dos tontos que hay abajo sólo sirven para estar detrás del mostrador, y aun eso lo hacen mal. Convéncete: el único que puede sacar a flote el negocio es Julio. Porque sabe de esto, porque es comerciante desde que estaba en la tripa de su madre. Déjate de monsergas y ponle otra vez en su sitio: mandando. Ahora tienes una ocasión cojonuda; tú has de irte, porque te han movilizado. Bueno; pues antes, reorganizas el negocio.

—No puedo levantar el control.

—Ni falta que hace. La tienda sigue incautada; pero Julio se hace cargo de la dirección comercial; naturalmente, tendrás que darle una comisión sobre las ventas.

—Sobre los beneficios.

—Da lo mismo; los tendréis pronto. Hasta se te podrá respetar tu sueldo, aunque estés en el Ejército...

Urrutia chafó el cigarro, todavía muy entero, en el cenicero de cristal tallado.

—¿Y quién se lo propone?

—¿Quién le dio la escoba? Tú, ¿verdad? Que para algo eres el responsable. Pues esto también es cosa tuya.

—Yo no me bajo los pantalones con ése...

Lorente se rascó la cabeza por debajo de la gorra.

—Si quieres mi colaboración... puedo decirle que el comité me ha encargado de transmitirle la orden.

Meditó el responsable.

—Eso está mejor. Será una orden.

—Claro, hombre. Y él se fastidia y tiene que cumplirla.

—Pero lo de las comisiones...

—Las comisiones y el que tú sigas cobrando el sueldo, al que no tienes ningún derecho, lo arreglas con los demás.

Se presentó en casa cerca de las nueve de la noche. Traía una botella de sidra.

—Pon unos vasos, Amparo, y abre esto.

—Pero ¿qué se celebra? —preguntó mi padre.

—Vais a saberlo en seguida...

Un gentío espeso y exaltado llenaba la estación del Norte. La enorme marquesina tenía rotos casi todos sus cristales; y gracias a eso, el humo negruzco y punzante de las locomotoras se perdía hacia el cielo claveteado de estrellas sin brillo. El batallón había formado a lo largo del andén, a discreción, y los soldados, todos muy jóvenes, de la quinta del 40, charlaban con sus familias y recibían besos, abrazos, recomendaciones y consejos. Iban uniformados con bastante rigor, tabardos caquis, pantalones bombachos, botas con clavos en las suelas, unos gorros redondos con visera y orejeras. Y manta cruzada sobre el pecho, las cartucheras con la dotación reglamentaria, machete al cinto y, a la espalda, aquellos fusiles largos como espingardas, de fabricación checa.

A Néstor el tabardo le quedaba corto, así que las mangas dejaban al aire sus muñecas. A pesar de todo, tenía un cierto aire marcial y mamá aseguró que estaba muy guapo; en seguida le dio una llantina y mi hermano la abrazó con ternura.

—Quédate tranquila, que ya verás como todo sale bien...

Pepita también hacía pucheros y nuestro padre procuraba mantener el tipo, aunque se le veían los ojos enrojecidos. Disimuló, diciendo:

—¡Esta carbonilla es insoportable!...

Y se los frotó con el pañuelo.

La algarabía se hacía mayor, a medida que se acercaban las nueve de la noche, hora prevista para la salida del convoy. Los oficiales charlaban, en grupos, y cuando faltaban poco más de diez minutos, llegó, abriéndose paso entre la gente, un individuo uniformado impecablemente, muy alto, rubio, de piel blanca, con las dos barras anchas de teniente coronel en la gorra de plato.

—Es el ruso que ha dirigido nuestra instrucción —explicó Néstor.

Pero Néstor estaba ahora más atento a la puerta que a nosotros mismos y miraba hacia ella de continuo y estiraba el pescuezo para ver mejor sobre aquel mar de cabezas. Hasta que se le iluminó la cara con un gesto de alegría, agitó el único brazo que le quedaba libre y nos dijo:

—Es Vicky... Perdonadme...

Fue hacia la chica; se agarraron por las manos, mirándose fijamente, sin decirse nada. Después intentaron dar unos pasos entre la masa ondulante, pero desistieron; ahora ya charlaban sin parar. Nosotros habíamos quedado a pocos metros, silenciosos, hasta que mamá fue hacia ellos, separando grupos de gente, y todos la seguimos.

—Buenas noches, Vicky —saludó.

La muchacha, muy azorada, contestó en un susurro. Entonces, mi padre también se acercó.

—Aunque no tenía el gusto de conocerla, mi hijo nos ha hablado mucho de usted. Quiero agradecerle aquel generoso ofrecimiento suyo en los momentos difíciles...

—Era lo natural; no tienen nada que agradecerme.

Imponiéndose al enorme barullo, se escuchó el hiriente gemido de un cornetín, tocando atención. Silbó después la locomotora, marcando un arpegio chirriante y desafinado y de nuevo el cornetín transmitió órdenes. Néstor se abrazó a los padres y después besó a Pepita y a mí me dio también un abrazo muy fuerte; finalmente agarró con firmeza la mano de Vicky. Antes de salir corriendo hacia la formación, que ya estaba alineada junto a los vagones de madera, sucios, viejos, de tercera clase, gritó a papá:

—¡Acuérdate! *Mi jaca, cortando el viento...*

—*... ha llegado a Jerez* —completó nuestro padre.

Los soldados subieron con ciertas dificultades al tren, porque a muchos se les enganchaban los fusiles en los asideros de las escaleras, y a medida que entraban se iban apiñando en las ventanillas, muy pegadas las caras, que apenas cabían en el hueco. La muchedumbre comenzó a agitar pañuelos y a gritar y las mujeres lloraban con casi absoluta unanimidad. Algunos hombres levantaron los puños y hasta se escuchó tal o cual viva la República, viva el Ejército Popular. Por fin, después de varios minutos, arrancó el convoy, con mucha lentitud, resoplando la locomotora bufidos de humo por todas partes, que asfixiaron los andenes, aumentando las lágrimas de la despedida.

Como una gigantesca oruga, el tren tomó la curva de salida casi reptando, para acabar perdiéndose vagón a vagón, hasta que dejó de verse, incluso, el farol anémico del furgón de cola. El griterío se había trocado en silencio; ese silencio terrible de las muchedumbres calladas, que resulta tan agobiante, tan patético. Los grupos de familiares y de amigos, a paso lento, rompiendo la oscuridad de la estación, apenas iluminada, con el blanco repetido de centenares de pañuelos sobre los ojos, se desparramaba por las varias puertas de salida.

Mamá, colgada del brazo de nuestro padre, movía los labios, sin pretender siquiera disimular su plegaria. Pepita y Vicky, silenciosas, parecían intercambiarse lágrimas. Yo estaba triste, muy triste; pero comprendía que era necesario aparentar serenidad.

En la gran explanada exterior nos despedimos de Vicky. Nuestra madre lo hizo con un abrazo largo, que excusó cualquier palabra. Anduvimos sin hablarnos hasta muy cerca de casa. Finalmente Pepita, por decir algo, preguntó:

—¿Cuándo llegarán a Barcelona?

—Vete a saber. Doce, catorce horas.

Volvió el silencio. Al rato pregunté a papá:

—¿Qué quisisteis decir con eso de *mi jaca*?

Esbozó un intento de sonrisa.

—Ya lo sabrás en su momento.

Para añadir, tras una pausa:

—Si Dios quiere...

VII

En la Academia Comercial, cada uno de nosotros tenía adjudicado un pequeño armario, la taquilla, le decíamos, para guardar objetos personales. No podía cerrarse con llave, pues se partía del principio de la general honestidad. Presunción a todas luces infundada, como se encargó de demostrar Francisco. Francisco descubrió que Guzmán Aguilar traía todas las mañanas una cajita con pastas de té, que dejaba cuidadosamente en su taquilla, hasta el descanso de las doce del mediodía. Entonces se las comía. Y no sólo eso, sino que semejantes pastas parecían talmente de antes de la guerra, pues estaban hechas con harina de trigo y con azúcar, de modo que con ellas se recuperaban deliciosos sabores, perdidos muchos meses atrás.

Al principio, nada nos dijo a los de la panda; así que durante varios días, sólo él gozó de tan exquisito placer, con moderación en el hurto, ya que se tomaba únicamente una o dos, de las diez o doce que solían constituir la ración. Como Guzmán era tonto, además de engreído y gordo (entonces comprendimos por qué), ni se enteró de las faltas. Pero lo mismo que a los grandes seductores nunca les importa tanto el hecho en sí de conseguir a una mujer, como la posibilidad de ufanarse después de ello en la tertulia del casino, a Francisco le venció también la vanidad: a la semana de estar comiendo pastas a costa de Aguilar, nos lo contó, e incluso nos las dio a probar.

El reencuentro con los dulces, que teníamos olvidados desde hacía tiempo, despertó en todos nosotros sucios instintos. Sin el menor respeto hacia los legítimos derechos exclusivos del descubridor de las golosinas, Luis Querol planteó de inmediato la exigencia de participar en el disfrute. A lo cual nos unimos en seguida Pepe Miranda y yo. Francisco se resistía tercamente; dominado por la gula, Luis le amenazó:

—Pues entonces nos chivaremos.

—¿Seríais capaces?

—Claro que sí. Es lo que se llama estado de necesidad.

El grandullón, que era bueno en el fondo y, sobre todo, muy generoso, como creo que ya dije, buscó entonces ciertas fórmulas conciliatorias.

—Si os parece, yo seguiré comiéndome una pasta todos los días y la otra la tomáis vosotros, por turno rotatorio.

Era una propuesta sensata, que aceptamos en el acto. Pero ocurrió que las pastas estaban riquísimas y se nos hacía muy cuesta arriba tener que esperar dos días para regalarnos el paladar, por lo que a la semana dijo Pepe:

—Si ese chalado no se entera de que le robamos dos pastas, tampoco se dará cuenta de que le quitamos tres. De esa forma sólo tenemos que pasar un día sin catarlas.

Se aprobó por unanimidad.

Claro que a poco de estar aplicando el nuevo sistema, fui yo quien opinó que el tontaina de Germán tampoco notaría que eran cuatro los dulces que le faltaban. La idea resultó calurosamente recibida y así pudimos comerlas a diario. Sin embargo, un conjunto de circunstancias lamentablemente encadenadas dio al traste con nuestro disfrute. Por un lado, Francisco, sin decirnos nada, comenzó a robar dos pastas para él; de modo que ya eran cinco las sustraídas. Por otro lado, la madre de Aguilar redujo la ración, según supimos después, a causa de dificultades con el azúcar. Francisco, que seguía siendo el encargado de desvalijar cada mañana el paquetito, ni siquiera llegó a enterarse, porque actuaba con gran rapidez y casi al tacto. Total: que un día lo dejó vacío.

A pesar de lo cual, el memo de Guzmán no reaccionó en el momento, creyendo que en casa se habían olvidado de llenarle la caja. Cuando supo que no había sido así, el muy granuja llegó y, como todos los días, dejó el envoltorio en su taquilla, pero escondiéndose en la habitación de enfrente, donde dábamos Matemáticas. Así pudo sorprender *in fraganti* a Francisco, y comenzó a dar tales voces, que apareció don Manuel, y nuestro compañero no tuvo otro remedio que confesar de plano. Nosotros, en un gesto de noble solidaridad, reconocimos espontáneamente nuestra condición de cómplices. El director, contra sus costumbres, no pareció irritarse, sino que, con muy buenas formas, nos hizo pasar a la sala de profesores.

Era la primera vez que entrábamos allí. Había unos sillones forrados de terciopelo y una mesa llena de libretas de clase y de papeles y una biblioteca adosada a la pared, con bastantes huecos. Lo que más nos llamó la atención fue un gran mapa de España que cubría una de las paredes y sobre el que se apoyaba un puntero, de los que usábamos para señalar en la pizarra. En la otra pared, agarrada con chinchetas, lucía una lámina dibujada en tinta china, muy bien hecha, representando la conocida estatua de la Cibeles.

Estábamos de pie, callados, nerviosos, cuando entró don Manuel, que se había quedado en el pasillo, charlando con Guzmán. Le acompañaba don Ricardo, lo cual nos tranquilizó bastante.

—Ahí los tiene —le comentó—. Robando los pasteles de un compañero.

—¿Pasteles, ahora? —se extrañó don Ricardo.

—Con permiso; son sólo pastas —precisó Francisco.

—Da lo mismo —gruñó el director, a quien el comentario no le había complacido—. Como si hubieran sido anises. Lo grave es el hecho en sí; el que seáis unos ladrones. Y que lo hagáis aquí, en la academia.

—En verdad, eso está feo —dulcificó don Ricardo.

El director le miró.

—Bien. ¿Qué le parece que hagamos con estos pollos?

—A ver qué explicación dan. ¿Por qué robabais las pastas?

Hubo un silencio corto, que rompió Luis:

—Lo que se llama estado de necesidad.

Sonrió don Ricardo y hasta pareció que a don Manuel también le hacía gracia la salida. Lo que dio ánimos a nuestro amigo para seguir hablando:

—Llevábamos mucho tiempo sin probar un dulce. Ya saben que no los hay; si ese Aguilar los tiene es porque su padre está enchufado en la Presidencia del Gobierno, en avituallamiento, y puede llevarse a casa harina y azúcar, de lo que le mandan al doctor Negrín. O sea que quien roba a un ladrón...

—¡Silencio! —tronó el director—. Tú no eres quién para juzgar a nadie. Bueno: por ser la primera vez y como siempre observasteis buena conducta, tendré benevolencia. El jueves próximo os quedaréis sin fiesta por la tarde. A las cuatro en punto, aquí; ya pensaré qué deberes os encargo. Podéis marcharos.

Lo que jamás hubiésemos sido capaces de imaginar es que, cuando nos fuimos, don Manuel comentase con don Ricardo:

—Efectivamente, ese Aguilar es un sinvergüenza de tomo y lomo, que se está forrando. Y más rojo que un pimiento.

—Entonces, ¿cómo tenemos al chico?

—El padre vino espontáneamente; pasaba por la calle y vio el cartel de la academia que había en el balcón. Como vive cerca, le pareció muy cómodo matricular aquí a su hijo. Por eso quité en seguida el rótulo: para evitar que se repitiera el caso.

—Muchacho listo Luis Querol... Y tiene gracia.

—Su padre es ingeniero. Estuvo medio año en la cárcel; salvó la vida de milagro.

Se fijó en la lámina de la Cibeles.

—Le quedó precioso el dibujo, Ricardo. Pero habría que enmarcarlo...

—He de tomar las medidas, para comprar el marco y el cristal. Lo haré yo mismo.

—Llévelo a la librería que hay en esta calle. Trabajan muy bien.

—No; el dibujo no debe salir de aquí. Tengo un estilo muy personal; me he prodigado mucho en los periódicos y cualquier aficionado podría adivinar quién es el autor... Todavía no está el horno para bollos.

Entró don Alberto, embutido en un gabán oscuro, con algún que otro lamparón.

—Buenos días.

—Buenos días. ¿Hay alguna novedad importante?

—Franco está concentrando fuerzas en el sector de Teruel. Se supone que para comenzar la ofensiva sobre Valencia.

Don Manuel agarró el puntero y señaló en el mapa.

—En esta dirección, claro...

Algunas mañanas acompañaba a tío Pepe al Museo de Bellas Artes, que, según él, era muy importante y tenía una colección magnífica de primitivos, aunque la instalación resultaba lamentable. Miraba y remiraba los cuadros, desde varios ángulos, quejándose siempre de la deficiente iluminación, y me explicaba las diferencias de técnica entre los distintos autores, y así fui aficionándome a la pintura. Otros días íbamos a la universidad, en cuyo archivo había encontrado unos documentos que le venían muy bien para el libro que estaba preparando sobre los maestros del siglo XVI.

Le encantaba aquel barrio, con el viejo caserón universitario delante de la iglesia del Patriarca, que era de las pocas, quizá la única, que no habían incendiado durante el trágico verano del 36. Afortunadamente, decía el tío, pues en ella había muchas obras de arte y también en el inmediato convento, cuyo patio presidía la estatua en bronce del beato Juan de Ribera. Una vez nos permitieron entrar y paseamos por el claustro neoclásico; la sensación de paz era deliciosa.

Lo mismo que en otro barrio, también frecuentado por Pepe, el del Mercado, con sus calles estrechas, que en mejores tiempos olían a café recién tostado y a salazones y a canela; pero que ahora estaban mustias, con los ultramarinos, colmados, coloniales, de simple adorno, sirviendo nada más que los racionamientos. Hasta las droguerías, muchas eran, perdieron sus aromas tan característicos y vendían únicamente unos aparatitos para sustituir a los fósforos, que escaseaban, y productos contra los piojos, las ladillas y la sarna.

Entre las plazas del Collado y de Lope de Vega abundaban las platerías, todavía no recobradas del expolio padecido, pues los milicianos se llevaron cuberterías, pulseras, bandejas y cualquier objeto de valor. Bastantes continuaban cerradas; otras exponían broches y pulseras de fantasía y bisutería barata y cajitas de música, que hacían sonar *La Internacional*. Las antiguas pasamanerías vendían ahora cazadoras de cuero para los soldados, y las tiendas que fueron de ornamentos religiosos, retratos de *la Pasionaria* y de Durruti, insignias militares e incluso alpargatas. Detrás de la iglesia de Santa Catalina, apoyados sobre sus muros ennegrecidos por las llamas, los quioscos de libros de lance constituían una de las paradas fijas de mi tío, que siempre acababa llevándose alguno, después de mucho regatear.

Hablábamos poco en estas caminatas, y nunca de la guerra. Aunque cuando dábamos con algún evacuado, amigo de Pepe, ellos no tenían otro tema de conversación y yo les escuchaba en silencio, eufóricos o preocupados, según fuese la marcha de las operaciones. Cierta tarde, era festivo, no recuerdo por qué, yendo por la calle de Zaragoza, vi venir por la misma acera, tan estrecha, a don Ricardo y me dio la impresión de que él también nos había visto, pero desapareció de pronto, como si se lo hubiese tragado la tierra, y lo sentí, ya que me hubiera gustado presentárselo al tío.

Por cierto que al otro día se lo comenté en clase y él aseguró que no había reparado en nosotros, y entonces, por presumir, le expliqué que iba con don José Puig, el académico de Bellas Artes.

—¿Le conoce usted?

—Sí, por supuesto. De oídas, se entiende.

—Está refugiado en casa con su mujer, que es hermana de mamá.

No hizo ningún comentario.

Para comentarios, los de todos nosotros, cuando se corrió por la academia el rumor de que don Manuel y doña Elena se habían hecho novios. Según costumbre, la noticia la trajo Pepe, y al principio no la creímos. Pero Isabelita Retamar se la confirmó a Amparo, la pecosa, y como dijo Francisco:

—Ésa tiene que estar bien enterada por sus intimidades con don Anselmo.

Seguía empeñado en que había algo entre ellos dos y hasta había conseguido convencernos a los demás porque, en efecto, resultaban muy significativas las delicadas atenciones que la imponente tenía siempre con el profesor de inglés, y más todavía aquellos encierros en la sala privada, una vez por semana, según contabilizaba Francisco.

A los pocos días no se hablaba entre clase y clase más que del noviazgo del director con la experta en cocina y ciencias naturales, y Eugenio Vila, aprovechando su confianza con don Luis, se atrevió a preguntarle si era cierto. Contestó con evasivas y, sin duda, debió de comentarle a don Manuel la expectación reinante, ya que muy poco después tuvimos la confirmación oficial, de boca del propio interesado, que recorrió una por una todas las aulas para comunicar la feliz nueva. Según contaron los presentes, cuando lo hizo en la que ocupaba doña Elena, ésta se puso colorada como un tomate y los alumnos dedicaron a la talluda pareja una ovación ruidosa.

—Lo que busca el dire es que le haga buenas comiditas —malició Pepe.

Francisco, siempre a lo burro, soltó:

—¡Hombre, no iréis a pensar que esa señora gorda puede ponerle cachondo!

—Es un amor espiritual —dije yo.

—De todos modos, hay que reconocer que el carácter de don Manuel ha mejorado mucho últimamente. Apenas grita y ya no suelta aquellos tacos de antes.

—¡Ojalá sean muy dichosos! —apostilló Francisco, con inesperada delicadeza, al tiempo que nos alertaba con unos guiños.

Y era que Guzmán Aguilar venía por el pasillo y podía escuchar nuestra conversación. Desde el asunto de las pastas teníamos mucho cuidado con él, pues siempre estaba ojo avizor, por si faltábamos en algo, para ir en seguida con el cuento al director. No había vuelto a dirigirnos la palabra, aunque eso nos importaba un rábano; sí que nos inquietaba, en cambio, su molesto espionaje durante las pruebas escritas, agazapado, esperando sorprendernos con la chuleta o copiando del vecino. Luis Querol propuso darle una paliza; pero pensamos que la cosa podía traernos consecuencias graves y desistimos de hacerlo.

Hacia mediados de diciembre, un frío inclemente azotó Valencia. Llegó a caer agua nieve y teníamos que ir con jerseys y bufandas por dentro de casa, ya que la calefacción no funcionaba. Daban envidia las castañeras, pegadas al fuego, y en las calles apenas se veía más que a las patrullas militares de vigilancia. Los tíos acusaron mucho aquellas bajas de temperatura.

—Pues debíais estar acostumbrados, porque en Madrid hace más frío.

—Pero es seco y se tolera mejor.

Llovía a jarros cuando se presentó en casa Serafín Galobart, poco antes de la hora de la cena. La proximidad de las Navidades había acentuado su nostalgia y quería consultarle a mi padre si le parecía peligroso que fuese a Barcelona, a pasarlas con su mujer y sus hijas.

—¿Qué quiere que le diga? Aquello es otro mundo, que nada tiene que ver con éste. Desde los sucesos de mayo, el Partido Comunista y la FAI mandan mucho; más, todavía, que Companys. En cambio, el gobierno tiene allí poca autoridad...

—Yo he pensado que, como quienes querían quitarme de en medio pertenecían al POUM y ese partido ya no existe... Mi mujer me ha dado a entender, en una de sus cartas, que incluso a alguno lo mataron en la revuelta. Por lo menos, eso he creído deducir, pues, como comprenderá, lo ha escrito en clave, por miedo a la censura.

—Hay que suponer que, lo mismo que ocurre en Valencia, la represión será ya mucho menor que antes.

Pero los tribunales populares no paran de condenar gente; todos los días vienen en *La Vanguardia* noticias sobre las sentencias que imponen, bastantes de muerte. Y contra mí había una denuncia grave por haber sido testigo favorable a la empresa del hotel, en su juicio ante el jurado mixto con un camarero al que sorprendieron robando unos cubiertos de plata. Por cosas así han fusilado a muchos.

—En efecto; aquí, al doctor Algorta le dieron el paseo sólo por haber dictaminado como perito médico que un obrero de la construcción se autolesionó, para conseguir la baja por accidente. Pero esas atrocidades ocurrieron en los primeros meses; ahora se ha mejorado bastante.

—¿Usted cree? Aunque francamente, don Julio: llevo casi año y medio sin ver a mi gente. Y estoy dispuesto a arriesgarme.

—¿Tiene documentación?

—Ninguna. Bueno, la cédula personal.

—Hablaré con Lorente; ya le conoce. Persona de toda mi confianza.

—Yo había pensado que ese vecino suyo, el cónsul...

—Olvídese de él. Trafica con la necesidad ajena; es un inmoral, que le cobraría un disparate por falsificarle un salvoconducto paraguayo.

—Además yo, con este acento de Lleida, difícilmente iba a engañar a nadie.

Rieron.

—Seguro que Lorente podrá conseguirle un carné o un pase o algo que le valga, que llevará los sellos y las firmas auténticas. Por cierto, ¿cuál es su segundo apellido?

—Rigat.

Volvió el lunes para recoger el salvoconducto, y para agradecérselo personalmente a Lorente, que estaba en casa.

—Ya tengo billete para el expreso del día dieciocho.

—Vaya a la estación dos horas antes de la salida, si quiere conseguir asiento. Los trenes se llenan a tope; incluso hay gente que viaja en los estribos.

—Y procure llevar una botella de cuello ancho o cualquier otro recipiente donde recoger los orines. Piense que no podrá moverse de su sitio durante muchas horas y que también los retretes van ocupados por viajeros.

—No me importan las incomodidades, con tal de llegar a casa...

Entregó a Lorente un pequeño paquete, envuelto en papel de seda.

—Permítame agradecerle su favor con este recuerdo...

Era una petaca de piel.

—Me hubiera gustado llenársela de picadura, pero no he encontrado ningún tabaco de confianza. Todo era procedente de colillas...

—Muchas gracias.

—Legítima de Ubrique —precisó mi padre, técnico en la materia—. Ahora no hay forma de conseguirlas; como eso queda en la otra zona.

—Despídame de los amigos —pidió Serafín—. Por cierto, ¿hay alguna noticia de Boil?

—Sigue en la checa.

—¡Lo que estará pasando!...

Se estrecharon las manos con fuerza. Papá le acompañó hasta la puerta y, al regresar, comentó con Lorente:

—¿Crees que podría ocurrirle algo malo en Barcelona?

—Vete a saber. Hoy nadie está seguro.

—¿Por qué no te quedas a comer con nosotros? Lo

paso muy bien oyéndote hablar de política con mi cuñado.

—Es una gran persona Pepe. Con una ingenuidad asombrosa, eso sí.

—¡Hombre! Todavía no se ha enterado de lo granujas que son los socialistas.

—No exageres, que hay algunos muy respetables. Besteiro, por ejemplo.

—Es la excepción. Bien, ¿aceptas? Aunque no sé lo que hoy nos tendrá preparado Amparo.

Entonces intervine yo:

—Tú dirás, papá: conejo.

La señora tenía una elegancia innata, que no lograba disminuir la modestia del abrigo de paño, sencillo, de buen corte. El cabello gris, recogido en moño, dejaba al aire unas orejas menudas y perfectas, sin adorno alguno. Miraba con sus ojos azules, cargados de indignación, al director del banco, que sólo sabía repetir:

—Créanme que lo siento... Lo siento mucho... Pero nosotros no hemos podido evitarlo... Han sido órdenes superiores...

Un hombre ya mayor, casi anciano, que estaba junto a la señora, apoyado en un bastón, protestó con timidez:

—Por lo menos podían habernos avisado...

—Nada sabíamos, de verdad. Fuimos los primeros sorprendidos.

Había varias personas más llenando el despacho. Todas, de edad; todas, entristecidas; todas, conteniendo a duras penas una soterrada irritación. El teléfono sonaba de continuo y el director repetía una y otra vez por el auricular el mismo sonsonete:

—Lo lamento; sinceramente, lo lamento. El banco no ha podido hacer nada; la orden venía firmada por el ministro de Hacienda...

Colgaba; se dirigía de nuevo a los reunidos:

—Ya lo han oído. Una orden del ministro...

—Pero una orden ilegal... —se atrevió a decir la señora elegante, ante el asombro temeroso de los demás.

—Señora, a mí no me corresponde juzgarla. Yo me he limitado a cumplirla.

Preguntó el más joven, un calvo embutido en un jersey gris, con aspecto huertano:

—¿Y no han dejado nada?

—Ustedes mismos lo comprobarán, si tienen la bondad de acompañarme.

Le siguieron a través del patio central del banco; bajaron por las escaleras, hasta llegar a una verja metálica. Abrió el director, con una de las llaves que llevaba en un manojo sujeto a un aro, y anduvieron después varios metros, hasta otra puerta, ésta acorazada, cuyos dos cerrojos chirriaron al ceder. Entraron finalmente en la cámara; las cajas de seguridad, adosadas a las paredes, las cubrían por completo. Todas estaban abiertas, con señales claras de haber sido forzadas.

—No hemos tocado nada; lo ven tal cual lo dejaron los funcionarios del ministerio...

Cada uno fue hacia su caja y miró al interior, metiendo después la mano hasta el fondo. Algunos encontraron papeles, sobres con documentos, escrituras arrugadas. Pero nada más. Faltaban las joyas, las monedas, los estuches, los billetes. El hombre del bastón inclinó la cabeza y se le escuchó decir, con voz apagada:

—Eran los pendientes que llevaba mi pobre mujer el día que nos casamos... Unos brillantitos que apenas valían nada, pero que me recordaba tantas cosas...

La señora elegante sacó del bolso una cuartilla con el membrete del banco.

—Cuando deposité aquí mis joyas, quise que se relacionaran y éste es el comprobante, firmado por su antecesor en el cargo. Por supuesto que pienso exigir las oportunas responsabilidades.

—Está en su derecho. Pero le repito que el banco no se considera culpable de nada.

El calvo, nervioso, angustiado, fumaba sin parar. En un arranque, confesó a quien tenía al lado:

—Yo había metido en la caja todos mis ahorros, en billetes grandes, porque pensé que así estaban más seguros que en la cuenta. Me han arruinado...

—Pues yo guardaba mi collar de brillantes, valorado en diez mil duros, y varias monedas de oro, que había ido comprando poco a poco. Decían que era una buena inversión. Y ya ve...

Salieron en silencio, comiéndose la rabia. El patio central del banco se había llenado con otras muchas personas, que también aguardaban al director. Dos parejas de guardias de asalto, con el mauser bajo el brazo, vigilaban desde la puerta.

—Discúlpenme, pero tengo que atender a otros clientes. Les reitero mi disgusto e insisto: hemos cumplido órdenes, órdenes inexcusables...

El grupo salió en silencio y se dispersó en la calle. De parte a parte de la calzada, a la altura de los primeros pisos, una pancarta gigantesca pedía donativos al pueblo valenciano, para construir el nuevo *Komsomol*, en sustitución del homónimo navío ruso hundido por los nacionales. Las paredes de las casas estaban cubiertas con pasquines del Socorro Rojo Internacional y carteles de propaganda, insistiendo machaconamente en el «¡No pasarán!» Se oyeron gritos y canciones y por la esquina desembocó una manifestación de varios centenares de mujeres que llevaban en alto una gran foto de *la Pasionaria* y levantaban los puños, acompasando un estribillo repetido hasta el cansancio:

—¡Hijos, sí; maridos, no! ¡Hijos, sí; maridos, no!

La señora elegante les miró unos momentos; después, sin dar importancia, con gran naturalidad, inclinó la cabeza y escupió en el suelo. Con mucha dignidad, por supuesto.

Mi padre también fue a su banco; ya muy temprano, le había avisado, particularmente, el antiguo director de la sucursal urbana, que desde que comenzó la guerra estaba rebajado a la categoría de auxiliar administrativo, por sus ideas. Horas más tarde recibió la llamada oficial de un antiguo auxiliar administrativo, actual director, también por sus ideas. Nos informó de lo sucedido durante la comida, aunque sin darle demasiada importancia.

—Ya que, en realidad —aclaró—, como Amparo es tan poco aficionada a las joyas, las pocas que tiene las ha guardado siempre en casa. Lo único que se nos han llevado a nosotros ha sido un camafeo, que fue de mi abuela; lo siento, sobre todo, por su valor sentimental.

Camila estaba algo alterada. Mamá protestó:

—Lo que resulta ignominioso es el hecho en sí. ¿Cómo se pueden violentar las cajas privadas de seguridad, para robar su contenido? Porque eso es un robo, aunque lo haga el gobierno.

Pepe, sin demasiada convicción, intentó justificar el expolio:

—Hay que pensar en las muchas necesidades de un Estado en guerra... Efectivamente, el procedimiento quizá haya sido un tanto arbitrario; pero, sin duda, no habría mejor forma de aumentar los caudales públicos.

—Mira, en la otra zona, la gente ha entregado voluntariamente todo el oro que tenía; ése sí que es un modo digno de ayudar a la Hacienda.

—Vete a saber las presiones que habrán padecido. Te repito que lo de aquí no puede parecerme bien, aunque llego a disculparlo,

Con cierta sorna, dijo entonces mi padre:

—No sabes lo que celebro que opines así, porque tu mujer quiso guardar en nuestra caja las arracadas y la pulsera que su madre le dejó al morir.

—¡Ah! No sabía —fue todo el comentario del tío.

Camila le agarró la mano.

—Tú nunca te enteras de estas cosas. —Y preguntó a papá—: ¿Se las han llevado?

—Sí.

Vaciló unos segundos, para concluir con voz serena:

—En fin, qué le vamos a hacer.

Como si no hubiese pasado nada, aquella tarde los tíos fueron con sus amigos a una función extraordinaria que se celebraba en el teatro Principal, en homenaje a las Brigadas Internacionales, e invitaron también a Pepita. La compañía de Salvador Soler Mari y Milagros Leal representó *Los intereses creados*, y su autor, Benavente, interpretó el papel de Crispín, al parecer estupendamente. Después hubo fin de fiesta, con actuación de la *vedette* Pepita Huertas, que cantó, con las vicetiples, el número de las viudas, de la revista *Las tocas*, y de Amalia de Isaura y Miguel de Molina, con su repertorio. A mi hermana no acabó de gustarle el famoso cantante, de quien tanto se hablaba.

—Lo encuentro muy amanerado.

—Claro, mujer. Como que es marica.

—Entonces, por eso saca unas blusas de lunares muy bonitas, aunque talmente de mujer. Bueno, qué importa. La verdad es que lo he pasado muy bien. El teatro estaba lleno de militares y de políticos y el embajador ruso ocupaba un palco, junto con Álvarez del Vayo, que es el ministro de Estado. Al final, todos se pusieron en pie y cantaron *La Internacional*, con los puños en alto.

—¿También tú?

—A ver. Hombre, cantarla, cantarla, más bien no, porque sólo me sé el comienzo; pero el puño sí que lo levanté, lo mismo que los artistas, que estaban muy serios en el escenario, vestidos con los trajes de la función y coreando el himno.

—¿Incluso Benavente?

—Era el que parecía más entusiasmado; seguramente, como le habían aplaudido tanto...

Esa noche hubo alarma aérea, cuando empezábamos a cenar. Los tíos se bajaron corriendo al sótano, con mamá, Pepita y Rosa, la cocinera, y, según costumbre, Pepe vociferó por la escalera contra el obispo de Burgos. Me quedé en el piso con mi padre, ya que él nunca daba importancia a las sirenas. Además, coincidía la hora con la del parte de Radio Nacional y no se lo quería perder. Apagamos todas las luces, puso muy baja la radio y nos cubrimos con una manta, pegados al aparato. Era la primera vez que yo tenía ocasión de escuchar las noticias desde la zona nacional y noté una sacudida en el espinazo y cómo se me aceleraba el corazón, cuando, después de un toque agudo de corneta, la voz vibrante del locutor dijo:

—Parte oficial de guerra del Cuartel General del Generalísimo, correspondiente al día de hoy, once de diciembre de mil novecientos treinta y siete, segundo año triunfal...

Papá me explicó:

—Es Fernando Fernández de Córdoba.

La jornada había sido tranquila; pequeñas rectificaciones a vanguardia en el frente de Aragón, dos aviones rojos derribados en el sector de la Ciudad Universitaria de Madrid y poco más.

—Ahora leerán la crónica del Tebib Arrumi. Verás qué interesante.

Pero apenas comenzada, acabó la alarma, llamaron a la puerta y tuve que dejar a mi padre, para reunirme con el resto de la familia. Terminamos la interrumpida cena, durante la que se habló muy poco y cada cual se marchó después a su cuarto, con el aburrido sabor de las lentejas en el paladar.

VIII

Al principio, los refugiados madrileños sólo querían olvidar; llegaban con escombros, polvo y muerte en las retinas, para aferrarse gozosos a la aparente tranquilidad de Valencia, capital del *Levante feliz* y de la República. El clima, tan distinto al de Castilla, constituía también una satisfactoria novedad para ellos; y no se diga la mar, que muchos contemplaban por primera vez. Quedaban atrás, como muy lejos, como infinitamente distantes, los días angustiosos de la batalla de Madrid, los bombardeos aéreos, las fortificaciones, el incansable tronar de la artillería, los edificios que se hundían, el paso veloz por la Gran Vía de las primeras Brigadas Internacionales, camino de la Casa de Campo, donde tendrían que frenar a las columnas franquistas. Y aquel frío seco, que cortaba el cutis. Y las colas para todo. Y el hambre. Y, sobre todo, el miedo.

La mayoría de los refugiados eran funcionarios de la Administración central, arrastrados por el gobierno en su vergonzosa huida. Porque, sí, la decisión de Largo Caballero de abandonar la capital de la nación, sólo merecía ese calificativo. Sus propios milicianos estuvieron a punto de impedirle consumar la espantada, cuando en Tarancón, a 80 km de Madrid, detuvieron la comitiva ministerial y, ante el pánico de los ilustres viajeros, quisieron obligarles a regresar. Personalmente tuvo que enfrentarse el presidente con el coronel Del Rosal, que mandaba la tropa, y convencerle para que les permitiesen seguir camino, «por altas razones de Estado».

Así lo hicieron; pero soportando toda suerte de imprecaciones, insultos y hasta salivazos de los componentes de la columna, formada en su mayor parte por antiguos presidiarios de San Miguel de los Reyes, delincuentes comunes a quienes se puso en libertad a cambio de que marchasen a combatir. Dos ministros, los anarquistas López y Peiró, no pudieron, sin embargo, seguir; sus camaradas del pueblo los tildaron de cobardes, los desarmaron y les obligaron a regresar a la ciudad cercada. Más listo que ninguno, Prieto saldría en avión al siguiente día. Sus colegas de gabinete, aterrorizados, convencidos de que la caída de Madrid era cosa de horas, habían partido directamente desde la Presidencia en cuanto terminó el Consejo en el que se decidió la evacuación.

Tampoco pudo pasar de Tarancón el orondo don Pedro Rico, cien kilos largos de alcalde, a quien los columnistas de Del Rosal increparon con especial saña, exigiéndole que regresara a su puesto madrileño tan inicuamente abandonado. El regidor socialista, apenas llegó de nuevo a su ciudad, buscó refugio en la embajada de México, por temor a que los exaltados le hicieran pagar cara su cobardía. Pero se encontró la embajada atestada de falangistas y de militares que se habían acogido a la extraterritorialidad y en cuya compañía, naturalmente, tampoco se sentía a gusto. Finalmente, pudo escapar a Francia, escondido en el maletero del coche del *Nili*, banderillero de Juan Belmonte. Conseguir que encajasen sus grasas en el reducido portaequipajes resultó singularmente difícil.

Casi todos los refugiados conocían estos detalles; pero nunca los comentaban, temiendo las represalias. Los que ejercían en Valencia sus funciones habituales, se entiende. Pues muchos otros, en cambio, que habían salido de Madrid acogiéndose al plan general de evacuación, pero no tenían dependencia alguna con el gobierno y eran, en su mayoría, simpatizantes de Franco, contaban a sus amistades (bien que en voz baja y tomando las debidas precauciones) la historia de la grotesca fuga del gobierno, que más parecía propia de un vodevil o de un sainete.

A finales de noviembre del 36, ya estabilizado en su nueva sede el gobierno republicano, con los ministerios funcionando en edificios públicos o en palacetes particulares requisados, Valencia cambió su fisonomía. Aunque, en realidad, los valencianos apenas alteraron sus costumbres; pero junto a ellos coexistían ahora los millares de evacuados, que a las pocas semanas de disfrutar de aquel ambiente de paz, que, si bien relativo, tan distinto resultaba del contorno trágico que habían abandonado, volvieron a sus hábitos madrileños, poniendo especial empeño en avivar sus nostalgias.

Muchos se reunían por las tardes en los cafés cercanos a la plaza de Castelar, Lauria, Royalty, Barrachina y recuperaban las tradicionales tertulias de los Madriles, matando las horas con añoranzas de la ciudad perdida. Llegaban incluso a pasear imaginariamente por las calles, en un juego melancólico que iniciaba siempre el más castizo, el más fetén, proponiendo el nombre:

—Hoy daremos un garbeo por Fuencarral, ¿les parece?

A partir de ese momento, cada cual hacía alarde de memoria:

—Entrando por la red de San Luis, a la izquierda, la Telefónica. El número uno de la calle.

—¡Le digo a usté! ¡Pero si ésa es la acera de los pares...!

—Disculpe el lapsus. Al lado, el bar Telefónica, como es natural. Una librería. Un estanco. Y en el chaflán con la antigua calle de Infantas, la droguería...

—Pasemos enfrente, con permiso: a los impares.

—Antes que nada, la bisutería... ¿cómo se llama, caramba?

Siempre había alguno que lo recordaba. Y así, tarde tras tarde, alimentaban su nostalgia y se sentían felices y hasta se creían paseando, realmente, por sus barrios más queridos, en un juego entrañable que terminaba a las ocho, a veces a las nueve. Entonces volvían a la realidad, despidiéndose hasta la mañana siguiente, en el ministerio (bueno, en eso que llaman ministerio, que ya me dirán ustedes... ¡Con los salones que tenemos allí y, en cambio, esto de aquí, que hay que caminar pisando archivadores!), y cada cual marchaba a su alojamiento provisional: la pensión, el cuarto realquilado o la vivienda de unos parientes.

Aunque también hablaban de política; que la gran novedad eran los rumores del próximo cese de Largo Caballero; se aseguraba que el doctor Negrín sería el nuevo presidente del gobierno.

—Y ese Negrín, ¿quién es?

—Un catedrático de Medicina muy sabio —explicaba el enterado de rigor—. Aunque pertenece al PSOE, dicen que cuenta con el beneplácito de los rusos. Es hombre enérgico, duro, que piensa dedicar toda su atención a la guerra.

—Falta hace, porque se está poniendo difícil.

—Se rumorea asimismo que tiene una querida... Una artista de cine...

—Bueno, allá él.

Tampoco faltaban las preocupaciones profesionales.

—Yo imagino que, cuando acabe la guerra, a los que nos hemos venido a Valencia nos subirán inmediatamente de categoría. Es lo menos que nos merecemos.

—Sí, porque el plus de vivienda que nos dan apenas llega para nada.

—Por mi parte, espero ascender muy pronto. Ya saben, soy funcionario de segunda, en la escala administrativa del Ministerio de Trabajo. Pero si me confirman unos datos que he pedido a mi hermano, el que se quedó en Madrid, van a verme muy pronto como funcionario de primera.

Se interesaban todos, por naturales razones analógicas.

—¿Y eso?

—Delante de mí, en el escalafón, sólo estaban el 18 de julio, Gutiérrez Pila y Mendoza Toledano. A Gutiérrez le dio un infarto, con los primeros bombardeos, y se marchó al otro barrio. En cuanto a Mendoza...

Bajaba la voz, miraba a uno y otro lado; los demás se le acercaban apiñando sus cabezas sobre el mármol sucio del velador.

—Mendoza es muy monárquico, muy reaccionario. No quiso que le evacuaran, porque esperaba que los fascistas entrasen en seguida en Madrid. Estoy seguro de que hacía espionaje para la quinta columna. En todo caso, nunca ha negado su beatería; imagínense que sigue llevando al cuello un escapulario. Y no se recata en hablar de Dios y de los santos.

Hacía una pausa. Enfatizaba la voz.

—De modo y manera que lo más normal es que le hayan dado el paseo, en cuyo caso a mí me corresponde automáticamente el ascenso.

En un acto reflejo, los contertulios retiraban las cabezas, buscando otra vez la verticalidad en los asientos.

—Ya digo que le he encargado a mi hermano que se

entere. Pobre Mendoza. Me daría mucha pena, porque no es mala persona. Muy fanático, eso sí. En fin, ya les diré lo que haya...

Esa tarde, la tertulia terminaba antes que de costumbre. Y todos —menos el esperanzado aspirante al ascenso administrativo— salían del café con un cierto regusto amargo en la conciencia.

Mi padre se hizo cargo de nuevo de la dirección del negocio, sin darle mayor importancia. Realmente, la ausencia de Urrutia evitó roces que hubieran sido inevitables; los dependientes eran unos pobres hombres sin personalidad, llenos de pánico, que incluso se creyeron que lo sucedido era consecuencia de una orden del responsable del control. En cambio, Rosita, la cajera, no ocultó su satisfacción e incluso subió al piso para dar la enhorabuena a mamá.

La tienda estaba sin géneros; apenas quedaban más que tres docenas de bolsos de señora, muy caros, que por eso mismo no tenían salida fácil. Ya nadie estaba por elegancias, como no fuesen las mujeres de los ministros y altos cargos, y ellas preferían comprar en establecimientos de postín. Resultaba, pues, imprescindible reponer mercancía; pero para eso hacía falta dinero y la cuenta corriente andaba cercana a los números rojos.

Pero papá hizo cuestión de amor propio levantar el negocio, para así dar una lección a sus usurpadores. Lorente, por su parte, le animaba constantemente:

—Enséñales a esos imbéciles por qué las personas como tú tenían auto...

Pasó varios días dándole vueltas al problema, hasta que una mañana telefoneó a su amigo.

—Vente esta noche a cenar a casa. Después te invito al cabaré.

—¿Qué dices?

—Eso: que iremos al Bataclán.

—¿A santo de qué?

—Ya lo verás. Vendrá también Villanueva, el de la sastrería. Sabes quién es, ¿verdad?

—Sí; un don Juan.

—Por eso mismo le necesitamos como asesor.

—Oye, ¿tengo que disimular con Amparo?

—¡No, hombre! Está al cabo de la calle. ¿No ves que se trata de una visita comercial?

El local apestaba a humo y a perfume barato. Las mesas estaban llenas de oficiales del Ejército, de soldados de las Brigadas Internacionales, de altos funcionarios y cargos relevantes de los sindicatos y de los partidos. En los palcos laterales se veían caras conocidas: corresponsales de la prensa extranjera, comisarios políticos, empleados de las embajadas, algún subsecretario, bastantes periodistas evacuados de Madrid. El personal de inferior categoría se acodaba en la barra: guripas recién llegados del frente, milicianos en trance de perder su autonomía, enchufados diversos y chulos en acto de servicio.

Las chicas eran muchas y hasta alguna resultaba atractiva. Iban y venían por las mesas, bebían sin parar, chicoleaban con aquellos hombres, todos iguales en el fondo, aunque externamente les separasen unas insignias de mando o un cargo importante. Pero allí quedaban reducidos a machos en celo, a varones ansiosos de hembra, todos entregados a sus instintos primarios, todos buscando una misma cosa, todos groseramente eufóricos, igual de impertinentes, piropeando, manoseando al contratar al mujerío, alardeando de fogosidad, discutiendo las tarifas...

Villanueva, viejo cliente del Bataclán, había conseguido una mesa de primera fila, delante mismo del pequeño escenario. Cuando llegaron, una muchacha canija y triste cantaba con poca gracia *La bien pagá*.

—Lo bueno viene después —ilustró a sus amigos—. Ya veréis, ya, cuando salga la Tomás, que es una hembra imponente. ¿Queréis que se siente alguna chica con nosotros?...

Lorente miró a Julio.

—Sí —dijo éste—. Necesito que me presentes a las que tengan más éxito con los clientes. Y a ser posible, a las más caras. Tú ya me entiendes.

—Claro.

—Pero quiero conocer a varias. Ocho o diez...

—Eso ya no lo entiendo.

—Pues te enterarás en seguida. Anda, avisa de momento a dos.

Laurita y Libertad (nombres de guerra) eran rubias oxigenadas, anchas de caderas y bien puestas de busto. Llevaban los labios pintados de rojo chillón, en forma de pico, y mucho rimel en las pestañas. Saludaron efusivamente a Villanueva, que las besó en las mejillas.

—Sentaos, nenas. Aquí, unos amigos: Julio y Antonio. ¿Qué queréis tomar? Bueno, lo que queréis, ya lo sé; pero de eso, nada, que no estamos para gastos. Coñac y va que chuta.

Apenas habían cruzado unas palabras de compromiso, cuando Julio fue al grano.

—Vamos a ver. Tengo que proponeros un negocio; un negocio para ganar muchísimo dinero, sin el menor esfuerzo...

—Eso está bien —comentó Libertad.

—A vosotras os hacen continuamente regalos; sobre todo, los seductores de ocasión. Los clientes fijos, no; porque ésos ya saben que para llevaros a la cama, lo único importante es pagar al contado.

—¡Hombre, no seas ordinario! —protestó Laurita.

—Estamos en confianza. Como os decía, los otros, los que están de paso, y no conocen el ambiente, piensan que la mejor manera de atraeros consiste en regalaros las tonterías que venden donde el guardarropa. Muñecas, polveras y cosas así... Les cobran un dineral y no os sirve para nada.

—¡Digo! Que tengo en casa cinco ositos de peluche y ya no los quieren ni mis sobrinos —reconoció Libertad.

—Pues atended. Yo tengo una tienda muy cerca de aquí, en la calle de Ribera. La habréis visto al pasar: Casa Calatayud, objetos de regalo.

—¡Ah, sí! Junto al salón de limpiabotas.

—Eso es. Vendo unos bolsos fenomenales —cortó a Laurita, que ya quería decir algo—. Espera; ya me imagino que también tenéis bolsos de sobra. Pero lo que os propongo es que, a pesar de eso, cuando un tipo os diga que os quiere regalar algo, le pidáis un bolso de mi tienda. Valen veinte o treinta duros; incluso los hay de cuarenta. Como los hombres somos tan tontos, lo comprarán al día siguiente y vendrán muy melosos por la noche a traéroslo, pensando que así os conquistan. Bueno; eso es cosa vuestra. Mi oferta es ésta: me devolvéis el bolso y os doy, contante y sonante, la mitad de su precio. Con un poco de suerte, y si os esmeráis, podemos vender cada bolso diez o doce veces; y eso supone mucho dinero.

Las chicas se quedaron pensativas. Antonio no pudo evitar un taco. Y Villanueva se lamentó.

—¡Qué lástima que yo no pueda hacer lo mismo con los gabanes!

Habló, por fin, Libertad:

—Oye, está bien el invento. Cuenta conmigo.

—Y conmigo —se adhirió la otra.

Sucesivamente, pasaron por la mesa Dorita y Amelia, Trini y *la Maña*, Fraternidad y Pili, Estrella y Remedios, *la Golosa*. Ésta fue la única que se resistió al trato, aunque por meras razones económicas: pedía el setenta y cinco por ciento del precio del bolso, en vez de la mitad. Al final hubo arreglo: Julio se lo daría, pero a partir de la vigésima operación.

Pasaba de la una y media de la mañana, y la última pareja de cabareteras, concluido el trato, pretendía ampliar beneficios convenciendo a los tres amigos para que prolongasen la velada más íntimamente y, por supuesto, en colaboración con otra compañera.

—No, no; nosotros nos vamos ya, ¿verdad, Julio? —se excusó Lorente.

—Desde luego. Mañana hay que madrugar.

—Os advierto que a las dos comienzan los números sicalípticos —advirtió Villanueva—. Y hoy está muy animado el ambiente, de modo que la cosa puede ponerse interesante.

—Ya nos lo contarás. Porque me da la sensación de que tú te quedas.

—Hombre, si no os sabe mal...

—En absoluto.

Julio llamó al camarero.

—¿Qué vas a hacer? —protestó Villanueva—. Ésta es mi casa.

—Pero te he invitado yo. Además, no te preocupes: pienso cargar la cuenta en gastos generales.

—Bueno, si es así...

Salieron, caminando con dificultad entre las sillas ocupadas por hombres en avanzado estado de embriaguez y muchachas gritonas que les llenaban de mimos. En la barra estaba Libertad, a quien un teniente pelirrojo tenía agarrada por la cintura, mientras con la otra mano le llevaba una copa a los labios. Se desasió de él, para acercarse a Julio.

—Ya ha caído el primero —comunicó, muy alegre—. Es franchute; de las Brigadas. A ver si le colocas mañana el más caro…

Llamó al oficial. Le habló gritando, como si así fuese a entender mejor el idioma.

—¡Ven aquí, militar! —Y cuando se acercó—: Éstos son unos amigos de mi familia, ¿te enteras? De mi familia —dijo a Lorente y a Julio—. Os presento a mi novio…

—¿*Monsieur* ser *ton* papá? —chapurreó el francés, muy colocado de anís.

—*Son oncle* nada más, majo… —bromeó Lorente.

—¡Oh, *l'oncle*…! *Enchanté*…

Ya en la calle, Lorente se agarró del brazo de Julio.

—Eres un genio para el comercio. Esto de recomprar los bolsos a las putas sólo se te ocurre a ti.

—Creo que puede funcionar, ¿no te parece? La verdad: espero levantar en quince días unos cuantos miles de pesetas. He calculado que cada chica puede encargar tres o cuatro a la semana. Pongamos una media de veinte duros de beneficio: salen alrededor de tres mil cucas. No está mal para empezar.

Anduvieron por el estrecho callejón donde estaba el Bataclán, que seguía llamándose Mossèn Femades, a pesar de la clerical advocación. Las patrullas de vigilancia militar, naranjero en mano, pedían la documentación a los soldados y se llevaban detenido a más de uno. De las pensiones cercanas salían y entraban parejas, saciadas ya de amor mercenario o a la búsqueda de él. Hacía frío y comenzó a gotear una lluvia menuda y fastidiosa.

Ya en la calle de Pi y Margall, la soledad era absoluta. En el quicio de la puerta de la farmacia Escolano, un mendigo, envuelto en una manta llena de remiendos, roncaba tendido en el suelo. Cruzó un automóvil militar, precediendo a un Buick negro, con cortinillas en las ventanas.

—Ahí va un pez gordo… —dijo Lorente.

La ciudad estaba oscura, silenciosa, desagradable. Ni un farol encendido, como prevención ante los posibles bombardeos. Ni un bar abierto. Ni un peatón en toda la inmensidad de la plaza Castelar; solamente las parejas de guardia en los edificios públicos, adormecidas sobre los fusiles.

—Hasta mañana, Antonio.

—Hasta mañana. Y te repito: eres un genio.

Las previsiones de mi padre se quedaron cortas; quince días más tarde, había ganado exactamente 5 350 pesetas. Con ellas compró un surtido de gorros de piel, forrados, y un lote de cazadoras de cuero, que se vendieron en seguida. El negocio comenzaba a enderezarse; Urrutia, que a mediados de diciembre vino por Valencia con un permiso de tres días, pasó por la tienda, que estaba en aquel momento muy animada, cobró su sueldo y le comentó a Camilo:

—Ya veo que las instrucciones que le dejé al compañero Calatayud han sido eficaces. Esto marcha.

Levantó el puño y se marchó tan campante.

Los últimos días de noviembre habían sido preocupantes; parecía que se desataba de nuevo el terror. La muerte de Durruti en el frente madrileño de la Universitaria conmovió a las masas anarquistas, irritadas por las extrañas circunstancias que rodearon el hecho. Frente a la tesis oficial de que fue un accidente y otras versiones que hablaban de disparos enemigos, prosperó el criterio, especialmente entre los militantes de CNT y FAI, de que se trataba de un asesinato perpetrado por los comunistas, lo cual provocó graves enfrentamientos entre unas y otras fuerzas.

Pasearon por media España (por la mitad de la España roja) el cadáver del líder libertario, que peregrinó desde Madrid a Barcelona, con escala en Valencia. El entierro resultó impresionante: millares de milicianos anarquistas, con pañuelos rojinegros en el cuello, acompañaban el féretro, ante una gigantesca muchedumbre apiñada en las calles. La ciudad se llenó de retratos del héroe, con su gorro de cuero y orejeras y su ancha sonrisa campesina. Habían cerrado las tiendas, los bares, los locales de espectáculos y cinco ministros del gobierno (ninguno comunista) presidieron la comitiva; centenares de herraduras de flores (sustitutivas, por razones políticas, de las clásicas coronas) figuraban en el cortejo. A la Gran Vía le pusieron el nombre de Buenaventura Durruti.

Pero apagados los ecos sentimentales de la jornada, singularmente emocionantes, dado el carácter mítico del personaje, muy enraizado en el afecto popular, se produjo la violenta reacción de sus adictos. Los anarquistas de la Columna de Hierro, que habían abandonado el frente para asistir al sepelio, arrasaron comercios y fábricas, ensañándose con especial frenesí en los establecimientos de comidas. La parroquia de San Juan y San Vicente, convertida desde el comienzo de la revolución en almacén de intendencia, fue asaltada, lo mismo que varios hoteles, donde, al decir de los milicianos de la FAI, holgaban los políticos y los emboscados, inhibidos de la lucha armada. También quemaron los archivos de los juzgados y la Audiencia, en este caso por explicables razones personales: muchos de aquellos hombres estaban en prisión el 18 de julio, multiprocesados por delitos comunes.

Tuvo el gobierno que echar mano de todas sus fuerzas militares para restablecer el orden; pero hasta que lo consiguió, la ciudad vivió atemorizada, ante la posibilidad de que se reprodujeran los salvajes excesos de los primeros meses. Otra vez los viejos confesonarios de las iglesias, los que quedaban, aparecieron en las calles, sirviendo de garitas a los milicianos rebeldes, y muchas personas volvieron a esconderse, presas de pánico. Aunque en esta ocasión, no sólo eran las de derechas: también bastantes dirigentes del PC optaron por desaparecer de la circulación prudentemente.

Al siguiente día de la muerte de Durruti, la prensa recogía un breve despacho de agencia, dando cuenta de que en la cárcel de Alicante había sido cumplida la sentencia de muerte dictada por un tribunal popular contra el jefe de Falange Española, José Antonio Primo de Rivera, y otras cuatro personas, acusadas también de auxilio a la rebelión. Papá comentó:

—Cuando se entere Néstor, se llevará un gran disgusto.

De mi hermano teníamos cartas con frecuencia, aunque casi todas resultaban ininteligibles, por los tachones de la censura. En una, incluso, habían dejado tan sólo el encabezamiento: queridos papás y hermanos, y la despedida: un beso muy fuerte. Sin duda contaría sus andanzas por el frente de Huesca, con datos geográficos y detalles que los censores estimaron peligrosos. O quién sabe si, como mantenía mi madre, lo hacían sólo por fastidiar.

Los intelectuales amigos de Pepe estaban muy interesados por el Congreso Internacional de Esperanto que se anunciaba; ciertamente, la actitud de aquellas gentes resultaba difícil de entender, pues actuaban motivadas por inquietudes siempre ajenas a la guerra en sí, pese a sus constantes protestas de fervor republicano. Parecían moverse dentro de una urna de cristal, sin enterarse (o sin quererse enterar) del drama que vivía el país. Hablaban de poesía y de pintura y de música y de ese extraño idioma universal que el Ministerio de Instrucción Pública tanto empeño tenía en promocionar, como si tales fueran las máximas preocupaciones que les embargaban en aquellos momentos.

Una tarde, en la Casa de la Cultura, adonde yo solía acompañar alguna vez a mi tío, arremetieron duramente contra Ortega y Gasset, el doctor Marañón y Pérez de Ayala, que se habían marchado a Francia y desde París hicieron patente su pública repulsa del gobierno llamado legítimo, denunciando asimismo los excesos revolucionarios. Matiñón dijo:

—Son unos cobardes, que esperarán en el extranjero a que les ganemos la guerra. Pero ya les daremos su merecido, ya.

Hablaba en primera persona; como si él y su mujer, la pianista y los catedráticos y el pintor y los demás del grupo, estuvieran jugándose la vida en las trincheras.

IX

Algunas mañanas, don Manuel se dormía en clase, mientras preguntaba la lección. Quien estuviera en aquel momento contestando, seguía de pie frente a la mesa sin parar de hablar; sólo que, en vez de referirse a los temas del programa, se inventaba cualquier historia o contaba la de Caperucita y el lobo e, incluso, algún chiste de Ramper. A Ramper le atribuían los más curiosos chascarrillos, que, de ser ciertos, hubieran dado con sus huesos en la cárcel. Como aquel de que salía a la pista del circo, cargado con un sacón de serrín, y voceaba, entre el jolgorio del público:

—Serrín de Madrid, se-rinde Madrid...

Al cabo de unos minutos, el director entreabría los párpados, miraba desvaídamente al alumno en uso de la palabra y le ordenaba retirarse.

—Muy bien, muy bien; puede sentarse.

Don Vicente nos había explicado, con un punto de sorna, las modificaciones introducidas en la nomenclatura de distintas ciudades españolas. Así, Talavera de la Reina se llamaba ahora Talavera del Tajo; y Ciudad Real, Ciudad Libre de la Mancha; y el Cerro de los Ángeles, Cerro Rojo; y Olías del Rey, Olías del Teniente Castillo. En Cataluña, donde tantos pueblos estaban acogidos a la advocación de sus santos patronos, los cambios fueron numerosos: San Andrés del Palomar, Armonía del Palomar; San Clemente del Llobregat, Cirerer del Llobregat; San Adrián del Besós, Pla del Besòs; San Baudilio del Llobregat, Vilaboi del Llobregat. Por supuesto que tampoco se decía ya San Lorenzo del Escorial, sino El Escorial de la Sierra.

Preguntó Luis, con mucha guasa:

—¿Y cómo se llama Sants, que quiere decir santos?

—Vaya usted a saber. A lo mejor, Dimonis; o sea, demonios.

—¿Y es verdad que a Don Benito, en la provincia de Badajoz, le han puesto Camarada Benito?

Hubo una carcajada general, que se trocó en gélido silencio, cuando Guzmán Aguilar, levantándose airado, protestó con energía.

—No consiento que os toméis a broma unas medidas del gobierno que pretenden modernizar los nombres clericales de las ciudades del país. Eso sólo lo hacen los fascistas.

Don Vicente suavizó la tensión.

—No hay que dramatizar; siempre viene bien un poco de humor. Con todos los respetos, naturalmente.

El jueves por la tarde me dieron permiso en casa para ir con mis amigos al cine Actualidades; nos invitaba Luis Querol, que cumplía quince años. Era un programa de sesión continua, que duraba poco más de una hora y consistía en un documental de viajes por las islas del Pacífico, un corto policíaco, dos noticiarios y varios dibujos de Walt Disney: *El viejo molino, Los tres cerditos, Una aventura de Micky Mouse.* Estaban proyectando el noticiario, con información de los frentes, cuando se escucharon unas explosiones, que confundimos con las de la pantalla. Pero en seguida sonaron las sirenas, se cortó la película y apareció en su lugar un letrero indicando que abandonásemos la sala, en busca del refugio.

Salimos por la puerta de atrás, la que daba a la calle Moratín; la gente corría hacia los sótanos. Sonó un zambombazo cercano y comentó Pepe Miranda:

—Pues esta vez no es en el puerto.

Efectivamente, vimos extenderse una columna de humo por encima de las casas próximas; nos guarecimos prudentemente dentro de un portal, hasta que cesó la alarma. Varias ambulancias cruzaron en seguida por la calle de las Barcas y pasó un oficial de Asalto al frente de varios guardias. Les seguimos hasta la plaza de San Andrés, que estaba llena de cascotes y de escombros: una de las columnas salomónicas de la fachada de la iglesia había sido arrancada de cuajo por la explosión. Comenzó a llegar público y alguien avisó:

—También ha caído otra bomba en la plaza del Picadero. Allí hay víctimas.

Echamos a correr, calle de Salvá abajo. Muchas personas iban en la misma dirección, con más curiosidad que inquietud. Al final de la calle de Juan de Austria, el polvo y el humo impedían toda viabilidad. El desbarajuste era enorme; nadie dirigía los trabajos de auxilio, improvisados por espontáneos, con tanta voluntad como ineficacia. Soldados de la Cruz Roja subían en sus camillas a los heridos y los llevaban, entre violentas sacudidas, a la cercana Casa de Socorro. El edificio de la esquina de la plaza con Sagasta había sido el afectado: sus dos últimos pisos aparecían desgajados, partidos, como si les hubiesen amputado su parte superior.

Y de aquella especie de muñón de cemento y de hierro colgaban vigas retorcidas y cortinas desgarradas, cubiertas por ladrillos que habían saltado de las quebradas paredes. Algunos muebles cayeron a la calle; en difícil equilibrio, una mecedora se balanceaba en la orilla misma del muro devastado, amenazando también con venirse abajo. Una mujer de edad, con el rostro ennegrecido, se asomó dando voces al balcón, agrietado por los explosivos, que cedió con su peso; y la vimos caer y estrellarse contra los adoquines, muy cerca de donde estábamos. Acudimos los tres y, como pudimos, la agarramos en brazos y así la condujimos hasta el cuartel de Intendencia, que estaba en el chaflán opuesto y donde habían improvisado un servicio médico de urgencia.

En este momento llegaban los bomberos; inmediatamente comenzaron a extender una escalera, que con dificultad alcanzó hasta las alturas de la casa siniestrada. Seguía el desorden en la calle; ahora un pelotón de soldados intentaba despejarla, mientras por el portal del edificio afectado por la bomba salían gentes aterrorizadas, mujeres llorando, un anciano llevando en brazos a una criatura de meses, una señora en batín de seda, agarrada fuertemente a un caniche ridículo. Poco a poco, el gentío fue retirándose hacia la calle de Colón, empujado por un cordón de guardias municipales. Se había disipado la humareda; un oficial de Sanidad levantó una puerta de madera que estaba sobre el asfalto, cubriendo algo, y apareció debajo el cuerpo de una mujer. Pidió ayuda el militar y Luis, que estaba cerca, fue a prestársela, colaborando para ponerla en pie. Gemía tenuemente y unos camilleros se la llevaron en seguida.

En un tácito acuerdo, dejamos la plaza del Picadero, camino del centro y anduvimos bastantes metros sin hablarnos. Finalmente, Pepe Miranda rompió el silencio:

—Ha sido horrible, ¿verdad?

—Seguramente buscarían el cuartel de Intendencia —comenté.

—Pues esta vez les falló la puntería.

Luis Querol, con la chaqueta y la camisa manchadas de sangre, la cara tiznada, los ojos enrojecidos y el cabello lleno de polvo, parecía ajeno a todo.

—Lávate antes de llegar a casa —le recomendó Pepe.

No contestó. Caminamos otro trecho sin hablarnos; en el cruce de la calle de Lauria, donde siempre nos separábamos, cada cual hacia su domicilio, dije yo:

—Bueno, hasta mañana. Y gracias por la invitación, Luis.

Entonces él, muy serio, muy triste, comentó:

—Verdaderamente, ha sido un cumpleaños que no olvidaré nunca.

—Quince ya, muchacho —quiso bromear Pepe.

—¿Quince? O sesenta. Ahora nadie sabe la edad que tiene. Es como si todos nos hubiésemos hecho viejos de repente. Porque los viejos son quienes piensan en la muerte como algo próximo; y nosotros estamos conviviendo a diario con ella.

Nos quedamos pensativos. Luis remachó:

—¡Convivir con la muerte! Como diría don Alberto, es una contradicción. Pero esto —se agarró la camisa— es sangre de un muerto.

En casa, mi padre me echó una buena regañina, por no haber regresado en seguida y por meterme donde nadie me llamaba. Después, ya en la cama, tardé en dormirme, pensando en las palabras de Luis. ¿Éramos adolescentes? ¿Éramos viejos prematuros? En todo caso, nada recordaban estos años nuestros a los que tantas veces habíamos oído contar en casa. A los que, decían, fueron para nuestros padres años de ilusiones y de inconsciencia y de puro juego y de un alegre despertar cada día.

Sin embargo, a la mañana siguiente, en la academia, apenas se habló del bombardeo, y Luis, otra vez sonriente, nos enseñó unas hojas de recortables que había comprado en el quiosco: eran de soldados del Ejército Popular, con su nuevo uniforme. Pedro Mayquez, siempre enlutado, opinó a media voz:

—No está mal. Aunque, de todos modos, es mucho más bonito el de los legionarios.

—Pero esas láminas no las venden aquí, sino en Salamanca —bromeó Pepe.

—Sí. Habrá que esperar que nos las traigan ellos mismos... —musitó el huérfano.

Serafín Galobart había encontrado una Barcelona crispada, con las heridas de los sucesos de mayo todavía sin curar, un predominio visible de los comunistas y creciente malestar en la Generalitat por los afanes absorcionistas del gobierno central, que estaba empeñado en recortar las competencias autonómicas, sobre todo en materia militar. El frente de Aragón se había estabilizado y, aparte los constantes envíos de alimentos a Madrid, Cataluña parecía vivir un tanto ajena a la guerra, más bien preocupada por organizar su propia defensa.

La mujer del *maître*, Roser, trabajaba en una fábrica de municiones, lo mismo que la hija mayor. Muchas de las antiguas empresas textiles estaban convertidas en factorías de guerra, de donde salían diariamente toneladas de material. Y la mayoría del personal era femenino; que los hombres estaban movilizados o se integraban en la abundante burocracia de los sindicatos y los partidos. Faltaba comida; carteles murales y consignas en la radio solicitaban la delación de los acaparadores, a quienes se impondrían graves penas.

Y seguía el miedo; un miedo tangible, distinto del que Serafín había conocido en Valencia, porque aquí no sólo hacía presa en las gentes de derecha, en los tenidos por carcas o por fascistas, sino que alcanzaba también a muchos republicanos que no compartían los modos revolucionarios de confederales y comunistas. Era como una guerra particular, dentro de la general; que había tenido su más trágica expresión en el exterminio del POUM. Y que ahora se manifestaba en las frecuentes detenciones, en los apresurados juicios, en el goteo diario de las ejecuciones. Pero, sobre todo, en el terror de las checas, que cada vez eran más.

Apenas llegado, Galobart se interesó por la suerte de su primo Rafael, el bueno de *Rafelet*, algo retrasado, que a sus casi cincuenta años seguía ejerciendo de hijo de mamá viuda y, a raíz del triunfo electoral del Frente Popular, sintió una extraña llamada del Señor (según contaba) y se dedicó a hacer proselitismo religioso por el barrio. Allí, afortunadamente para él, todos le conocían y les constaba que era deficiente y eso le evitó mayores males. Pues ya estallada la guerra, en plena fiebre revolucionaria de finales de julio del 36, se presentó frente al incendiado convento de las Adoratrices, donde los milicianos habían expuesto al público las momias desenterradas, como prueba del oscurantismo clerical y se hincó de rodillas y rezó en alta voz por el alma de aquellos desgraciados.

Se lo tomaron a broma; un dirigente de la CNT, amigo de su familia, explicó a los demás que el pobre era tonto perdido y, como las apariencias así lo confirmaban, le dejaron marchar, entre guasas y risotadas. Pero *Rafelet*, lo que son las cosas, estaba ahora en Francia. Serafín escuchó la historia de labios de su mujer y pudo reírse a carcajadas.

—A mediados de agosto del año pasado, cuando mayor era el terror, apareció un día vestido de miliciano de la FAI, con toda clase de emblemas y brazaletes. Explicó que se había convencido de que las verdaderas raíces del cristianismo estaban en el anarquismo libertario y que iba a proclamar la religión confederal, con el mismo convencimiento con que había propagado antes la fe católica. Y así lo hizo.

Se paseó varios días por Barcelona, echando unos discursos que más parecían sermones, entre la rechifla del personal, y hasta se organizó una colecta para comprar útiles de propaganda. Que fueron un cubo, una brocha y varios litros de pintura roja. Comenzó embadurnando las paredes del barrio con muchos vivas a la FAI y siguió su recorrido, hacia la Meridiana, para acabar tomando la carretera de Francia. Veinte días anduvo de pueblo en pueblo, llenando de letreros las fachadas y divirtiendo a la gente con sus mítines. Incluso en el periódico de Gerona publicaron una foto suya, con un elogioso pie en el que le llamaban *adalid de la causa confederal*.

Burla, burlando, el adalid llegó hasta la misma frontera e incluso dejó su pintada en la caseta de la aduana. Y una noche, aprovechando la oscuridad y la poca vigilancia que había advertido en una de las zonas fronterizas, cruzó la raya y apareció en Port Bou, desde donde hizo un enorme corte de mangas, llamado por él *butifarra*, a los presuntos camaradas de la FAI.

Serafín se tronchaba de risa.

—¡Mira mi primo el tontito, lo espabilado que ha salido a la vejez!

Él procuró no moverse de casa. Vivía en Aulestia i Pijoán, a espaldas de la calle de Salmerón, y tan sólo una mañana paseó por los desmontes de la Vía Augusta, donde los chiquillos jugaban al fútbol con pelotas de trapo. Únicamente se reunió con su hermano Marcelino, que le desaconsejó continuar en Barcelona. Allí los bombardeos resultaban constantes, al contrario que en Valencia, y provocaban inmediatas detenciones, porque se decía que los agentes de la quinta columna eran quienes facilitaban datos sobre las zonas de interés estratégico a la aviación nacional.

Dos de los camareros que le denunciaron habían muerto, efectivamente, en las refriegas de mayo; pero su peor enemigo, el cocinero Rufo Martínez, a quien llamaban *el Murciano*, porque lo era, estaba convertido ahora en un personaje comunista, comisario nada menos, y continuaba empeñado en la persecución de *enemigos del pueblo*, como en los primeros meses. Aunque en vez de darles el paseo, los entregaba a los tribunales populares o, en algunos casos, a las checas del partido. Hacía nada más que quince días organizó una redada precisamente en el barrio de Gracia, en la que cayeron seis personas, una de ellas componente de la Falange clandestina; ya había sido condenada a muerte, después de un juicio sumario, puramente ritual.

Serafín conocía bien la fría maldad del *Murciano*, que juró matarle un día, mayo del 36, cuando públicamente tuvo que amonestarle por haber enviado al comedor, durante un banquete de bodas, un pescado podrido e impresentable. Desde entonces no había cesado en sus amenazas; cuantas veces coincidía con él, le repetía con una sonrisa cínica que helaba el corazón:

—Ya falta menos, hijo de puta...

Por eso, el mismo 18 de julio, Serafín huyó de Barcelona y ahora meditaba muy seriamente si merecía la pena seguir allí, en el mismo cráter del volcán, tan sólo por un motivo sentimental. Roser fue la primera en animarle a regresar a Valencia.

—Pero si sólo faltan cinco días para la Navidad...

—¿Y qué más da? Peor sería que nos amargasen las Pascuas. Tus hijas y yo estaremos mucho más felices si te sabemos seguro.

El día 21, muy de mañana, salió de casa. Llevaba unas gafas oscuras y no se había afeitado aquella semana que permaneció entre los suyos. Se cubría media cara con una gruesa bufanda y una gorra de visera hacía aún más difícil reconocerle. Tomó el expreso en el apeadero de Gracia, donde la vigilancia policial era muy grande. Iba en un vagón de tercera clase, lleno de un público sucio y gritón, cargado con bultos y maletas de madera. El tren estuvo parado más de media hora y por fin echó a andar, resoplando, jadeante, cubriendo con el humo de su vieja locomotora las fachadas de los edificios de la calle de Aragón.

Cerca de Amposta —llevaban cuatro horas largas de viaje—, una pareja de inspectores de policía pasó pidiendo la documentación. Exhibió Serafín los papeles que le había facilitado Lorente y se los devolvieron sin ningún comentario. En Vinaroz se detuvo el ferrocarril; corrió la voz de que habían bombardeado la vía, pocos kilómetros más adelante, y no se podría continuar. Tras un buen rato de confusión, un sargento del Cuerpo del Tren comunicó desde los andenes que había que desalojar el convoy. Bajaron, pues, los pasajeros, maldiciendo y protestando, y una masa humana pegajosa, que olía a rebaño, invadió la pequeña estación.

Serafín dudó un momento; por fin, después de comprobar que no había posibilidad de seguir viaje en el tren, al menos hasta muchas horas después, quizá un día, salió a la carretera y echó a andar en dirección a Valencia. El tráfico de camiones militares era intenso, principalmente hacia Barcelona. Pasaron también unas tanquetas, precedidas por dos motoristas de las Brigadas Internacionales. Hacía un frío metálico, que no lograba reducir el sol cubierto de nubes. Llevaba más de una hora de caminata, cuando llegó a un caserón cubierto de musgo, que se anunciaba como café-bar. El mostrador estaba vacío; en una mesa, cuatro individuos de uniforme jugaban a las cartas.

Pidió un coñac. Mientras se lo servían, uno de aquellos hombres se levantó y fue hacia él.

—¿Adónde vas?

—A Valencia.

—¿Y piensas llegar a pie?

—Es que el tren se ha detenido en Vinaroz. Parece que ha habido un bombardeo y no puede seguir. Entonces, me he echado a la carretera, esperando que alguien quiera recogerme.

El otro puso un gesto escéptico.

—Enséñame tu documentación.

Se la dio. La miró por encima el individuo —que llevaba los galones de cabo— y se acercó a la mesa.

—A ver, murciano, qué te parece esto.

Serafín sintió que una sacudida de espanto le recorría todo el cuerpo. Sin pensarlo, presa de un pánico invencible, salió corriendo a la carretera y trepó por unos bancales que la flanqueaban, trastabilleando sobre los terrones. Los cuatro hombres comenzaron a disparar sobre él, al tiempo que procuraban alcanzarle. Hasta que una bala le dio en una pierna y vaciló unos instantes; los justos para que otra le entrara por la espalda, rompiéndole el corazón. Galobart cayó pesadamente sobre un viñedo reseco, que se partió con el peso de su cuerpo muerto. Tenía los ojos muy abiertos.

Pero no pudo ya ver, cuando se le acercó y le empujó con la bota y dijo algo sobre los espías, que aquel murciano no era Rufo, el cocinero, sino simplemente un paisano suyo.

X

El día de Navidad de 1936 no fue festivo. La prensa y la radio difundieron notas oficiales, en las que se explicaba la necesidad de terminar con *fanatismos atávicos*, que habían fomentado el clero y los sectores reaccionarios de la sociedad burguesa. Abrieron, pues, los comercios y trabajaron las fábricas y las oficinas públicas hicieron jornada normal. Pero una sensación extraña flotaba en el ambiente y la costumbre de tantos años hizo que las gentes, al encontrarse, aunque de hurtadillas, aunque con voz apenas perceptible, incluso con sólo un gesto de manos, se dijeran, las unas a las otras:

—¡Felices Pascuas!

Por lo demás, era una fórmula clásica que entonces tenía bien poco sentido. Desearse felicidad en semejantes circunstancias, no dejaba de constituir un sarcasmo. En todas las casas, las de unos y las de otros, faltaba alguien; alguien que había muerto, fusilado o en el frente, o en un bombardeo; alguien que estaba escondido o en la cárcel o en el campo de batalla; alguien cuya ausencia se notaría de modo especial aquellos días, tan entrañables, a despecho de lo que ordenara el gobierno.

La nochebuena tuvo una especial tristeza: ni campanas, ni luces, ni villancicos, ni zambombas acudieron a su cita, antes tradicional, con las calles de la ciudad. Por el contrario, éstas aparecían mudas, solitarias, oscuras y sin vida. Todas las ventanas, todos los balcones estaban cerrados y las familias tenían buen cuidado en evitar cualquier signo externo que delatase la más mínima celebración del nacimiento del Hijo de Dios. Ni se reunieron; ni siquiera osaron llamarse por teléfono, ante el temor de ser descubiertos.

Nosotros celebramos aquellas primeras navidades en guerra de un modo ciertamente original. Mi padre colocó sobre la consola de su habitación un viejo muñeco de celuloide, pequeño, que conservaba Pepita, de cuando era niña; le rodeó la cabeza con un alambre, a guisa de halo, y recortó una lámina de papel estaño, en forma de estrella, con su cola y todo, poniéndola a sus pies. Muy ufano, nos llamó a todos, incluso a los tíos, para mostrarnos su invento.

—Ahí tenéis: el Niño Jesús, esperando la visita de los Reyes Magos. Con un poco de imaginación, podéis ver hasta el pesebre.

—Con muchísima imaginación, Julio —sonrió mamá.

—Bueno, lo que importa es la intención. El día de mañana podremos decir que, en plena guerra, pusimos en casa el nacimiento.

Inesperadamente, dijo el tío:

—Aguarda: creo que tengo una lámina que vendrá muy bien como fondo.

En efecto, trajo un grabado en color, que representaba algo así como unas ruinas en un desierto, con algunas palmeras, y lo apoyó en la pared, detrás del muñequito.

—¡Estupendo! —celebró papá, al tiempo que le daba una palmada en la espalda.

—A mí siempre me gustaron estas fiestas. A un lado su sentido religioso, que ya sabéis que no comparto, tenían un enraizamiento popular considerable. Por eso creo un error que no se haya buscado la forma de mantener una cierta celebración, aunque fuese exclusivamente laica. Además, hay que ver lo que la pintura debe a la Navidad. Todos los grandes maestros llevaron alguna vez a sus lienzos el nacimiento de Jesús. Su iconografía es tan abundante como espléndida.

Cenamos más que de costumbre y hasta bebimos sidra y, como postre, mi madre nos sorprendió con unas torrijas que, a pesar de estar hechas con pan negro, sabían buenísimas. Los tíos se retiraron en seguida a su cuarto, como hacían todas las noches, para que papá pudiera escuchar tranquilo las radios facciosas. Que, además, dieron buenas noticias; el avance del Ejército nacional hacia Málaga proseguía victoriosamente.

A las doce en punto, reunidos los cuatro en la habitación de nuestros padres, oímos una curiosa misa del gallo. Sacó mamá su viejo misal, que tenía escondido entre la ropa del armario desde que comenzó la guerra, y fue leyendo toda la liturgia de la fecha, como si fuera el sacerdote oficiante. Nosotros contestábamos a las preces y nos levantábamos o nos arrodillábamos en los momentos adecuados y así nos pareció haber cumplido con el precepto. Incluso lo hicimos con una especial devoción.

Nos besamos después todos; papá estaba algo emocionado.

—Ha sido una buena idea, Amparo —felicitó papá.

—¿Sabes lo que estoy pensando? Que podríamos hacer lo mismo todos los domingos.

—Me parece muy bien.

—Siempre será un consuelo; como no me dejas que vaya a la misa clandestina que dice fray Benigno en casa de los Serratosa...

—Claro que no; el día menos pensado tendrán un disgusto.

Desde entonces, pues, los domingos, a eso de las once, leíamos la misa del día, con las sobreventanas bien cerradas y procurando no levantar la voz. De la calle llegaba el rumor apagado de los organillos y, a veces, el sonar de las trompetas y tambores, que acompañaban algún desfile militar. Y siempre, después de las tres avemarías finales, rezábamos un padrenuestro para que Dios protegiera a Néstor, y otro, por los muertos de los dos bandos.

La jornada había sido tranquila, como si unos y otros tuvieran establecido un pacto tácito para respetar la Navidad. Además, allí, el frente llevaba estabilizado muchas semanas, desde que, frenados los ataques republicanos sobre Huesca y Zaragoza, el mando optara por fijar sus posiciones, renunciando a nuevos intentos de penetración.

La línea de trincheras, irregular, discontinua, serpenteaba sobre las tierras que fueron de labor, apoyándose en sus sinuosidades, en los suaves desmontes, en la pequeña vaguada. La nieve, que cayó abundante la noche anterior, espolvoreaba las alambradas y los árboles mutilados por la metralla. Andaba la temperatura por los cinco grados debajo de cero; alrededor de las diez de la noche se desató una tormenta con estrepitoso aparato eléctrico y los relámpagos sacaron brillo a los cañones de las ametralladoras que asomaban desde los sacos terreros. Los soldados, maldiciendo la lluvia, se arrebujaron en sus capotes y en sus mantas y se ajustaron con fuerza los cascos de acero, rebozados de lodo.

En segunda línea, la tropa se guarecía en tiendas de campaña y, también, en chabolas improvisadas con arbustos, ramas y tablones. Todavía más atrás, casi a medio kilómetro, las piezas de artillería habían sido llevadas debajo de los árboles y cubiertas con lonas, para preservarlas del agua. En una masía medio en ruinas, hecha cuartel, los servidores de la batería intentaban calentarse junto a los rescoldos de un fuego que no podía lucir con el esplendor de las llamas, en evitación de convertirlo en fácil blanco enemigo.

Ensimismados, sin ganas de hablar, los soldados, todos muy jóvenes, tenían el pensamiento lejos, en sus hogares, añorados de forma especial aquella noche, y se les metía en el alma una nostalgia hecha de familias lejanas, de turrones y de villancicos, de sábanas limpias y troncos encendidos en la chimenea. Y mezclaban en sus dispares melancolías las caricias de la madre, el bullicio de los hermanos pequeños, la atmósfera, tibia y acogedora, de la casa propia, donde, seguro, tanto les estarían echando también de menos.

Como la actividad artillera era nula y, por las trazas, los de enfrente no tenían tampoco intenciones de alterar la paz de la Navidad, Néstor, comisionado por sus compañeros, acudió en busca del teniente Santacruz, que, recostado en su camastro, bebía calmosamente una copa de coñac.

—Mi teniente, ¿no podríamos avivar el fuego?

—Bueno, no hay inconveniente. Además, prefiero que no os enfriéis ahora. Ya tendréis tiempo después, durante la guardia.

—¿Qué guardia?

—No he querido amargaros la cena, pero nos han ordenado que esta noche las guardias solamente duren una hora. De modo que, como no hay suficientes soldados de infantería en el sector, tendremos que relevarles nosotros, a partir de las tres de la madrugada.

—¿Puedo decírselo a los demás?

—No, espera; lo haré yo.

Se levantó; apuró la copa.

—¡Qué lata!, ¿verdad? Y con este tiempo de mierda.

El teniente Santacruz era militar profesional. El Alzamiento le sorprendió destinado en el Regimiento de Artillería Ligera de guarnición en Lérida, donde el gobierno dominó la situación desde el primer momento, decisivamente apoyado por las milicias armadas. Serio, introvertido, mantenía en todo instante unas formas rigurosamente castrenses en su relación con la tropa. Se llevaba muy bien con Néstor, quizá porque, dado su nivel social, bastante superior al de los demás soldados, le agradaba conversar con él. Y lo hacía con frecuencia.

Pudieron dormir hasta las dos y media. A esa hora, una primera sección de artilleros fue a relevar a los infantes. A Néstor le correspondió hacerlo a las cinco de la madrugada. Cuando le despertaron, medio adormilado todavía, se ciñó las cartucheras, agarró el mauser y salió junto a sus compañeros hacia la primera línea. Les acompañaba el teniente, que distribuyó personalmente los puestos. A él le designó el más avanzado, allá donde acababan las trincheras y se abría ya la tierra de nadie.

Santacruz fue dejando a sus soldados en las respectivas posiciones y, uno por uno, les deseó buen servicio. Finalmente se quedó solo con Néstor y anduvo a su lado por detrás de los sacos terreros, aguantando un gélido vientecillo que se pegaba al rostro y calaba la piel. La oscuridad era total; tras la tormenta, el cielo había quedado cubierto por unas nubes negras, densas y panzudas.

Al llegar al puesto, el teniente sacó una cantimplora del bolsillo de su capote.

—¿Hace un trago?

—Gracias, mi teniente.

—Que tengas buena guardia.

—Eso espero.

—Sí; no creo que haya problemas, con esta noche tan cerrada; no se ve nada a más de un metro.

—Efectivamente.

—Estáte atento, por si desertara algún soldado de los de ahí enfrente.

Le había devuelto la cantimplora; el teniente bebió entonces con parsimonia.

—Verdaderamente —dijo, mirándole con fijeza a los

ojos—, hace una noche ideal para pasarse. ¿No te parece?

Néstor, sorprendido, no supo qué contestar.

—Bien; hasta luego.

Se cuadró.

—A sus órdenes...

Sonrió levemente Santacruz, devolvió el saludo, llevándose con desgana el puño hasta la visera de la gorra y, antes de volverse para iniciar el camino de regreso, dijo con sequedad:

—Suerte.

Néstor pasó mucho rato sumido en tremendas vacilaciones. Las palabras del teniente le habían producido una picante desazón. ¿Fueron una incitación a la deserción? ¿O una advertencia de quien, al cabo de un mes largo de diario trato, quizá intuyera sus propósitos? En todo caso, lo cierto era que difícilmente encontraría mejor oportunidad para pasarse. La calma en el frente resultaba absoluta; la visibilidad, nula. Y las avanzadillas nacionales quedaban a menos de seiscientos metros.

Varias dudas angustiosas se le vinieron encima. ¿Habría algún campo de minas en el terreno de nadie? ¿Quizá bombas sin explotar? ¿No le estarían vigilando sus compañeros de batería, incluso el propio teniente? Y una vez frente a las trincheras nacionales, si el centinela se precipitaba y disparaba contra él, totalmente indefenso...

Miró su reloj de pulsera: las cinco treinta y cinco. El corazón le golpeaba como un tam-tam. Cerró los ojos, musitó una oración, comiéndose las palabras; hizo la señal de la cruz. Y tomando impulso, saltó sobre los sacos terreros, se echó después al suelo y comenzó a arrastrarse sobre el fango y la nieve, agarrándose a los terrones, comiéndose el dolor de las heridas que le iban marcando los matorrales y los rastrojos punzantes y las aristas de las piedras.

Al llegar a la línea de alambradas, se destrozó los guantes separando los espinos, hasta abrir un hueco por el que pudo pasar a duras penas, dejando jirones del capote entre las púas. Se irguió después, para caminar a buen paso, hasta que calculó que podía estar a menos de cincuenta metros de las avanzadillas nacionales. Protegióse detrás de un arbusto y lanzó una piedra hacia adelante; cayó sin apenas ruido. Repitió con otra mayor; ésta debió de chocar contra algún objeto metálico, pues un chasquido rompió el imponente silencio. Entonces se escuchó, entre enérgica y temerosa, la voz reglamentaria:

—¡Alto! ¿Quién vive?

—¡España!

—¡La contraseña!

Vaciló unos segundos.

—Vengo de las líneas rojas. Soy desertor.

También hubo una pausa, antes de que le respondieran.

—Levanta los brazos y avanza poco a poco.

Casi se dio de bruces con la barricada. Adivinó, más que vio, a un soldado que le apuntaba con su fusil.

—Sigue con los brazos en alto. Salta por tu derecha, donde la aspillera.

Intuitivamente, colocó el pie en la abertura y, en difícil equilibrio, tanteó hasta acabar cayendo en el interior de la trinchera. El soldado seguía apuntándole, con la boca del mauser —que le temblaba peligrosamente en las manos— casi encima de su pecho.

—Echa al suelo las armas.

Un alférez le tomó declaración en el puesto de mando, instalado en una cueva natural, sobre la ladera del cerro.

—Conque falangista valenciano, ¿eh? Vamos a ver, ¿quién era tu jefe provincial?

—Enrique Esteve.

—¿Y de la sección femenina?

—Inmaculada Chabás.

—¿Has dejado familia allí?

—Mis padres y dos hermanos más pequeños.

—¿Y qué piensas hacer en nuestra zona?

—Incorporarme en seguida a una bandera de Falange. Vamos, si no hay inconveniente.

El alférez se levantó y giró a su alrededor; talmente parecía que le estaba radiografiando con la mirada. Llamó después a un sargento que aguardaba en la puerta.

—Que le den ropa en seguida; si sigue con la puesta agarrará una pulmonía. Encárguese de no perderle de vista hasta que pueda colocarle en el primer camión que salga para Zaragoza. Ya le daré el parte.

Alargó la mano a Néstor.

—Bien venido a la España nacional.

Rígidamente firme, él se la estrechó con energía. Un picor agudo se le subió a los ojos, como si fueran a saltársele las lágrimas. Pero pudo aguantarlas, aunque se le quebró la voz al contestar:

—Muchas gracias, mi alférez. ¡Arriba España!

Cuando salió al campo abierto, clareaban las nubes y podía distinguirse ya el perfil de las cosas.

Empezaba a amanecer.

Estábamos todos, menos papá, sentados alrededor de la mesa, pues la cena había sido otra vez extraordinaria, cual cumplía a la última noche del año. Incluso comimos pollo y un mazapán que nos proporcionó Lorente y bebimos la única botella de champán que quedaba en la despensa. Humeaban en el perol los restos de la malta. Por supuesto que a las doce habíamos oficiado el rito de las uvas y después nos abrazamos los unos a los otros, intercambiando la frase sacramental:

—¡Feliz Año Nuevo!

—¡Feliz Año Nuevo!

—¡Feliz Año Nuevo!

Tía Camila agregó:

—Ojalá nos traiga el final de esta pesadilla.

—Dios te oiga —apostilló mi padre, que se marchó en seguida al cuarto trastero para escuchar la radio.

Ahora estábamos apagados, mustios, y Pepita le hacía carantoñas a mamá, que releía una y otra vez la tarjeta postal de Néstor, llegada aquella misma mañana: «Estos días os recuerdo más que nunca. Muchos besos a todos.» De rato en rato, alguien pretendía enhebrar una conversación, partiendo de temas fútiles, el frío, la calidad del mazapán, las músicas de moda, el recuerdo perdido del café del Brasil. Pero el intento fracasaba en seguida, pues a nadie le apetecía hablar; sólo pensar y pensar con angustia, con preocupación, con pena.

Cerca ya de la una, tío Pepe anunció que se marchaba a dormir. Acababa de ponerse en pie cuando nos llegó, desde el trastero, un grito tremendo de papá, unas voces que no se entendían. Nos levantamos asustados y seguimos escuchándolas, ya más cerca, y distinguimos sus pasos y en seguida apareció en la puerta, muy excitado. Fue hacia mamá y la abrazó, al tiempo que le decía, sollozando:

—¡Ha llegado! ¡Ha llegado sin novedad!

Mi madre se echó a llorar.

—Pero ¿qué pasa, Julio? ¿A qué vienen estos llantos? —preguntó Pepe.

—Todas las noches oigo por la radio un programa en el que transmiten frases en clave, dirigidas a las familias de aquí, con las que les dan noticias de la llegada a la zona nacional de sus parientes. ¡Y acaban de decir la contraseña que acordé con Néstor! ¿Comprendéis lo que eso supone? ¡Que ya está allí!

Le entró una llantina nerviosa. Me acerqué, pasándole mi brazo por el cuello.

—¿Seguro, papá?

—Claro que sí. «*Mi jaca, cortando el viento, ha llegado a Jerez.*» Ésa era la contraseña. Y la han dicho, anteponiendo: «... para Valencia, con cariño...».

Se derrumbó en el sillón. Pepita palmoteó entusiasmada y Camila sólo comentó:

—Que sea para bien.

Se marchó, en seguida, con el tío. Nosotros quedamos apiñados unos contra otros, y durante unos segundos sólo se escuchaba el rumor de los sollozos y de los jadeos, hasta que mamá ordenó:

—De rodillas. Un padrenuestro en acción de gracias.

Así comenzamos 1937.

El 3 de enero, mamá llamó a Pepita.

—Debemos darle a Vicky la noticia. Supongo que Néstor le escribiría a menudo y, si ahora deja de recibir cartas suyas, puede pensar que le ha sucedido algo. Como no me atrevo a decírselo por teléfono, que casi todos están intervenidos, lo mejor será que vayas a verla.

Mi hermana celebró mucho el encargo.

—¿Sabes dónde vive?

—No recuerdo el nombre de la calle, pero conozco la casa. Está casi en la esquina de la plaza Pellicer.

—Es un barrio poco recomendable. Que te acompañe Eduardo.

Fuimos a media tarde; la ciudad estaba animada, porque, a pesar de todo, parecía que la gente celebrase aquellos días, que antes de la guerra siempre fueron medio festivos. Los comercios se veían más concurridos que de costumbre, especialmente por refugiados madrileños. Se les conocía en seguida, por su forma de vestir, por su acento, aunque bastantes habían aprendido algunas palabras en valenciano y las colocaban de continuo y usaban y abusaban del *che*, en su afán por ser simpáticos. Desde luego, muchos lo eran, y por eso habían congeniado pronto con los vecinos de la ciudad, que desde un principio les acogieron cordialmente.

En la fachada del cine Olimpia había unas fotos de Imperio Argentina y de Miguel Ligero, cruzadas con un letrero en rojo que decía: «¡Traidores! ¡Fascistas!» A pesar de lo cual seguían proyectándose sus películas con gran éxito; especialmente, *Morena Clara*. Mucha gente iba, calle de Gracia arriba, en dirección al barrio chino, que comenzaba allí mismo. Eran mayormente soldados, en grupos de tres o cuatro; algunos se asesoraban en otros que ya venían de regreso. Aunque no les resultaba difícil localizar la meta: largas colas de hombres en sus puertas identificaban en seguida las casas de prostitución. Me llamó la atención, por cierto, la velocidad con que avanzaban.

Procuré mirar el espectáculo con disimulo, pensando en Pepita, que se había agarrado de mi brazo y parecía asustada; así que le di conversación y la distraje cuanto pude, hasta que llegamos a casa de Vicky, un segundo piso al que se subía por una escalera oscura, de peldaños gastados y barandilla vacilante, con pasamanos cargado de suciedad. Nos abrió la puerta un hombre ya mayor, sesenta años aparentaba, con el cabello blanco y una bufanda alrededor del cuello; supusimos que era su padre, y así nos lo confirmó ella, que vino en seguida y nos hizo pasar a un comedor pequeño, con una alacena de madera de pino llena de loza, sobre una de las paredes, y en las otras, varios retratos de familia, y un calendario, y un reloj que no funcionaba y una fotografía enmarcada de Pablo Iglesias.

Antes incluso de que nos sentáramos, Vicky preguntó, angustiada:

—¿Le ha ocurrido algo a Néstor?

—Nada malo, no te preocupes —tranquilizó Pepita.

—Me habíais asustado…

Estábamos los tres solos; bajé la voz para darle la noticia, que recibió con alegría.

—Era su gran ilusión —comentó—. Ojalá le salga todo bien.

—Ya verás como sí.

Entró en el cuarto un muchacho desgarbado, flaco, de pelo negro y revuelto, con muchos granos en la cara y profundas ojeras.

—Es mi hermano Aurelio —explicó Vicky—. Saluda a estos amigos, hombre. —Y mientras nos tendía la mano y mascullaba un «¡Hola!», precisó—: Sólo tiene once años, pero está muy crecido.

Dijo Aurelio, ignorándonos por entero:

—¿Hay algo de merienda?

—En la despensa tienes orejones.

—¿Otra vez?

—Y que no falten.

Salió sin despedirse.

—Sólo piensa en comer; claro, a su edad. Por cierto, ¿queréis una copita de anís?

—No, gracias; nos vamos ya. Mamá se intranquiliza en cuanto nos retrasamos.

Se le notaba incómoda con nosotros en su casa; de modo que no insistió en retenernos, aunque quiso acompañarnos hasta la calle. Salimos, pues, y el padre, que estaba sentado en el recibimiento, leyendo *El socialista*, nos deseó buenas tardes y Vicky aconsejó prudencia al bajar las escaleras, que ahora estaban todavía más oscuras, porque la tarde iba en retirada. A la derecha del portal, el escaparate de la droguería, también carente de luz, exhibía un muestrario de estropajos, colonias a granel y numerosos insecticidas.

—Os agradezco mucho la visita.

—Mamá no se atrevió a llamarte por teléfono.

—Lo comprendo. ¿Sabréis volver?

—Claro; por la plaza, hasta la calle de Gracia.

—Es preferible que vayáis por Adresadors. Se da más vuelta, pero iréis más tranquilos.

Al doblar la esquina estaba Balkiss, el café-concierto. Sobre las lunas de la fachada, lucían dos grandes fotos de Vicky, ligera de ropa, y un cartel anunciando el espectáculo; su nombre venía más grande que ninguno, acompañado de la frase publicitaria de rigor: *la escultural artista.* Una pareja de viejos se detuvo y comentó algo groseramente elogioso sobre los muslos de la chica.

Pero nosotros hicimos como que no veíamos nada,

como que no nos enterábamos de nada, y aun opiné yo, para desviar la atención de Pepita:

—Hace más frío que antes, ¿verdad?

Mi hermana se subió el cuello del abrigo.

—Sí, mucho más.

Y sonrió con evidente complicidad.

Las semanas pasaban de prisa —al menos, para mí—, alimentadas por buenas noticias de los frentes. Buenas para mis padres y quienes pensaban como ellos; que a los tíos y a sus amigos no les gustó nada, como puede suponerse, la caída de Málaga en poder de los nacionales. La propaganda oficial reaccionó con su presteza de costumbre, echándole la culpa de la derrota a la superioridad de medios de los italianos, según ella, conquistadores únicos de la capital andaluza. Sin embargo, *la Pasionaria* hizo uno de sus enérgicos discursos, en el cual deslizó claras acusaciones contra la ineptitud de los mandos militares republicanos. Aunque también afirmó, ni qué decir tiene, su ciega fe en la victoria.

Mi padre, que le tenía especial manía a la Ibárruri, comentó:

—Es maestra en engañar al pueblo. Azuzó a las masas en los meses anteriores al Alzamiento, las sigue encandilando ahora y, cuando toque salir corriendo, será la primera en hacerlo, dejando en la estacada a sus incautos seguidores. Mientras ellos se quedarán aquí, pagando culpas que no les corresponden, su heroína, la Agustina Roja, como la llaman algunos, estará en Moscú, viviendo a lo grande y obsequiando con tortilla de patatas a los de su camarilla. Así es la política...

Tío Pepe, que estaba delante, no hizo ningún comentario. A él tampoco le agradaban los comunistas, y más de una vez le había escuchado comentar con los intelectuales de su grupo que la cada día mayor hegemonía del PC podía resultar nefasta para la República. Desviando la conversación, me pidió que le acompañara a Maraguat, a comprar unos libros. Papá, crecido por el silencio de su cuñado, dijo entonces con sorna:

—Tráeme alguna obra de Pemán o de Marquina, que a tu madre le gustan mucho.

Me extrañó, porque sabía que mamá apenas leía otra

cosa que las novelas rosa de Rafael Pérez y Pérez, y caí ingenuamente en la trampa, contestando:

—Claro que sí; pero dame dinero.

Soltó una risotada.

—¡Qué cosas dices! Esos autores están ahora prohibidos; dicen que son fachas. ¿No es verdad, Pepe?

Al tío se le notaba violento.

—También los otros censuran a los escritores que llaman marxistas —contestó.

—Pero los otros no presumen de demócratas. —Debió de comprender que había creado una tensión innecesaria, pues dulcificó—: Bueno, lo que pasa es que, en definitiva, todos somos iguales; porque todos somos españoles. O sea, intransigentes, cerriles, fanáticos...

—Algo de eso hay —comentó Pepe.

Y nos fuimos sin más palabras.

A medida que transcurría el tiempo iba aumentando la escasez de alimentos. Ya había que hacer cola para casi todo; el racionamiento era escaso y forzosamente se acudía a los acaparadores, a quienes comenzó a llamarse estraperlistas. Como yo no tenía nada que hacer, ayudaba a mamá en las compras y me pasaba las horas muertas guardando turno para el aceite o para los garbanzos y dos días por semana agarraba el tranvía y me marchaba a un pueblo cercano, Tabernes Blanques, donde unos huertanos amigos nos proporcionaban leche y, alguna vez, carne de ternera, naturalmente a precios muy altos. Me divertían aquellos viajes, con su ingrediente de aventura, ya que había que burlar la vigilancia de los guardias que con frecuencia registraban a los pasajeros. A mí no me sorprendieron nunca.

Hasta que, llegado el buen tiempo, ya comienzos de abril, mi padre decidió que era preciso que yo estudiase. Pues, cuando la situación se normalizara, debería terminar mi interrumpido bachillerato; la situación económica de casa había mejorado desde que asumió de nuevo la dirección del negocio (que, sin embargo, se resentía de la falta de artículos) y además, no era bueno —decía— que a mi edad tuviera tanto tiempo desocupado. Así que llamó a un viejo amigo, don Baltasar Sarmiento, catedrático de Instituto, para que se encargase de darme clases a diario.

Era un hombre minúsculo, de redonda cara y gruesas

antiparras, que hablaba muy relamidamente, extremando la cortesía. Apareció una tarde por la tienda y se deshizo en saludos.

—¡Mi querido y bienamado Julio, qué gozo tan grande me dio tu llamada! Ya te diría mi esposa que ahora es difícil encontrarme en casa a las horas tenidas por lectivas; son avatares de mi nueva dedicación. Pero dime, dime, a qué debo el placer de tu requerimiento.

Se lo explicó en pocas palabras. Don Baltasar compuso un gesto compungido, lindante con el llanto.

—¡No sabes cómo lamento la imposibilidad de acceder a tu demanda, prueba acendrada de la confianza que en mí depositas, tras tantos años de cordial amistad! Pero hacía mucho que no nos veíamos, quizá desde antes de que estallara el conflicto y, obviamente, ignoras lo que ha sido de mí en estos meses...

—¿Qué te ocurrió?

—Fui depurado; me desposeyeron de mi cátedra del Instituto, lo mismo que a otros once colegas, bajo la acusación de fascistas. Tú, que me conoces de antiguo, sabes bien que siempre permanecí ajeno a las contiendas políticas; entiendo que la cátedra no debe mezclarse con los enfrentamientos ideológicos. Sin embargo, se trataba de colocar a unos señores de la FUE, que ni siquiera tienen acabado el Magisterio. Por eso nos sacrificaron; y no me quejo, que al bueno de don Emilio Martín, que pretendió alegar sus derechos, le metieron en la Modelo y a punto estuvo de que le fusilaran.

—Bueno, pues entonces, con mayor motivo estarás libre para dar clases particulares.

Sonrió con beatitud.

—En estos tiempos, la vida es una caja de sorpresas y el destino de los hombres enfila los más insólitos derroteros. Cuando me vi en la calle, con siete bocas que alimentar, ya sabes, los cuatro chicos y Emérita, mi esposa y su anciana madre, que siempre la consideré como tal, y la mía propia, que también cuenta, acudí a aquellos amigos que podían proporcionarme alguna ocupación, cosa harto difícil en las penosas circunstancias del otoño pasado...

Hizo una pausa; llevó el pañuelo a sus diminutas narices, como si se sonara, pero con infinita delicadeza, sin emitir sonido alguno.

—Perdón —dijo. Y continuó—: El padre de unos alumnos, hombre de gran valía y congénita bondad, aunque tosco en sus maneras, me ofreció la representación de sus productos en las tres provincias valencianas. Él es delegado en la región de las respectivas fábricas; actúa con plena independencia y no le afectaron por ello las incautaciones. Me aseguraba unos ingresos que casi doblaban mi sueldo como catedrático de latín. Así que, como puedes suponer, no dudé en aceptar, si bien limitando mi área a Castellón y Alicante.

—Lo comprendo perfectamente.

—Mi tarea es exigente; todo el día arriba y abajo, visitando a los clientes, en continuos desplazamientos por los pueblos de las provincias limítrofes. Lo cual, consiguientemente, me incapacita de forma total para la docencia, no obstante mi profunda vocación de pedagogo.

—Pues lo siento mucho por mi hijo Eduardo, pero lo celebro por ti. ¿Y qué artículos representas?

Don Baltasar miró con disimulo a su alrededor, se cercioró de que nadie podía oírle y, haciendo un gesto que imploraba discreción, explicó:

—Específicos contra la sarna, los piojos, las ladillas y demás insectos nocivos. Unas tabletas, patente alemana, muy eficaces para reducir los efectos de la blenorragia y enfermedades galantes en general...

Y, con voz apenas perceptible, concluyó:

—... y gomas higiénicas; es decir, preservativos.

—Comprendo que el negocio marche; son productos, hoy, de primera necesidad.

—Pero ¿imaginas mi trauma, mi desazón? Un hombre de mi formación humanística, doctor en Filosofía y Letras, especialista en lenguas muertas, estudioso de Cicerón, descendiendo a comerciar con las bajezas de la naturaleza humana... Por eso rogué a mi benefactor que me dispensara de trabajar en Valencia, donde tantos me conocen y me tienen en alta estima, después de quince años de catedrático de latín en este Instituto. Para que el disimulo fuera mayor, adopté un nombre comercial, a guisa de seudónimo: el de Representaciones Terencia.

Se dio cuenta de que su amigo no captaba la intención del apelativo y precisó:

—Terencia, la mujer de Cicerón. Fue un homenaje a

mi personaje predilecto y, en cierta medida, un descargo de conciencia. Como dijo el maestro, *ad caeteras meas miserias*...

Julio había quedado mudo por el asombro, en una situación harto embarazosa, sin saber si felicitarle por su próspera actividad o lamentar semejante degradación sociocultural. Optó por omitir cualquier comentario, volviendo al tema inicial de la conversación.

—Pues nada, qué le vamos a hacer. Te repito que lamento de veras no contar con tus lecciones para mi hijo.

—¿Me disculpas?

—¡Por favor, Baltasar!...

Estaban ya junto a la puerta, a punto de despedirse.

—¿Y no sabrás de alguien..., un compañero tuyo, otro profesor que te merezca confianza?...

Don Baltasar buscó algo en el bolsillo de la chaqueta.

—Eso, sí. Precisamente ayer me he encontrado con un colega que sacó cátedra de Escuela de Comercio al mismo tiempo que yo en el Instituto, y me comentó que acaba de abrir una academia, muy cerca de aquí, por cierto, para preparar muchachos que hayan quedado con el bachillerato a medias... ¿Dónde metí su tarjeta, caramba?...

Hurgó en el bolsillo contrario, sacó después la cartera del bolsillo trasero del pantalón.

—¡Ajajá! Aquí la tienes. Academia Comercial, calle de Martínez Cubells, uno, cuarto.

—Efectivamente, a cuatro pasos.

—Me explicó que tiene un criterio selectivo muy riguroso con el alumnado. Pero yendo de mi parte, no habrá ningún problema. Mejor, te escribo unas líneas de presentación para mi amigo. Se llama Manuel Cadenas... Es un excelente profesional y hombre de plena confianza, incluso políticamente. Como todos los profesores de los que se ha rodeado.

—No sabes cuánto te lo agradezco.

El 13 de abril de 1937 comencé mis clases en la Academia Comercial. No pude hacerlo con mejor pie: al siguiente día ya fue fiesta, porque se celebraba el VI aniversario de la proclamación de la República. Hubo desfile militar ante la tribuna ocupada por el señor Azaña y el gobierno en pleno. Curiosamente, todos ellos iban vestidos de oscuro, en un impecable atuendo reaccionario, con chaleco abotonado debajo de las bien cortadas chaquetas y sin que faltase en bastantes el detalle del sombrero de fieltro.

Una multitud sucia y descorbatada les recibió con división de opiniones, aunque los guardias de asalto se dieron buena maña para acallar en seguida a los disidentes, casi todos anarquistas.

XI

Parecía imposible: hasta el punto de que nadie en casa aceptaba la realidad de la noticia, que las radios transmitían de continuo, repitiéndola hasta la saciedad, apurando todos los triunfalismos. Se llenó de gente la plaza de Castelar, en una improvisada manifestación y salieron las autoridades al balcón principal del ayuntamiento y hubo ovaciones, cánticos y euforia desatada. Pero mi padre se negaba tercamente a creer que los republicanos hubiesen entrado en Teruel.

—Tiene que ser otra mentira más; como cuando dijeron que habían tomado el Alcázar de Toledo...

Sin embargo, las informaciones iban ampliándose por momentos y facilitaban datos abrumadores. El coronel Rey d'Harcourt se había rendido en las ruinas del Seminario; los soldados del *Campesino* dominaban la ciudad y sus alrededores; entre los millares de fascistas prisioneros, figuraba el obispo de la diócesis, monseñor Polanco. La gran victoria se consumó a despecho de las temperaturas, 15 y 20 grados bajo cero, poniendo a prueba la capacidad táctica de los mandos y la disciplina del nuevo Ejército Popular.

Don Benjamín llegó a media tarde, desencajado, nervioso.

—No cabe duda, Julio: hemos perdido Teruel. La cosa es gravísima, porque puede repercutir negativamente en la moral de los nacionales. Se trata de la primera capital de provincia que conquistan los rojos desde que comenzó la guerra. Eso les envalentonará...

La cena fue sombría; los tíos tuvieron el buen gusto de no hacer ningún comentario, aunque les resultaba difícil ocultar su satisfacción. Papá se fue a escuchar la radio antes que de costumbre; Pepita y yo quedamos haciendo compañía a nuestra madre, en su habitación. Al rato volvió papá.

—Efectivamente; es cierto. El parte de guerra nacional lo ha reconocido. Culpan al mal tiempo, que ha impedido que nuestra aviación pudiera actuar...

—No estaría Néstor en ese frente... —se intranquilizó mamá.

—Confiemos en que no.

En los días inmediatos, Valencia recibió otro aluvión de evacuados. Llegaban con lo puesto, que era bien poco; asustados, con el miedo marcado en la mirada, excepto aquellos para quienes la victoria republicana había supuesto la liberación. El gobierno exhortó a los ciudadanos para que ofrecieran sus casas «a los recobrados del terror fascista». Se habilitaron alojamientos en iglesias y hospitales; tras tantas semanas de asedio y privaciones, los turolenses presentaban un alto grado de desnutrición y podían ser transmisores de virus infecciosos; especialmente, del tifus.

El júbilo oficial se desbordó en mítines y declaraciones; hasta el punto de olvidar los problemas que para la ciudad suponía aquella nueva superpoblación. Pues a los miles de evacuados de Madrid se unían ahora éstos; las primeras consecuencias se advirtieron pronto, en la disminución de los racionamientos, en la desaparición de muchos alimentos de primera necesidad y en la tremenda subida de los precios en el mercado negro. Las calles céntricas estaban a tope; y aun gracias que bastantes refugiados tenían parientes en Valencia, donde la inmigración aragonesa fue siempre grande, y pudieron establecerse en sus domicilios. La ciudad era un guirigay: recrecidos, triunfantes, los rojos recobraron la agresividad de los primeros meses, y otra vez hubo conatos de asaltos a tiendas y bares y se insultaba a quienes no daban muestras exteriores de alegría, obligándoles a saludar puño en alto y a festejar al «gobierno de la victoria».

En la academia tuvimos que aguantar las baladronadas de Guzmán Aguilar y también echamos de menos a Pedro Mayquez. Don Alberto nos dijo que estaba enfermo.

—Ese muchacho tiene muy mala salud...

Una tarde, al regresar a casa, encontré a mis padres con Boil, el farmacéutico: con la alegría del triunfo, le habían liberado de la checa, junto con otros presos.

—Aunque yo pienso que, en realidad, lo que ha ocurrido es que necesitan sitio para los prisioneros de Teruel, jefes del ejército franquista, a quienes ahora querrán sacarles información militar.

Llevaba vendados los dedos de la mano derecha y hacía ostensibles gestos de dolor cada vez que tenía que moverla.

—Me arrancaron una a una las uñas, en cinco días sucesivos. Nos sentaban en un sillón de barbero, con los brazos sujetos por correas, y allí nos torturaban. Resulta difícil explicarlo; sólo en casos así llega a comprenderse la capacidad de resistencia del cuerpo humano. Y la perversión de ciertas gentes...

—¿Y qué pretendían?

—Que denunciáramos a los agentes de la quinta columna. Algunos compañeros no pudieron resistir y lo hicieron; mejor que nadie, lo comprendo y les disculpo. A mí me iluminó el Señor: les di varios nombres, de personas que ya habían sido fusiladas o que me constaba que pudieron pasarse a la otra zona. Cuando comprobaron la certeza de los datos, dejaron de maltratarme. Pero seguí en la espantosa celda, sometido a un régimen de hambre.

Se interesó por los compañeros de la antigua tertulia.

—A raíz de su detención, decidimos suspender las reuniones —le explicó mi padre—. Naturalmente, nos vemos de cuando en cuando. Galobart se marchó a pasar las navidades a Barcelona; no pudo resistir más tiempo sin ver a su familia. Por cierto que me extraña no haber sabido nada de él...

—Me gustaría darles un abrazo a todos.

—Podríamos citarnos en un café, un día de éstos. Así quedará más disimulado.

—Pero allí será imposible hablar...

—¿Qué cree usted que va a pasar?

—Que Franco reconquistará Teruel; seguro. Esto ha sido un episodio triste, pero en absoluto definitivo. La guerra se ganó en el Norte.

—Dios le oiga. Yo estoy muy abatido.

—¡*Sursum corda,* Julio! Ya he establecido contactos, como puede suponer; le aseguro que la contraofensiva nacional no tardará en producirse.

—Ojalá. Pero no soy tan optimista; además, me desazona mucho no saber nada de Néstor. Mi mujer, como es natural, está que no vive. Y yo lo mismo; aunque procuro aparentar confianza, para no aumentar su preocupación.

—En cuanto pueda, intentaré hacer alguna indagación. Ahora mismo es difícil; nos han desarticulado buena parte de nuestros servicios de transmisión y escucha. Pero antes de quince días, confío en que estén otra vez funcionando con normalidad.

—¿No tiene miedo de que vuelvan a detenerle?

—Es probable que lo hagan; pero hoy más que nunca es preciso arriesgarse. Y que sea lo que Dios quiera...

Como todos los días, don Manuel fue el último en salir de la academia, acompañado por doña Elena. Cerró con cuidado la puerta, dando dos vueltas a la llave, y bajaron ambos hasta el portal, donde algunos alumnos hacían tertulia. Respondieron a sus saludos, la profesora se agarró del brazo del director y así fueron caminando hasta la calle de Pi y Margall, más llena que nunca de gente. En la pastelería Martí compraron una pastilla de pan de higo, que era de lo poco que todavía se podía comprar libremente. Cruzaron después a la acera contraria; un grupo de personas rodeaba a un mendigo ciego, que tocaba el violín, con buena afinación, números de zarzuela. Entraron en el callejón de Horneros; ya en la esquina de Ribera, varias mujeres mal vestidas parecían desorientadas, como si no supieran qué camino tomar.

Una de ellas, con el pelo corto, un traje estampado desmesuradamente largo, cubierto a medias por un abrigo oscuro, se les acercó.

—Ustedes perdonen: es que no somos de aquí y nos hemos...

Súbitamente calló, para quedarse mirando con estupefacción a doña Elena. Fue a decir algo; pero ella se le anticipó.

—¿Adónde quieren ir?

—A la calle del periodista Azzati... —dijo la mujer, entrecortadamente, sin dejar de mirar a la novia del director—. Pero...

—Está muy cerca —volvió a interrumpirla ella. Y, acercándose a las demás, les indicó el camino.

Después casi ordenó a la que había preguntado:

—Usted nos acompañará un momento, ¿verdad? Dígales a sus amigas que acudirá más tarde.

Don Manuel, sin entender nada, quedó flanqueado por las dos y echó a andar.

—Vivimos aquí mismo —aclaró doña Elena, con gran naturalidad, ante la perplejidad creciente de la otra—. Y en casa podremos charlar mejor, ¿comprende?

—Claro, claro...

—Vienen ustedes de Teruel, ¿no es así?

—Sí, señora.

—Lo habrán pasado mal... —se aventuró a comentar don Manuel.

—Muy mal. Aquello fue terrible; no se lo pueden imaginar. Con la nieve, más de un metro había por las calles, y el hambre y los bombardeos y la lucha, casa por casa... Algo horroroso.

—Pero ya pasó y están a salvo.

—Eso sí, gracias a... —corrigió sobre la marcha, muy nerviosa—. Quiero decir, afortunadamente.

Sonrió doña Elena; caminaron un trecho sin hablarse, hasta que llegaron al portal de la casa.

—Bien, aquí es; hay que subir a pie. Pero sólo son dos plantas.

Apenas hubo cerrado don Manuel la puerta del piso, Elena se abrazó a la mujer.

—¡Qué alegría, sor Concepción!

La otra, desasiéndose, hizo una genuflexión y le besó la mano.

—¡Reverenda madre! —exclamó, muy emocionada.

—Vamos, vamos, levántese, que no está el ambiente para protocolos...

Don Manuel asistía al diálogo con manifiesta curiosidad.

—Estábamos convencidas de que habían asesinado a su reverencia...

—Pues ya ve, a Dios gracias, que me encuentro bien de salud.

—En cambio, sor Angustias... Y sor Sacramento...

—El Señor las tenga en su gloria. Ya me enteré de su martirio.

Reparó en la presencia muda del director.

—Le presento a mi prometido —dijo, muy seria. Y,

ante el gesto de sor Concepción, todavía precisó más—: Vamos a casarnos el mes próximo.

—Entonces... —balbuceó la monja.

—No se preocupe, que todo es una comedia —tranquilizó doña Elena en seguida.

—¡Qué susto me ha dado, reverenda madre! Claro; como las cosas están como están, pues una ya no se asombra de nada...

—Ande, vamos a la salita y allí se lo explicaré. —Se volvió a don Manuel—: Si usted nos da su permiso, por supuesto.

Sor Concepción escuchó la historia de la reverenda madre superiora, detenida con las demás monjas del convento de Cuenca, el 22 de julio de 1936. Separada del resto de la comunidad, pasó un mes en la cárcel y por dos veces estuvieron a punto de fusilarla. Un miliciano, a cuya hermana había atendido años atrás en una enfermedad, le facilitó la huida. Marchó a Madrid, escondiéndose allí en casa de unos primos; fue evacuada en noviembre y así llegó a Gandía, donde pudo emplearse como limpiadora, precisamente en el ayuntamiento. Hasta que una buena persona la alertó: habían descubierto su identidad y nuevamente corría peligro. Se ocultó entonces en Valencia, en el domicilio de unos conocidos, parientes de don Manuel. Fue éste quien le propuso dar clases en su academia y, más tarde, simular el noviazgo para alejar sospechas.

—Y, efectivamente, vamos a casarnos. No, no ponga esa cara: ante un alcalde de barrio, de modo que la boda carecerá de toda validez civil y, por supuesto, canónica.

—¡Es asombroso, reverenda madre! ¡Parece una novela!

—Quizá. Pero no crea que resulta original; cosas más raras se están viendo. Ahora, cuénteme usted.

—Ya sabe que estábamos en la Casa de la Orden, en Teruel. Al estallar la guerra, con la debida licencia del señor obispo, salimos de la clausura para servir como enfermeras, en los hospitales de sangre. Y allí nos cogió el asedio y allí nos hicieron prisioneras los rojos, al tomar la ciudad. La verdad sea dicha, se han portado bien con nosotras. Nos dejaron libres nada más llegar a Valencia y siempre nos trataron con respeto... Éramos tres monjas; las otras dos marcharon a Barcelona, donde tienen familia. Yo, francamente, no sé qué hacer... Todos los míos están en zona nacional y aquí no conozco a nadie...

—Ya nos ocuparemos de usted... De momento, si le parece, almorzará con nosotros...

—Muchas gracias; llevo dos días sin apenas comer.

Entonces dijo don Manuel:

—Pues, doña Elena..., bueno, la reverenda madre, prepara unas lentejas riquísimas.

—No sea exagerado... —sonrió la profesora.

Sor Concepción miró con disimulo a su alrededor. La superiora adivinó sus pensamientos.

—No, yo no vivo aquí. Aunque tendré que hacerlo cuando nos casemos, claro...

—Si le parece, la madre también podría quedarse —propuso el director—. A mi hermana le vendrá muy bien alguien que la ayude...

—Dios se lo pague —agradeció la monja. Y condicionó—: Siempre que su reverencia no lo encuentre mal...

La boda se celebró el 18 de febrero, y hubo previos problemas de transporte: el taxi que llevaba a los novios, pues juntos fueron ya a la tenencia de alcaldía, pertenecía al sindicato de la UGT y lo detuvieron, a mitad de camino, los taxistas de la CNT, que andaban amotinados a causa de lo que llamaban competencia ilícita. Obligaron a descender a los pasajeros, volcaron el vehículo y les hicieron subir en otro de su sindicato, con el que pudieron llegar a su destino.

Fue muy rápida la ceremonia, en la que actuaron como padrinos la hermana de don Manuel y don Vicente, el profesor de Geografía. Los alumnos no asistimos, porque se nos aclaró por el director que iba a tratarse de un acto absolutamente íntimo. Estaba muy agradecido, ya que reunimos entre todos cuarenta pesetas y con ellas le compramos a doña Elena un ramo de flores fenomenal. Lo que ese día tuvimos, naturalmente, fue fiesta. Aunque mayor resultó todavía la organizada en casa, después de comer: papá acababa de enterarse por Boil de que Franco había reconquistado Teruel. En justa correspondencia a la anterior actitud de los tíos, en la mesa no se refirió en absoluto al tema; pero al terminar nos encerramos en la habitación y allí dio rienda suelta a su alegría. Tan contento estaba que me regaló cinco pesetas y otras tantas a Pepita.

Me vinieron de perillas, ya que había quedado a las

cinco con los de la panda para ir a visitar a Mayquez, que seguía enfermo, y así pude invitarles a mazorcas asadas, de las que vendían las huertanas en sus puestos callejeros. Luis comentó que le hubiese gustado ir a la ceremonia, y Francisco, entre mordisco y mordisco, farfulló:

—Pues lo divertido sería presenciar la noche de bodas. O la tarde, que a lo mejor el dire no ha podido resistirse a los encantos sexuales de doña Elena y ya la está desvirgando.

Le entró la risa y estuvo a punto de atragantarse con los granos de maíz, que terminó escupiendo.

Pedro Mayquez vivía en la calle de Sorní, en la planta baja de una de aquellas casas del Ensanche, que tenían en la fachada adornos en forma de guirnaldas y algunos azulejos; creo que les llaman modernistas. Nos causó muy mala impresión: pálido como la cera, con los ojos hundidos y tristes, la voz apagada y unas toses que le venían de continuo. Le regalamos un recortable de soldados; pero de soldados con el uniforme antiguo, con polainas de cuero los de artillería y de tela, abotonadas, los de infantería. Sabíamos que le gustaba todo lo militar, pues su padre era comandante cuando le asesinaron los comunistas.

Procuramos estar alegres y Pepe Miranda le contó con mucha gracia su versión de la boda del director y le pusimos al día en las novedades de la academia; aunque al cuarto de hora de charla se nos acabaron los temas y pareció que se nos venía encima la tristeza de la habitación, a media luz, con las sillas enfundadas, los visillos corridos y un olor pesado a fiebre, a sudor y a jarabes medicinales. La madre, que nos había dejado a solas con él, entró entonces providencialmente, porque tenía que ponerle una inyección, y con esa excusa aprovechamos para despedirnos.

Nos acompañó hasta la puerta su hermana pequeña, también vestida toda de negro, como siempre iba Pedro. En las paredes del pasillo se notaban los cercos que dejan los cuadros cuando se quitan, después de mucho tiempo de estar colgados, y la chica sintió la necesidad de explicarnos que los retiraron al comienzo de la revolución, porque eran retratos comprometedores, de su padre recibiendo su diploma de teniente de manos de Alfonso XIII y de un tío, general de Ingenieros, en uniforme de gala y toros por el estilo. Aunque nosotros sabíamos, ya que el propio Pedro nos lo contó una vez, que también hubo allí un bodegón de Pinazo y un paisaje de Sorolla, que tuvieron que vender para ganar algún dinero.

Al despedirnos, le preguntó Francisco:

—Está mal, ¿verdad?

A la chica se le llenaron los ojos de lágrimas.

—Muy mal. Don Domingo, el médico, nos ha dado pocas esperanzas.

—¿Don Domingo Seguí? —me interesé yo—. ¿El que es ahora militar?

—Sí.

—¡Qué casualidad! También es nuestro médico de cabecera.

—Vale mucho. Además, se está portando espléndidamente. Imagínate que no quiere cobrarnos nada...

—Pues creo que es comunista.

—¿Y eso qué tiene que ver? En todas partes hay personas buenas y personas malas.

Aunque Luis propuso dar una vuelta, todos preferimos volver a casa; no estábamos de humor.

Por la noche, papá me dejó escuchar con él Radio Nacional, que dio una extensa información sobre la batalla de Teruel, cargada de exaltaciones épicas. Gracias a lo cual, me fui a dormir más animado.

—¿Y cuándo ha sido?

—Esta mañana, poco antes de las nueve. Todavía no habíamos desayunado; a Darío nunca le gustó madrugar. Dijeron que eran agentes del SIM. *Oh, mon Dieu!*...

Désirée se cubrió el rostro con las manos, bien cuidadas, de dedos finos y uñas impecablemente pintadas en un suave tono rosa. Era lo único que mantenía de su reconocida elegancia; iba sin maquillar, con el pelo descuidado y un sencillo traje de punto.

—No hicieron ningún caso cuando mi marido alegó su condición de diplomático; bueno, de cónsul. Incluso uno de ellos, el que parecía mandar, se permitió una *boutade*. «¿Paraguay? —dijo—. ¿Y eso por dónde cae?» A mí me obligaron a quedarme en el recibimiento, mientras Darío les acompañaba a su despacho oficial, que registraron de arriba abajo.

—¿Encontraron algo comprometido?

—No sé; desde luego, se llevaron varias carpetas con papeles y documentos. Venían a cosa hecha, ¿comprendes, Julio? Por lo que les oí, habían detenido la víspera, en Barcelona, a un matrimonio que se disponía a embarcar con unos pasaportes facilitados por mi marido... Ya sabes: como si fuesen súbditos paraguayos, reclamados por sus familiares. Seguramente, los muy cretinos debieron de asustarse y lo contaron todo. *Merde!*

—¿Para qué engañarte? La cosa puede ser grave.

—He hablado con el encargado de negocios del Paguay, porque el embajador se fue hace ya varios meses. Pero no quiere saber nada; incluso se ha indignado mucho cuando le he explicado el asunto.

—Es natural, ¿no te parece?

—*Oui, oui.* ¡Si yo también le decía siempre que estaba excediéndose! Pero ya conoces a Darío: tiene mucha confianza en sí mismo, piensa que nunca puede equivocarse. Además, reconozco que el negocio era muy rentable.

—La verdad: no sé qué aconsejarte.

Désirée le agarró de la mano.

—¡Oh, Julio, no me digas eso! Tú eres amigo suyo desde hace muchos años... Os habéis hecho favores recíprocos... Recuerda cuando tu hijo Néstor estuvo escondido en casa...

En seguida, quizá por una inevitable asociación de ideas, advirtió:

—Cueste lo que cueste, ni que decir tiene. Por dinero que no sea...

—Pero es que si tienen pruebas de las falsificaciones...

—Algo se podrá hacer... ¿Tú no tienes un amigo con muchas influencias? Darío me lo había comentado.

—¿Adónde han llevado a tu marido?

—A Santa Úrsula, esa iglesia de la calle de Sagunto que convirtieron en cárcel. Está incomunicado.

—Bien; hablaré con Lorente. Aunque mucho me temo que no pueda hacer nada. Estando por medio el SIM... ¿Por qué no intentas una gestión en la embajada de Francia? Tú sigues siendo francesa, ¿no?

—*Bien sûr.* Lo que pasa es que perdí hace tiempo todo contacto con la embajada... ¡Oh, Julio, estoy asustada! *C'est terrible...*

Se reunió con Lorente aquella noche.

—Comprendo que el asunto es complicado...

—No es sólo eso, Julio. Te consta que siempre que he podido he usado mis amistades para ayudar a los perseguidos injustamente. Pero en primer lugar, ya pinto muy poco; ahora los únicos que tienen poder son los comunistas. A nosotros, los viejos republicanos, nos consideran poco menos que disidentes...

Pasó la mano por debajo de la gorra, para rascarse la cabeza.

—Y sobre todo, hablando con franqueza, cómo sabes que me gusta hacerlo: ese individuo tiene lo que se merece. ¿Cuántas veces habíamos comentado que se estaba aprovechando de las angustias ajenas para ganar dinero por procedimientos sucios? No nos engañemos: lo que hacía era un delito como una catedral. Un delito común.

—Desde luego.

—Cuando he podido salvar a alguien que iba a ser víctima de las malas pasiones, no lo he dudado. Pero no es el caso.

—¿Entonces...?

—Procuraré enterarme de los cargos que se le imputan. Si acaso, quizá consiga que le dejen ver a su mujer; creo que conozco al director de Santa Úrsula, que es de Unión Republicana, si no lo han cambiado. Pero nada más...

Julio encendió un cigarro.

—Te comprendo perfectamente. Aunque me da pena su mujer; siempre ha sido una estúpida, pero en un caso así merece compasión... Ya supondrás que si hace falta dinero...

—Favores de esta clase no tienen precio. Sólo se lo ponen los miserables como Darío... —dijo Lorente, muy serio.

XII

Desde que el gobierno se trasladó a Barcelona (dijeron nuevamente que por «altas razones de Estado»), Valencia había disminuido el ritmo de su actividad ciudadana. Si bien la mayoría de refugiados madrileños continuaban aquí, pues solamente los funcionarios (y no todos) siguieron a los ministros hasta su nuevo destino, la ausencia de la Administración central supuso la pérdida de actos oficiales, de las misiones extranjeras, de la ruidosa burocracia, que era la que más animaba los locales públicos. Además, los evacuados de Teruel, recién venidos, ofrecían características del todo contrarias a los de Madrid: tristones, sin capacidad adquistiva, y más pronto ariscos, como partidarios en general de los nacionales. Con todo ello, la ciudad recobró su tono provinciano y hasta aburrido, sólo alterado por las noticias de una guerra que todos consideraban distante, aunque el frente quedase a poco más de cien kilómetros.

Definitivamente, Franco no dirgía su nueva ofensiva contra Valencia, sino hacia Cataluña y el norte de Castellón, con un objetivo muy concreto: el Mediterráneo. Aquello supuso una desilusión para cuantos aguardaban esperanzados la cercana liberación; pero como dijo Boil, que finalmente se reunió una tarde en casa, con Villanueva y don Benjamín:

—Cuando el Caudillo lo hace, bien hecho está.

El doctor Negrín, totalmente entregado a las directrices comunistas, impuso la disciplina en el Ejército y su propaganda martilleaba constantemente a la opinión pública con consignas destinadas a elevar la moral del pueblo, muy debilitada a causa de los últimos reveses militares. La publicación de los «13 puntos» pretendió fijar una especie de programa para la guerra e, incluso, para la paz, aunque pocos se los tomaron en serio. Cundía, en cambio, la preocupación por la constante devaluación de la moneda, y cuando se supo que los nacionales no reconocían valor alguno a determinadas series de billetes de banco recientemente emitidas, desaparecieron de la circulación los antiguos, y todos cuantos podían se preocuparon por adquirir bienes que, en el futuro, se convirtiesen en dinero.

Don Benjamín se dedicaba a vender a domicilio colecciones completas del diccionario Espasa. Incluso quiso colocarle una a mi padre.

—Esto siempre tendrá valor, Julio: compréndalo. Hay quienes me compran dos y tres, pensando en venderlas el día de la liberación. Cuando los billetes rojos valdrán menos que los cromos del chocolate Nestlé.

—Posiblemente; pero yo necesito tener ahora la mayor liquidez posible. En su momento les diré por qué.

Boil trajo noticias de Néstor, a quien localizó a través de los servicios de escucha de la quinta columna: estaba en el frente de Madrid. Más tarde, incluso pudo enviarle un mensaje y recibió contestación, con gran alegría de papá. Por lo visto, había establecido contacto en San Sebastián con unos proveedores suyos, cumpliendo el encargo que le dio al marcharse. Hasta mucho después no comprendí la importancia que eso tenía; pero es que, por entonces, también desconocía los proyectos de mi padre.

Tío Pepe y sus amigos llevaban una temporada más bien sombríos, sin aquella euforia suya de antes, lo que achacaban a la marcha del gobierno, con el que se fueron muchos amigos suyos influyentes. Pero estaba claro que les preocupaba el rumbo de la guerra, y Matiñón consiguió que le nombraran agregado de prensa en la Embajada de España en Santiago de Chile, y allá se fue con su mujer, la pianista. Le dieron una comida de despedida y oí que Pepe le comentaba a Camila:

—Esto ha sido una deserción en regla...

Algunos domingos iba con Pepita al parque de los Viveros, donde antes de la guerra había muchas jaulas con aves de distintas especies y múltiples clases de gallinas y estanques con cisnes y patos. Ya no quedaba ni uno de todos aquellos animales, pues se los habían ido comiendo a medida que aumentaron los problemas de las subsistencias, de modo que sólo los monos se salvaron de la voracidad, y aun ellos parecían asustados, como si temieran que, de seguir el hambre, acabarían también sirviendo de alimento para estómagos necesitados y, por tanto, nada exigentes.

Seguía acompañando a tío Pepe a las librerías de lance. Una tarde, mientras él buscaba en los tomos de arte, hojeé varios ejemplares antiguos de la revista *Estampa* que allí vendían y, de pronto, me sorprendí al tropezar con una fotografía de don Ricardo, el profesor de caligrafía. Venía en las páginas de actualidad, y el pie decía: «El popular crítico taurino y prestigioso dibujante don Ricardo González, más conocido por su seudónimo de *Cardito*, que ha inaugurado, con gran éxito de crítica y público, una exposición de apuntes sobre la Fiesta Nacional en el Círculo de Bellas Artes.» Una peseta me costó adquirir aquel número, pero no dudé en hacerlo.

Al día siguiente, metí la revista en la cartera y me fui a la academia con la intención de comentar el descubrimiento con los de la panda; aunque, por el camino, pensé que quizá no debía hacerlo sin antes contárselo a don Ricardo. Me callé, por tanto, a pesar de lo mucho que me tentaba sorprender a los demás y, al terminar la clase, le dije al profesor que necesitaba hablar en privado con él. Debió de notar que se trataba de un asunto serio, pues me pidió que le acompañara a la sala reservada, la del gran mapa y el dibujo de la Cibeles, que entonces comprendí que podía ser suyo.

—Bueno, ¿qué es lo que pasa? —preguntó, al tiempo que se sentaba frente a la mesa y, sacando varias colillas del bolsillo, preparaba un cigarro con tabaco de muy distintos colores y procedencias.

—Ayer he comprado esto en un quiosco de la plaza de Lope de Vega.

Le alargué *Estampa* por la página en cuestión y él la miró con cierta despreocupación; pero en seguida se asentó las gafas y acercó la revista y, después de unos segundos, exclamó:

—¡Caramba, carambola!...

Para preguntarme, a renglón seguido:

—¿Lo has comentado con algún amigo?

—No, no señor.

—¿De verdad?

—Palabra.

—Bien; más vale así. Me dejarás que me lo quede, ¿verdad?

—Sí, naturalmente.

Entonces me miró, muy serio.

—Eduardo, tú eres ya un hombre y comprendes de sobra la situación de España y los problemas que muchos tenemos. Tu mismo padre lo pasó muy mal, por ser de derechas, ¿no es así? Bien, pues yo tuve que venirme de Madrid por eso mismo y resultaría peligroso que se conociera mi verdadera personalidad. ¿Lo entiendes?

—Desde luego.

—Incluso podrían meterme en la cárcel. De modo que has de olvidarte por completo de lo que has leído. Y no decírselo a nadie, absolutamente a nadie. Para ti sigo siendo nada más que don Ricardo, el profesor de caligrafía. ¿Puedo confiar en ti?

—Claro que sí.

—Gracias, muchacho. Me haces un favor muy grande.

Me dio la mano y apretó con fuerza. Por la noche, en casa, pregunté a tío Pepe:

—¿Conoce usted a un dibujante que se firma *Cardito*?

—Por supuesto. Era uno de los mejores caricaturistas políticos de la prensa de Madrid; además de crítico de toros. Escribía en diarios católicos y sus chistes en *Gracia y Justicia* armaron mucho revuelo. Aún recuerdo uno, feroz, que hizo a propósito de las supuestas tendencias homosexuales de Azaña. Tenía un trazo muy personal, muy seguro; y una tremenda mala intención. Pero ¿por qué me lo preguntas?

—Es que en unas revistas antiguas he visto varios dibujos suyos y me han gustado.

—Ya te digo que era excelente; aunque, a mi modo de ver, demasiado reaccionario.

—¿Y qué ha sido de él? —disimulé.

—No tengo idea. Supongo que se marcharía de Madrid al comenzar la guerra; de lo contrario, lo habrá pasado mal. Estaba muy significado.

Sonrió, al recordar:

—Dibujaba unas caricaturas terribles de Azaña, resaltando sus verrugas, y de Prieto, con gran papada, y de Casares, escuchimizado y medio tísico. Buenas de verdad; si bien, tremendamente sectarias.

Después explicó:

—Yo pertenecí a un jurado en el que premiamos una colección de dibujos suyos sobre tema taurino. Le conocí personalmente a raíz de eso; era persona agradable y con alto sentido del humor. Lamentaría que le hubiese sucedido algo malo...

Se había establecido, por decirlo así, a comienzos de febrero, en el portal de la casa que hacía chaflán con Pascual y Genís. Aprovechando la garita acristalada del portero, abandonada muchos meses atrás, instaló un puesto de revistas y golosinas, aunque éstas resultaran de dudosa procedencia, y más que peligrosas sus condiciones de salubridad. Vendía también cigarrillos de anís y tabaco picado, procedente de colillas, pero bien lavado, y hasta cajetillas verdes de Lucky-Strike. Era una cincuentona con mucha pechuga, labios carnosos y mirada provocativa, que nos tuvo pronto por clientes. Se deshacía en amabilidades y zalemas con nosotros, especialmente con los mayores, y Francisco tardó poco en definirla:

—Es una tía cachonda, que busca guerra.

Sobona sí que era; aprovechaba cualquier oportunidad para manosearnos y, sin que viniera a cuento, se lamentaba de su condición de viuda.

—¡Ay, *senyoret*, que se echa muy de menos el olor del macho en la habitación y su calor en la cama!... —me dijo un día.

Luis Querol le compraba dos cigarros de anís cada tarde; Pepe, mandarinas; yo, de cuando en cuando, media ración de calabaza al horno, que la vendía muy rica. Francisco hacía el gasto solamente con las publicaciones verdes que Concha —así se llamaba— tenía en abundancia. Había inventado la mujer un sistema de alquiler de revistas y tebeos muy económico: quince céntimos la hora, con la sola condición de leerlas sin salir de la garita. Colocó dos sillas de tijera al fondo y una mesita con un flexo y allí se sentaba el cliente, dispuesto a pasar páginas lo más rápidamente posible.

Francisco se habituó a la fórmula; casi todas las tardes, cuando salíamos de la academia, ya oscuro, porque el sol se escapaba temprano, allí se quedaba, con *La traca* o *Pentalfa* en una mano y hurgándose con la otra en la bragueta, ensimismado con las fotografías de mujeres desnudas y con los cuentos picantes, ilustrados con dibujos mucho más provocativos todavía. Concha se le acercaba de vez en vez y le pasaba la mano por el cabello y hasta le agarraba por la barbilla, entre exclamaciones siempre alusivas a su estado civil.

—Las plantas que no se riegan se mustian pronto, *fillet*.

—Tuberías oxidadas dan agua turbia.

—Pobrecitas viudas, con el nido esperando al pájaro...

Por si fueran poco las insinuaciones, combinadas con la excitante lectura, una noche, cerca de las ocho, sonaron las sirenas de alarma, que siempre provocaban arrebatos lascivos en Francisco, y Concha bajó el cierre de madera y dio vuelta a la llave de la puerta y, según nos contó al siguiente día, lo violó.

—¡Qué fiera! ¡Qué repertorio! ¡Qué maravilla! —fueron sus conclusiones.

Más sosegado, amplió detalles con cierto regodeo, reconociendo humildemente que no podía presumir de conquista, pues la quiosquera saciaba sus desaforados apetitos con otros varios muchachos del barrio; quizá, incluso, con algún compañero de la academia, de la clase de don Manuel.

—Tú le gustas mucho —me comentó con una sonrisa depravada—. Le excitan tus muslos peludos; está deseando meterte la mano por la pernera del pantalón corto y darte un masaje completo... Oye: lo hace fenómeno.

—Pues da la casualidad de que voy a ponerme pantalones bombachos; ya he convencido a mis padres.

—No seas tonto y aprovéchate cuanto antes. Merece la pena.

Tardé en dormirme aquella noche, distraído con pensamientos lujuriosos, que me desazonaron, y tuve que aplacar, forzosamente, por mis solos y manuales medios. Amanecí con unas ojeras enormes y, aunque a la salida de clase quise eludir la tentación, una fuerza extraña me empujó hacia el portal de Concha. Llevaba ella un jersey rojo, de punto, y por debajo le saltaban sus pechos, gruesos, todavía duros, y se intuía el botón violáceo de los pezones. Estaba fumando un cigarro rubio cuando me acerqué; abrió la portezuela y entré, como un autómata; una sonrisa picante iluminó sus labios carnosos.

—Iba a cerrar; pero elige lo que quieras, mientras coloco las maderas...

Todo sucedió muy rápido; aún no he podido comprenderlo. La garita quedó en una penumbra suave; se me vino encima el cuerpo caliente de la mujer y sus manos expertas desabrocharon mi camisa y, en efecto, acariciaron después mis piernas y fueron subiendo por debajo de la pernera y sentí un goce extraño, una sensación gratificante y nueva. Me dejé llevar, incapaz de ninguna reacción contraria al acto mismo; ella me recostó sobre unos almohadones que había en el suelo y se movió mucho, entre jadeos y medias palabras, entre besos húmedos y caricias sabias. Ni siquiera supe cuánto tiempo duró aquello.

Llegué a casa con un sofoco tremendo; afortunadamente, no estaba mi madre. La ducha me relajó; froté enérgicamente todo mi cuerpo con un jabón salitroso, duro, que apenas sacaba espuma, el único que teníamos; volví a vestirme a medias, y me eché en la cama. Pepita tenía puesta la radio; de su habitación llegaba la voz de Angelillo cantando que era un pobre presidiario. Yo, en cambio, me sentía libre; libre de una curiosidad, de una desazón que en los últimos tiempos me había obsesionado. Comprendí además que ya era, físicamente, un hombre; que había realizado mi virilidad.

Después me quedé profundamente dormido.

Le habían colocado en un ataúd blanco, con cuatro candelabros alrededor y unos cirios amarillos que apenas lucían, pero despedían un olor graso y desagradable. Estaba muy pálido, aunque sus labios amoratados se plegaban en una sonrisa dulce; la suya de siempre. También, como siempre, llevaba su traje negro, ahora de mortaja, con el cuello de la camisa abierto. Y las manos cruzadas sostenían un crucifijo.

Una señora muy alta y muy pintada, que entró dando empujones a quienes, silenciosos, contemplábamos el cuerpo inerte de Pedro Mayquez, soltó un grito y, acercándose a la madre, que, de rodillas junto al féretro, miraba obsesivamente el cadáver, le dijo con voz destemplada:

—¡Pero, Ana, no seas loca! ¡Quita en seguida ese crucifijo!

La madre levantó sus ojos enrojecidos hacia la escandalosa, y muy suavemente replicó:

—No pienso hacerlo. Era de mi marido, que siempre quiso que le acompañara a la tumba. No pude cumplir su voluntad; lo asesinaron en el cuartel, arrastraron su cuerpo por el patio, le destrozaron la cara a culatazos y después ni siquiera me dejaron ver el cadáver. Ahora, con nuestro hijo, realizo aquel deseo suyo.

—¿Y cuando vengan los de la funeraria?

—Me tienen sin cuidado.

—¡Es una temeridad, Ana, una temeridad! Además, nos comprometes a todos.

—Si tienes miedo, puedes marcharte. Gracias por la visita.

Don Anselmo, el profesor de inglés, que estaba en un rincón del cuarto, con su uniforme de teniente de Intendencia, rompió la violencia de la situación.

—Si tienen la bondad, esperen todos afuera un momento.

Ayudó a ponerse en pie a la madre, mientras los demás salíamos, y después doña Elena cerró la puerta, quedándose en el velatorio con ellos dos. Don Manuel fumaba sin parar y también Francisco, sin advertir que lo hacía delante del director; en aquellos momentos nadie pensaba en las normas disciplinarias. Muy acongojado, Luis Querol sólo sabía repetir:

—¡Pobrecillo, pobrecillo!

La hermana de Pedro recibía el pésame de las vecinas, cuyo desfile no cesaba. Después llegaron los de pompas fúnebres, con su gesto de hastío profesional, y, antes de que entrasen en el cuarto, se escuchó cerrar la tapa del féretro y un llanto fuerte y desconsolado. Salimos a la calle; nos acomodamos en dos coches de caballos que había dispuestos, que formaron la comitiva con otro, en el que iban la madre y la hermana, todos siguiendo la carroza fúnebre. La mañana era esplendorosa, con un sol radiante, que invitaba a vivir. En poco más de media hora llegamos al cementerio, cuyo vestíbulo ocupaba el historiado arcón donde reposaban los restos de Vicente Blasco Ibáñez, presididos por una bandera republicana. Varias herraduras de flores, también formando los colores de la enseña, cubrían el túmulo, al que daban guardia dos municipales de escasa marcialidad.

Cuando bajaron el ataúd, los compañeros pedimos llevarlo a hombros, y así anduvimos por la calle principal, entre mausoleos rimbombantes, mármoles y bronces, ángeles relamidos, dolorosas plañideras y, en todas partes, la imagen triste de las cruces mutiladas. Casi juntas, las tumbas de unos toreros valencianos muertos en el ruedo, los hermanos Fabrilo y Manuel Granero. En la fosa común, con la colilla del cigarro pegada a los labios, esperaban los sepultureros. Dejamos el ataúd en el suelo con mucho cuidado, como si quisiéramos evitar cualquier molestia al pobre Pedro. Su madre y su hemana, abrazadas, fundidas en el luto de los trajes, ahítas de lágrimas, ya no lloraban: sólo sabían suspirar muy hondo.

Sujetaron la caja con unas cuerdas y empezaron a bajarla lentamente; cuando casi había llegado al fondo, se oyó un sonido lejano de sirenas y explosiones y el cielo se llenó con las nubecillas blancas de los disparos antiaéreos, que ascendían buscando inútilmente la panza metálica de los trimotores. Los sepultureros soltaron la soga, acabó de caer el ataúd sobre la tierra y ellos salieron corriendo, sin decir una palabra, sin dar una explicación, a cubrirse debajo de las arcadas de la galería. Entonces, la madre de Pedro, con voz segura, comenzó a rezar:

—Padre nuestro, que estás en los cielos...

Contestamos todos y por tres veces repetimos el *requiescat in pace*, y al terminar, don Manuel agarró una de las palas abandonadas y empezó a echar tierras en la fosa. También lo hicieron don Anselmo y Francisco, hasta cubrirla a ras del suelo. Y regresamos lentamente, desandando el camino, por la calle principal, entre mausoleos rimbombantes, mármoles y bronces, ángeles relamidos, dolorosas plañideras y los restos de las cruces profanadas.

Otra vez por la noche tardé en dormirme. Pero ¡qué sensación tan distinta!... Recordaba el rostro muerto de Pedro, tan dulce, tan sereno, y lo comparaba con aquellos otros, crispados, marcados por el terror, que tenían las víctimas de los bombardeos y los fusilados, y advertí que la muerte no es igual para todos, ni todos la reciben de la misma forma. Me di cuenta, asimismo, de la lista de cadáveres que llevaban vistos mis ojos todavía adolescentes. Y entonces sí que comprendí que, en efecto, ya era un hombre; un hombre maduro, fuese cual fuera mi edad.

Don Vicente caminaba de prisa por las aceras, estrechas, sucias, agujereadas por los baches, de la calle de Quevedo. Había dejado atrás la zona peor del barrio chino, la de las casuchas miserables, con sábanas remendadas puestas a secar en los balcones entornados y bares que olían a vino ácido y a perfumes malos; la de las paredes con letreros obscenos y el rastro de meadas largas bajando desde las grietas hasta la calzada y portales angostos, frente a los que se agolpaban grupos ansiosos de hombres salidos, soldados la mayoría, todos con las manos en los bolsillos del pantalón, todos con deseo lascivo en la mirada; la de las putas baratas, viejas, horriblemente pintarrajeadas y, sin embargo, solicitadas, acosadas, requeridas por el mugriento personal.

A espaldas de la antigua parroquia de San Agustín, hecha almacén militar tras su incendio, en un edificio de tres pisos pintado en gris, que parecía un palacio entre tanta cochambre, un rótulo escrito sobre cristal, que en otros tiempos se iluminaba, anunciaba «Casa Rosita», habitaciones, camas, agua corriente. Era el mejor *meublé* de todo el barrio; también, por supuesto, el más caro, que cinco pesetas costaba cada hora de ocupación y cinco duros pasar la noche. Se reservaba el derecho de admisión y los pagos debían hacerse por anticipado, excepto si de clientes conocidos se trataba.

El profesor de Geografía e Historia, antes de pulsar el timbre, miró hacia atrás con disimulo; la calle, corta, toda una acera ocupada por los muros de la iglesia, estaba solitaria. Se ajustó las gafas de gruesos cristales sobre la nariz y alisó sus escasos pelos, en un ademán lejanamente coqueto; después llamó.

—Bien venido, don Vicente. La señorita ya le está esperando.

—Vaya, lo siento. ¿Hace mucho?

—Cosa de diez minutos.

La encargada, huesuda, de edad indefinida, echó a andar por un pasillo mal iluminado, al que daban varias puertas, todas ellas numeradas.

—Hoy le he podido reservar la cinco. Ya sé que es su preferida.

—Sí; muchas gracias.

Estaba casi al final, a la izquierda. Llamó con los nudillos la encargada y en seguida entreabrió la puerta.

—Adelante —se oyó decir.

Antes de retirarse, preguntó:

—¿Lo de siempre?

—No; hoy tengo algo fastidiado el estómago. Después, cuando me marche, me tomaré un agua de cebada.

—Como usted quiera.

Don Vicente entró en el cuarto, dio cuidadosamente dos vueltas a la llave de la puerta y, quitándose la chaqueta, la colgó del pomo, tapando así el ojo de la cerradura. En mangas de camisa resultaba especialmente ridículo, los anchos tirantes sujetando unos pantalones demasiado grandes, los botines crujiendo al pisar la madera del parqué, las mangas, también holgadas, llenas de arrugas.

Sentada en la cama, una muchacha joven, esbelta, de piernas bien torneadas y cuello largo, separó el cigarrillo de sus labios, finos, apenas teñidos por el carmín, para sonreírle.

—Buenas tardes.

—Perdón por el retraso, Alicia. Me entretuvieron en la academia; hay bastantes problemas esta temporada.

—No tiene importancia.

Estrecharon sus manos; el profesor acercó la única silla que había en la habitación frente a una coqueta de madera beige.

—Bien, ¿qué me cuentas?

—Bastantes cosas. Y algunas, creo que interesantes.

La joven sacó del bolso, que estaba sobre la cama, un sobre blanco, con el escudo de la República en el membrete.

—El teniente coronel Rojo aconseja a Negrín iniciar un ataque importante sobre Extremadura, para obligar a Franco a distraer fuerzas del Maestrazgo, entorpeciendo así su ofensiva hacia el Mediterráneo. Parece que Miaja también es partidario de hacerlo; los asesores militares rusos, en cambio, no acaban de decidirse.

Don Vicente leyó atentamente las cuartillas.

—Esto habrá que transmitirlo en seguida... ¿Es fiable la noticia?

—Totalmente. Me la ha facilitado nuestro agente en el Estado Mayor; ya sabe, el teniente. La copia a mano del informe es literal.

Señaló con el dedo hacia un rincón del cuarto.

—Perdone, don Vicente: el agua.

—Tienes razón; lo había olvidado.

Se levantó y fue hacia el lavabo, abriendo los dos grifos, chapoteando con las manos en el agua durante unos minutos. Mientras, la muchacha deshizo la cama, enredando las sábanas, y palmoteó la almohada, hasta arrugarla. Volvieron a sentarse.

—Entre el quince y el dieciséis se espera la llegada al puerto de Alicante de un barco ruso, con ametralladoras, cañones ligeros y munición. No han podido darme el nombre.

—Eso es lo de menos.

—Y, por último, se confirma la tirantez entre Azaña y Negrín. Al presidente de la República le tienen aislado en Pedralbes y no cuentan con él para nada. Tampoco son buenas sus relaciones con Companys, de quien comentó hace unos días, durante una comida con Rivas Cheriff y otras personas de su intimidad, que está completamente loco.

—¡Caramba, Alicia! ¿Y eso cómo lo sabes?

—Un camarero del palacio es agente nuestro, de los que transmiten por Valencia, para despistar al contraespionaje. —Encendió otro cigarro—. No se quejará, ¿eh? ¡Menudo lote de noticias!

—Y muy importantes. Eres estupenda; pero ve con cuidado. Están cada día más desconfiados. He tenido que dejar sin servicio a dos enlaces porque comenzaban a sospechar de ellos...

—Yo, por ahora, creo que no tengo problema.

Don Vicente miró el reloj.

—Todavía es pronto. ¿Has traído el ajedrez de bolsillo?

—Naturalmente.

—Pues en cuanto guarde estos papeles, echaremos una partidita. Vete preparándolo.

Se quitó uno de los botines; levantó la suela con una lima de uñas y escondió las cuartillas en el hueco.

—¡Tengo unas ganas de que termine todo esto, para volver a usar zapatos como Dios manda! —comentó. Y sentándose frente a Alicia, que había colocado el pequeño tablero sobre sus rodillas, movió un peón—. Prepárate: pienso darte un jaque rápido.

—No tan rápido; que por lo menos hasta dentro de media hora no debemos salir...

La mujer huesuda les despidió deshecha en sonrisas; como siempre, la propina había sido generosa. Así que incluso les piropeó, mientras abría la puerta del *meublé*:

—¡Pero qué buena pareja hacen ustedes!...

Se agarraron del brazo y así fueron hasta alejarse del barrio chino. Alicia tomó un tranvía; don Vicente siguió caminando en dirección a las torres de Cuarte. Poco antes de llegar a ellas, torció por un callejón, para salir a una plaza recoleta, apacible, con una fuente chiquita en el centro. En un bajo había una relojería, a la que se accedía por el portal. Era el local pequeño, lleno de cachivaches, y de las paredes colgaban muchos relojes, de todas clases, ovales, cucús, con péndulo, enmarcados en cajas rectangulares, de esfera circular. Agachado sobre una mesa, también llena de pinzas y de ruedecillas y de cuerdas en espiral, un muchacho hurgaba las tripas de uno de pulsera. Levantó la cabeza, se quitó la lupa que sujetaba con la ceja y sólo dijo, señalando un viejo reloj de bolsillo, con la tapa festoneada, que tenía delante:

—Arreglado.

Lo tomó don Vicente y presionó en la tapa, que se abrió en seguida; levantó entonces con la uña la cubierta metálica que protegía el mecanismo y comprobó que, en su lugar, había un papel fino, meticulosamente doblado. Lo cerró en seguida, guardándolo en el bolsillo.

—Muy bien.

—¿Algún otro para reparar?

—Hoy, no. Seguramente el jueves.

—Pues hasta el jueves.

Aquella noche se acostó tarde; pero dejó cifrados todos los mensajes y dispuestos para ser transmitidos. A la mañana siguiente se le pegaron las sábanas, de modo que llegó a clase con diez minutos de retraso y el sueño retratado en el rostro. Incluso se le escaparon varios bostezos.

Francisco comentó, a la salida:

—El sátiro ha estado de juerga...

XIII

La playa estaba solitaria. Una brisa fuerte aventaba la arena, llevándola hacia las casetas de madera, cerradas, vacías, abandonadas; aquellas casetas donde, en mejores tiempos, jóvenes eufóricos cambiaban sus trajes de calle por los bañadores, para salir corriendo, entre gritos y risas, camino de la zambullida. La playa tenía ese aire triste, melancólico, deprimente, de todas las playas en invierno; como lo tienen los tiovivos parados, mudos y sin niños; las rosaledas mustias; los sofás enfundados, y los álamos sin hojas. La mar parecía enfurruñada y unas olas sucias se enrollaban con violencia poco mediterránea, yendo a romper contra el casco de un mercante hundido y las defensas de cemento que habían construido, cerca del agua, los zapadores militares; otras acababan amansándose en la orilla para retirarse después, arrastrando guijarros, menudas pechinas y algún bote de latón, vacío y magullado, que dejaron los carabineros como secuela de su rancho.

Los edificios de la primera línea, viejos merenderos ahora cerrados, anunciaban todavía en sus fachadas las especialidades de la casa, clóchinas, sepia a la plancha, *all i oli* de anguilas y, por supuesto, la paella. Había también un astillero chiquito, donde debieron de reparar los bous y las barcas de pesca y una a medio construir se quedó abandonada y parecía un esqueleto de madera, inclinada sobre el suelo, con unas redes rotas desparramadas sobre sus vacías tripas. Algo más allá estaba el puesto de guardia; tras las troneras había que suponer la vigilante atención de los centinelas, guarecidos en el interior, a cubierto del frío y la humedad. Después venían ya los tinglados del puerto, horadados por la metralla de los bombardeos, donde, sin embargo, la actividad era constante y las furgonetas y los camiones iban y venían, cargados a tope, y las grúas de los buques dejaban sobre los muelles su mercancía, tan esperada; pues eran víveres o máquinas de guerra y ambas cosas resultaban imprescindibles.

Lorente, subido el cuello del abrigo, bien calada la gorra, salió de la comandancia de carabineros y, cruzando la verja que separaba los muelles, anduvo hacia el comienzo de la playa, para quedarse unos minutos contemplando el espectáculo de su soledad. ¡Cuántas veces había pasado sobre aquellas arenas, en compañía de Blasco Ibáñez, su jefe político, su maestro, recibiendo órdenes, perfilando los detalles de una reunión clandestina, preparando cualquier manifiesto revolucionario! Solían coincidir allí con Sorolla, gran amigo de *don Visent* (él siempre le llamó así), que, caballete montado, pincel en mano, llevaba al lienzo toda la luz de la Malvarrosa. Después dejaba al maestro frente a su chalé, blanco, recargado, y volvía a la ciudad, para distribuir las consignas entre los correligionarios.

Aquélla fue una lucha muy distinta, pensó el viejo republicano. Aquellos tiempos, también duros, también difíciles, tuvieron el encanto de la clandestinidad, el atractivo de un riesgo que todos aceptaban, impulsados por un ideal compartido. Aunque, ¿habían recibido la justa compensación a su sacrificio? Porque, cuando llegó la República, por la que tanto lucharon, el maestro no pudo participar ya en el inmenso júbilo: meses antes había muerto en Menton. Los nuevos gobernantes comenzaron pronto a disfrutar del poder y lo hicieron casi lujuriosamente; sí, rindieron a Blasco el homenaje que se merecía, trajeron sus restos, que llegaron precisamente por este mismo puerto y una muchedumbre emocionada los recibió con entusiasmo y el gobierno les colmó de honores. Pero, a pesar de todo, los viejos luchadores no estaban satisfechos; aquello no era lo que tanto soñaron, un régimen para el pueblo, en el que la justicia social fuese lo más importante. Seguro que *don Visent* tampoco lo hubiese aprobado...

Menos todavía, la versión que Negrín estaba dando ahora de la República. Una República cada día más sovietizada y en la que, curiosamente, los auténticos republicanos habían sido marginados: desde Martínez Barrio al mismo Azaña. ¡Pero si los comunistas asesinaron a don Melquíades Álvarez en la cárcel Modelo de Madrid!... Tanta sangre, tanta represión, ¿tenían que ver con el programa de paz, fraternidad y libertad que ellos defendieron a ultranza? Claro que del otro bando tampoco podía esperar mucho; allí mandaban el clero y los militares, precisamente los poderes contra los que tanto luchó. Así que se sentía incómodo con unos y con otros, ajeno a sus respectivos afanes, tristemente escéptico respecto de la utilidad de una guerra cuya solución sabía que nunca le satisfaría, ganase quien ganase...

Mientras tanto, consolaba sus desilusiones ayudando a quienes lo necesitaban. Pensaba que así cumplía al menos con las normas morales que siempre se fijó en su actuación política. Y acreditaba la honestidad de su ideario: salvando la vida, incluso, de un adversario político, pero que sólo por serlo no merecería el triste fin que pretendían darle aquellos locos sanguinarios, que mancillaban símbolos respetables y malbarataban y prostituían una doctrina que, sustancialmente, debía coincidir con la que él siempre había defendido. Aunque ya no se le parecía nada. Por eso, cada vez que logró evitar un desafuero, impedir una salvajada, sintió la tranquilidad y el orgullo de estar demostrando la auténtica realidad de sus principios. Hasta imaginó que conseguía adeptos para la causa, como en los tiempos heroicos de la clandestinidad...

Con mayor motivo tenía que entregarse en favor de Julio. Julio era mucho más que un amigo; era un hermano, a quien habían hecho mucho daño. Le constaban su bondad, su espíritu de trabajo, su talante liberal. ¡Cómo no iba a tenerlo, si venía de los estratos sociales más humildes y su vida fue un constante esfuerzo, un ejemplo de laboriosidad y honesta conducta! Recordaba cuando, muy joven, quiso atraerle al Partido Autonomista. «Mira, Antonio —le contestaba siempre—: yo no entiendo de política, yo sólo quiero vivir en paz, poderme ganar el sustento en libertad, tener un gobierno que me permita hacerlo, que me dé orden y tranquilidad y justicia. Si los tuyos, cuando mandéis, lo hacéis así, estaré con vosotros. Lo mismo que estaré con quienes lo consigan, sean quienes sean, porque los nombres y las banderas no me importan nada...»

Sí; era todo un hombre. Todo un hombre de bien. Por

eso tenía que conseguirle a cualquier trance lo que ahora le había pedido: un pasaporte. Un pasaporte para él y los suyos. ¿Sólo para marchar a Francia o en realidad para acabar en seguida en la zona nacional? Ni se lo preguntó; aunque con su hijo mayor allí, tampoco era difícil adivinar la respuesta. ¿Y resultaba ético que él, Antonio Lorente, republicano de siempre, antifranquista indudable, facilitase la salida de la zona republicana a quien, presumiblemente, iba a incorporarse a la de Franco? Ni un solo instante lo dudó; que en este caso, las razones humanas primaban sobre cualesquiera otras.

Así que las buenas impresiones que le había anticipado el capitán Torregrosa, jefe de la sección de pasaportes de la comandancia de carabineros del puerto, le llenaron de alegría. Se dejó, pues, de meditaciones, miró por última vez el paisaje entristecido de la playa y fue en busca del tranvía. Ya estaba viendo el abrazo que iba a darle Julio.

Fue, efectivamente, fuerte y sentido.

—Entonces, ¿lo crees factible?

—Al menos, existen posibilidades.

—¿Y será rápido?

—Eso ya me parece más difícil. Hay que meterse en un papeleo muy complicado.

—Bien; lo importante es conseguirlo, aunque sea preciso esperar. También la guerra va para largo...

Lorente le mostró unos impresos.

—Deberás rellenar esta declaración jurada. Pero lo fundamental, yo diría que lo imprescindible, es que la solicitud del pasaporte vaya avalada por tres personas que militasen en partidos del Frente Popular, antes del quince de febrero de mil novecientos treinta y seis. De momento ya cuentas con una: yo. ¿Crees que encontraremos las otras dos?

Julio quedó pensativo.

—Tendré que hablar con mi cuñado Pepe. Podía ser la segunda.

—Y muy válida. Pertenece al Partido Socialista desde hace más de quince años.

Se lo planteó aquella misma noche, con absoluta sinceridad: quería salir de la zona republicana, pero no para residir temporalmente en Lyon, por razones comerciales, como diría en la instancia e incluso demostraría, aparencialmente, con unos certificados de empresarios franceses, sino con la única y primordial intención de pasar a la otra zona, por la frontera de Irún. Antes de contestar nada, Pepe Puig leyó y releyó el impreso que tendría que firmar.

—Ciertamente —precisó—, lo que yo garantizo es tu fiabilidad como persona y como ciudadano adicto al régimen republicano. En cuanto a lo primero, es claro que no tengo la menor duda. Lo segundo ya permite distintas interpretaciones. En todo caso, me consta que nunca fuiste monárquico. Claro que no se trata de eso, evidentemente, sino de tu adhesión al actual régimen.

—El actual régimen es la República.

Sonrió su cuñado.

—No nos engañemos; lo que se pretende que yo garantice es tu lealtad al gobierno del doctor Negrín y todo lo que representa en estos momentos.

Julio no supo qué decir.

—Por supuesto que eso no puedo firmarlo, ya que sé de sobra cuál es tu postura. —Hizo una pausa, que a Julio le pareció interminable—. Claro que, ateniéndome a los estrictos y literales términos del aval, tampoco cabe negar tu adhesión al régimen republicano, en un sentido genérico. Y en un caso como éste, habiendo por medio vínculos familiares y tantos años de afectuosa relación, no tengo por qué plantearme dudas que van más allá de la letra impresa. De modo que conforme: cuenta conmigo.

Sintió la necesidad de justificar todavía más su aceptación.

—Además, no se me pide en absoluto que garantice tu futura actitud; sería distinto si tuviese que responsabilizarme de que no aprovecharás el pasaporte para evadirte a la zona fascista. Eso ni se menciona; por lo cual, y a pesar de que, honradamente, te has apresurado a contarme tus proyectos, me quedo con la conciencia tranquila y te repito que estoy dispuesto a firmar ahora mismo...

Se estrecharon las manos.

—Muchas gracias, Pepe. Para mí resulta vital.

—Estoy seguro de que hubieses hecho lo mismo por mí.

—No te quepa duda. Más aún: espero tener ocasión de demostrártelo.

Pepe esbozó una sonrisa amarga.

—¡Caramba, muy seguro estás de vuestra victoria final!...

Comprendió Julio lo impertinente de su frase y procuró enmendarla; aunque, según ocurre en estos casos, el remedio fue todavía peor.

—Sinceramente, tú tampoco lo dudas, aunque comprendo que no quieras reconocerlo. Entonces, hay que suponer que, llegado el momento, tendrás parecidos problemas a los míos de ahora; quería decirte, en suma, que nunca te faltará mi apoyo.

—Confío en que no lo necesitaré. Claro que, si no fuera así, es indudable que mi situación resultaría incómoda. Por desgracia, desde que esto comenzó, media España persigue a la otra media. ¡Y con qué saña!...

—Eso terminará cuando llegue la paz. Todos queremos olvidar tanta desgracia.

—¡Ojalá fuera así! Pero, aquí y allí, se han incubado odios demasiado profundos, que los padres transmiten a sus hijos, como un legado de inexcusable cumplimiento: recuerda lo que me pasó, mantén vivo su recuerdo. Y lo que es aún peor: no dejes de cobrar mis cuentas atrasadas...

—Eres demasiado pesimista. Ahora mismo acabas de darme un ejemplo de todo lo contrario; una hermosa prueba de convivencia y generosidad.

Sirvió dos vasos de vino.

—Brindemos por ella, ¿te parece?

—¿Cómo no? Aunque esto de beber se sale de mis costumbres...

Apenas tomó un sorbo, frente al trago largo de su cuñado.

—¿Puedo preguntarte qué piensas hacer una vez allí?

—Naturalmente. En cuanto lleguemos a San Sebastián... bueno, si Dios quiere que lleguemos, ya tengo trabajo esperándome. Néstor entró en contacto con varios proveedores, viejos amigos, que me facilitarán las primeras ayudas económicas y unas representaciones seguras. Además, espero poder llevarme algún dinero, no mucho, en billetes válidos, que he ido guardando desde hace meses. Será como volver a empezar; pero no me asusta. Antes al contrario, me produce una gran ilusión.

—Confío en que todo te salga bien.

—Verás como sí. Por supuesto, Camila y tú os quedaréis

en esta casa, haciendo y deshaciendo lo que os plazca, como si fuerais sus dueños. Hasta que todo termine y podamos volver nosotros aquí, y vosotros, a la vuestra...

—Si es que queda algo de ella...

Julio apuró su vaso de vino.

—Aunque, a lo mejor, estoy ilusionándome en vano, como en el cuento de la lechera. Vete a saber si finalmente conseguiré el pasaporte...

La idea fue de Pepe Miranda.

—¿Por qué no plantamos una falla en la academia? Pequeñita, claro; como si fuese una falla infantil.

Antes que nada, le pedimos permiso a don Manuel.

—No está mal pensado... —concedió.

—Nosotros nos encargaremos de todo; sólo necesitamos que nos deje quedarnos una o dos tardes, después de terminar las clases, y que nos ceda la galería acristalada de la cocina, para instalarla allí.

—Lo consultaré con el claustro. Aunque ya os anticipo una condición básica: ninguna alusión a la guerra ni a la política.

—Por supuesto.

A la mañana siguiente nos llamó a su despacho.

—Podéis plantar la falla. En representación mía, don Ricardo se encargará de supervisar el proyecto y su realización, con absolutas facultades para suprimir o modificar cuanto crea oportuno.

—Habrá que decírselo a los demás alumnos, por si algunos quieren formar parte de la comisión.

—No hay inconveniente.

—También necesitaremos hacer una *replegá*: pedir su colaboración económica, de una peseta en adelante.

—Fuera siempre de las horas de clase y con carácter absolutamente voluntario.

Nos pusimos a trabajar en seguida; los compañeros habían recibido la idea con gran entusiasmo y Eugenio Vila se incorporó a la comisión. Luis Querol dibujó un primer boceto, que fue ampliando con las sugerencias de los demás. Cuando tuvo hecho el definitivo, lo pasó a limpio en una hoja de papel de barba y a color. La figura central de la falla representaba a Flash Gordon, el héroe de las historietas del *Aventurero*, con sus ropas de superhombre y la cara de don Manuel, el director. Tenía los brazos abiertos, como protegiendo a los demás *ninots*, que simbolizaban a todos los profesores, con excepción de doña Elena. Don Ricardo figuraba estar escribiendo, en letras góticas, todos los letreros de la falla; a don Vicente, con unas gafas gigantescas, le pusimos señalando un mapamundi con uno de sus curiosos botines; y a don Alberto, dentro de un cuadro, ya que tan aficionado era a los sinópticos. Más preocupación nos dio la figura de don Luis, pues no quisimos resaltar sus deficiencias físicas; así que aparecía con el traje lleno de números y signos aritméticos que se lo cubrían todo y no dejaban ver sus brazos. Con don Anselmo extremamos la sátira: se le veía, de uniforme, dirigiéndose a una señorita estupenda (había que suponer que Isabelita Retamar) y diciéndole: «*You are a very pretty girl.*» Separando los distintos planos, coles, alcachofas, hortalizas varias, unos sacos de patatas, unas cántaras de aceite, todo ello con rótulos que decían: asignaturas muy difíciles.

A don Ricardo le gustó mucho el boceto cuyo lema, naturalmente, era «Academia Comercial»; nos aseguró que ni el director ni ningún profesor se enfadarían por las alusiones e incluso nos sugirió que a él le vistiéramos con traje de luces, ya que todos conocíamos su afición a los toros. Recogimos cincuenta y dos pesetas, con las que compramos cartón y pinturas y folios y pegamín y lápices de colores y pinceles y nos pusimos a trabajar con mucho entusiasmo; queríamos tener plantada la falla el 17 de marzo, que era lo tradicional, y faltaban sólo siete días. Preparábamos todo el material en casa de Luis, aprovechando las mesas de dibujar del estudio de su padre. El 15, después de terminar las clases, comenzamos a fijar el catafalco en la galería; iba a medir algo más de un metro de alto.

Por la mañana se votó la designación de fallera mayor; ni que decir tiene que, por abrumadora mayoría, salió elegida Isabelita Retamar. Para la corte de honor fueron designadas las cuatro chicas que le siguieron en número de votos; aunque en esto hicimos trampa, para satisfacer a Francisco, quien planteó como cuestión de confianza que estuviera entre ellas Amparo Chuliá, la pecosa. A doña Elena la nombramos presidenta de honor y hasta le entregamos un pergamino muy historiado.

El 16 estaba ya todo a punto y a las siete de la tarde empezamos la fase final de aquella original *plantá*, que tuvo sus complicaciones, porque a nadie se le había ocurrido prevenir el problema de la estabilidad de los *ninots*, especialmente del más grande, el de Flash Gordon/don Manuel, que no había forma de mantener erguido; Pepe y Francisco se marcharon a buscar unos alambres y Luis y yo seguimos montando las pequeñas figuras laterales. Al artista (así llamábamos a Querol, en guasa) se le ocurrió sobre la marcha ensuciar el traje del *ninot* que representaba a don Alberto, con varias manchas en la chaqueta, para mayor autenticidad del personaje y me pidió que trajera una tiza de la clase.

Le dejé, pues, en la cocina y recorrí todo el largo pasillo, y, al cruzar por la sala de profesores, la puerta estaba entreabierta, había luz y se escuchaba el bisbiseo de dos personas hablando en voz muy baja. No le di importancia; pero cuando regresaba, recordé que era miércoles, el día que, según Francisco, Isabelita y don Alberto dedicaban puntualmente a sus escarceos sentimentales. La tentación fue más fuerte que el buen sentido; de puntillas, me acerqué hasta la puerta y, conteniendo la respiración, miré por la ranura.

Don Anselmo estaba sentado, con las manos juntas; la imponente, arrodillada junto a él, tenía los brazos cruzados y la cabeza inclinada. Y en aquel preciso momento, el profesor de inglés separaba las manos y levantaba el brazo derecho, en cuya bocamanga brillaban las insignias de su grado militar, para dibujar en el aire un signo de la cruz, mientras decía, ahora en un tono de voz perfectamente audible:

—*Ego te absolvo a pecatis tuis*...

Lo único que se me ocurrió decirle a Luis fue si no nos habríamos excedido en los *ninots* de Isabelita y don Anselmo; pero él, con mucha lógica, argumentó que como don Ricardo no había puesto objeción alguna, no íbamos a ser más papistas que el Papa. Regresaron a poco Francisco y Pepe y con el material que trajeron conseguimos resolver el problema de sujeción de la figura central de la falla, que tuvimos terminada alrededor de las nueve. La contemplamos con legítimo orgullo y comentó Pepe:

—Ahí donde la veis, es la única que se habrá plantado en Valencia en mil novecientos treinta y ocho.

La ciudad no estaba, ciertamente, para fiestas y ni siquiera la prensa recordaba las fechas falleras, quizá para no afectar a lo que Negrín llamaba «moral de victoria» y que, extrañamente, se manifestaba en constantes incitaciones a la resistencia y al ¡no pasarán!, actitudes nada más que defensivas. Tampoco la gente parecía querer recordar el bullicio de otras épocas, preocupada sólo con la guerra, la falta de comida, los bombardeos y el drama íntimo de cada familia, que ninguna carecía de él, por unas o por otras causas.

Y, sin embargo, por los barrios flotaba la nostalgia de los cohetes, las tracas y los *masclets*; de las músicas jacarandosas y los pasacalles, encabezados por muchachas vestidas de huertanas y la jocunda comisión; del humo aceitoso de las buñoleras y el pastoso sabor de la horchata y las paellas de medianoche, junto a la falla que gozaba de su efímera gloria, y de los castillos de fuegos artificiales y de las corridas de toros, donde nunca faltaban los diestros de la tierra, Manolo Martínez, Enrique Torres, Vicente Barrera, Rafaelillo. Todo quedaba ahora aprisionado en una conjura de silencios compartidos, presente en los recuerdos, pero callado en las conversaciones, quizá por pena, quizá por una natural sensación de inoportunidad. Que la más alegre de las fiestas carecía de sentido, ni aun en la melancólica remembranza, cuando la pólvora ya no servía para divertir, sino para matar, y el fuego, en vez de purificar la sátira amable de los *ninots*, destruía los hogares y sembraba la desolación.

A los compañeros, sin excepción, les gustó muchísimo nuestra falla, incluso a Guzmán Aguilar, y don Manuel nos felicitó, aunque sin demasiado entusiasmo, quizá porque le habíamos exagerado los ojos saltones y el gesto enfurecido. Lo que más divirtió a don Alberto fueron las alusiones a su desaliño en el vestir, y don Anselmo le comentó a don Ricardo:

—Usted queda muy propio de torero; pero yo no acabo de verme en seductor...

Solamente yo comprendí el alcance de la frase; me refiero entre los de la panda, pues ya imaginaba que los profesores conocerían de sobra la verdadera identidad del profesor de inglés.

El día de San José cayó en domingo, por lo que pudimos dar especial realce a la *cremá*, que celebramos a las ocho de la tarde. Primeramente cantamos, sin levantar demasiado la voz, el clásico pasodoble *El fallero*, y después, con mucho cuidado, tras haber abierto todas las ventanas de la galería, prendimos la falla, aunque sólo simbólicamente, pues don Manuel nos había prohibido que hiciésemos fuego en serio; en vista de lo cual, tan sólo se quemó el *ninot* principal, y eso, en la pila de la cocina; los demás nos los repartimos, como recuerdo, entre los de la comisión. Todo quedó, pues, bastante soso, aunque la sorpresa llegó al final.

Fue cosa de Francisco, que, sin decir nada a nadie, había colocado dos o tres metros de traca bajo los pupitres de la clase de Matemáticas y, cuando menos nos lo esperábamos, le prendió fuego. El susto fue morrocotudo. Don Manuel comenzó a dar gritos como un poseso y las chicas medio se desmayaron y todos nos sobresaltamos, hasta caer en la causa de aquellas explosiones, que retumbaban con especial violencia entre las cuatro paredes del aula.

Don Ricardo, también alterado, recriminó a Luis:

—Eso no estaba previsto en el programa.

—No ha sido cosa nuestra, ¡palabra de honor!...

Cuando terminó el estrépito, cosa de dos minutos de estallidos, el piso estaba lleno de humo y se olía ese aroma, picante y sensual, de la pólvora fallera. Francisco, que con indudable precipitación se había confesado autor del número, comenzaba a arrepentirse, al recibir la torrentera de improperios del director.

—¡Es usted un insensato, un loco, un imbécil! ¿No se da cuenta de la que ha podido armar? ¡Y tal como están las cosas, que ojalá su gracia no traiga complicaciones serias!...

Las trajo bien pronto. En toda la casa se había organizado un revuelo considerable y los vecinos se asomaban a las ventanas, asustados, y algunos bajaron por las escaleras, creyendo que había bombardeo. Pasados unos minutos, llamaron a la puerta y aparecieron unos guardias y dos individuos de paisano, que se identificaron como policías. Don Manuel, todavía congestionado, con la vena de la frente más hinchada que nunca, les recibió, procurando disimular su indignación.

—Tienen ustedes toda la razón; ha sido una locura,

cosa de chicos. Les aseguro que ni yo ni ninguna de las personas responsables de la academia sabíamos nada...

—Sin embargo, se ha alterado el orden público, provocando una situación de alarma innecesaria y peligrosa —dijo uno de los policías.

Francisco se adelantó:

—Es verdad lo que dice el director; él no estaba enterado. Fue ocurrencia mía; no pensé que se organizaría todo este follón.

En el rellano de la escalera, varios vecinos se habían reunido y, a través de la puerta abierta, miraban la escena con cara de malas pulgas. Uno gritó:

—¡Menudo susto que nos han dado con la traquita!

—Está rigurosamente prohibido lanzar cohetes ni ningún explosivo similar —recordó el policía—. La infracción de esta orden tiene carácter muy grave.

—Sí; sí, señor; pero comprenda...

—Tendrán que acompañarme a la comisaría. ¿Es usted el director?

—Para servirle.

—Pues usted y el muchacho que dice haber sido autor material del hecho vengan con nosotros.

Salieron, rodeados por los guardias; los demás nos quedamos muy compungidos, especialmente cuando don Ricardo, que era el único profesor que había asistido a la infausta *cremá*, le dijo a doña Elena, con gesto de preocupación:

—Esto puede traer cola.

—Convendría avisar a don Luis, para que prevenga a los demás profesores.

—Ahora mismo iré a verle.

El comisario tenía entre las manos una ficha y jugueteaba con ella, mientras un funcionario escribía a máquina. Francisco y don Manuel, de pie frente a la mesa, acababan de prestar declaración. El mecanógrafo sacó el folio y lo dejó delante del comisario.

—Léanlo y firmen —ordenó éste.

Así lo hicieron.

—Tú ya puedes irte, muchacho. Avisa a tu padre, que le tocará pagar una buena multa. Usted quédese, que tenemos que charlar.

—¿Puedo fumar? —preguntó don Manuel.

—Si tiene tabaco...

Ofreció el paquete de Ideales al comisario, que tomó uno y lo encendió con parsimonia.

—Vaya con la Academia Comercial —dijo con un deje sarcástico—. Sabía yo que un día u otro la veríamos por aquí...

—¿Pues...?

—Hay algunas cosas que me gustaría conocer. Ciertas irregularidades...

—Tengo en regla toda la documentación. Los permisos del ministerio, los libros de actas, los recibos de impuestos...

—No me refiero a eso, sino al personal. Aquí veo... —repasó la ficha— que figura como profesor de Geografía e Historia un tal Vicente Cuéllar.

—Es licenciado en Filosofía y Letras. Persona muy competente.

—Ya, ya. ¿Y esa profesora..., Elena Sanchis Vicuña...?

—Es mi esposa.

El comisario pareció sorprenderse.

—¿Cómo dice?

—Aquí tiene el certificado de matrimonio.

Se lo enseñó.

—Curioso. Muy curioso.

—¿Por qué?

—No; por nada. Bien, en estos momentos se está procediendo a un registro en los locales de la academia. Hace ya días que lo tenía previsto; pero después de lo ocurrido esta tarde, he creído oportuno llevarlo a cabo inmediatamente.

Don Manuel dudó unos instantes, antes de preguntar:

—¿Hay mandamiento judicial que lo autorice?

—Oiga, que no estoy para bromas. Ya que se pone tan escrupuloso; a ver: su cartilla militar. Su título académico. Su certificado de residencia. Carnet político, si lo tiene...

—Sólo llevo encima la cartilla militar; quinta del catorce, excedente de cupo.

—Pues tendrá que pasar aquí la noche.

Llamó al guardia de asalto que estaba junto a la puerta.

—Al calabozo de comunes —ordenó.

Le hicieron quitarse el cinturón y los cordones de los zapatos. También tuvo que entregar la cartera y el dinero suelto que llevaba en los bolsillos.

Media hora después, regresaban a la comisaría los inspectores que habían efectuado el registro en la academia.

—¿Y qué? —preguntó el comisario.

—Nada. Absolutamente nada.

—Ya lo suponía. Habrá que ir a la casa de ese Vicente Cuéllar, que es el más sospechoso.

—¿Ahora mismo?

—No; prefiero guardar las formas. Haz un oficio al juez de guardia, para que autorice la entrada en el domicilio.

—¿Motivos?

—Eso no le importa al juez. Yo le ordeno que me dé el mandamiento, él lo hace, y en paz...

XIV

Todas las mañanas los alumnos aguardábamos en el portal a que llegara don Manuel. Lo hacía a las nueve menos cuarto, con impecable puntualidad; saludaba rutinariamente y subía para abrir la academia. Minutos más tarde entrábamos nosotros, casi siempre mezclados con los profesores que también habían ido llegando; don Ricardo solía retrasarse un poco. Recogíamos en las taquillas los cuadernos y los lápices, algún libro, los plumines para la caligrafía, quienes empezábamos con esa clase, y nos distribuíamos por las aulas. Después había que abrir varias veces la puerta a los rezagados, normalmente los mismos cada día: Francisco entre ellos.

Hoy todo fue distinto. Francisco madrugó más que ninguno y nos lo encontramos al llegar, apoyado en la pared, con el ceño fruncido y ojos cargados, de mal dormir. Sin dar siquiera los buenos días, preguntó:

—¿Sabéis algo?

Le contestamos que no con un simple movimiento de cabeza.

—Mi padre me armó una gorda anoche. Con toda razón, claro. Por lo visto, la multa no bajará de mil pesetas.

—¡Joder!... —se le escapó a Luis.

—Pero lo que más me preocupa no es eso, sino las consecuencias que pueda traerle a don Manuel. ¿Creéis que cerrarán la academia?

No estábamos locuaces; así que otra vez respondimos con un gesto, esta vez de ignorancia. Francisco preguntó:

—¿Qué hora es?

—Las nueve menos cinco —contestó Pepe Miranda, el único que tenía un reloj fiable.

Antes de que nadie hiciera ningún comentario, se detuvo un taxi frente al portal y de él bajó doña Elena, que cruzó rápidamente entre los grupos, hacia la escalera, mientras indicaba:

—Síganme...

Subimos tras ella; ya habían llegado don Luis y don Alberto, a quienes cedimos el paso. Abrió la señora la puerta de la academia, con el manojo de llaves de don Manuel, que tan bien conocíamos, y pasó en seguida a la sala privada, con los profesores; mientras estábamos en las taquillas, vimos entrar asimismo a don Anselmo y a don Ricardo. Pocos minutos después, salían todos y se repartían por las aulas; don Ricardo ocupó la que a esa hora correspondía a don Vicente.

—Por enfermedad del titular —aclaró— me haré cargo nuevamente, durante el tiempo que sea necesario, de la clase de Geografía e Historia.

La tensión flotaba en el ambiente y todos, comenzando por los profesores, estábamos como ausentes, cumpliendo de modo maquinal la obligación académica, aunque con el pensamiento lejos de las asignaturas. A eso de las once sonó el timbre de la puerta; don Alberto, cuya clase dábamos en ese momento, suspendió su explicación y, levantándose, fue con visible nerviosismo hacia la puerta de la habitación, la abrió y salió al pasillo. En otra ocasión se hubiese desencadenado un jolgorio; ahora, sin embargo, seguimos callados, y Eugenio Vila, que era el más cercano a la salida, inclinó el cuerpo para mirar y comunicó, a media voz:

—Ha llegado don Manuel...

Hubo un murmullo de satisfacción y en seguida volvió el silencio, aunque don Alberto tardó bastante en regresar. Venía con el gesto más relajado, pero tan nervioso que repitió lo que ya había explicado antes, sin que nadie creyera oportuno llamarle la atención. Cuando fue la hora, dejamos el aula con mucho orden, y Francisco pidió permiso para hablar con el director. Luis y yo quisimos acompañarle y a él le pareció bien.

Don Manuel estaba sentado frente a la mesa de la salita, que aparecía con los papeles revueltos; también había carpetas y cuadernos por el suelo. Tenía muy mala cara, quizá por la barba sin afeitar o por unas ojeras profundas que se le habían marcado. Contestó desvaídamente a nuestro saludo; en seguida, Francisco, enganchándose con las palabras, comenzó a decir:

—Quiero pedirle disculpas... Comprendo que fue una estupidez... Nunca pensé que iba a causarle tantos problemas... No he podido dormir en toda la noche, pensando en el daño que le he hecho...

—Qué vamos a hacerle; ya no tiene remedio... —contestó el director, aparentemente resignado—. Pero, desde luego, nunca comprenderás las consecuencias que puede traernos tu dichosa traca.

—Mi padre me ha encargado que le diga que si hay que pagar algo... aparte de la multa que van a ponerle a él, desde luego...

—Gracias; ojalá se pudiera arreglar todo con dinero.

—Estoy dispuesto a declarar donde haga falta que ni usted ni nadie sabían nada..., que todo fue cosa mía...

Intervino entonces Luis:

—Por nuestra parte, también nos ofrecemos para confirmar lo que dice Francisco...

—Os lo agradezco mucho; si fuese necesario, cuento con vuestra colaboración.

Entraron doña Elena y los demás profesores.

—Lo más importante ahora es evitar cualquier apariencia de intranquilidad entre los alumnos; por el momento, todo sigue igual. Eso sí que os lo ruego: que procuréis infundir a vuestros compañeros la sensación de normalidad. Y ahora, por favor, retiraos.

Cuando iba yo a salir, don Ricardo me hizo un gesto y, separándome de los otros, me preguntó con mucho misterio:

—¿Le has dicho a tu tío, el señor Puig, que doy clases en la academia?

—No, señor. Como usted me pidió...

—Bien. Debes seguir siendo discreto, ¿eh?

—Desde luego.

—Gracias, muchacho.

Pepe Miranda esperaba en el portal.

—¿Qué?

—El dire parece bastante tranquilo. Pero debe de haberse armado un lío muy gordo.

Anduvimos los cuatro, en fila, hacia la calle de Pi y

Margall, cabizbajos, inquietos; ni siquiera respondimos a Concha, la del quiosco, que nos llamó al pasar, con su reclamo comercial:

—¡Tengo revistas nuevas! ¡Y qué revistas, *xiquets*!...

(Mientras, don Manuel podía en antecedentes a sus compañeros de lo sucedido en la comisaría. Evidentemente, el pequeño suceso de la traca había servido de pretexto para promover una investigación, que ya estaba prevista con anterioridad. Nada habían encontrado en el registro; confiaba, por ello, en que no tomasen ninguna medida contra la academia, al menos por el momento. Pero le preocupaba la seguridad personal de algunos profesores; hizo muy bien don Vicente marchándose de Valencia aquella misma mañana: era quien corría mayor peligro. Sospechaban también de doña Elena, aunque la coartada de la boda podía dar buen resultado.

—En cuanto a ustedes... —apuntó don Manuel.

—He hablado con el teniente coronel Acevedo —dijo don Luis—. Fuimos compañeros en la guerra de África, recién salidos de la Academia Militar. Precisamente estaba en la misma posición que yo cuando me hirieron. Ya me ayudó mucho en los primeros meses de la revolución; en realidad, le debo la vida. Me aseguró anoche que cree que no debo preocuparme; aunque no me incorporara al ejército republicano, mi condición de mutilado será siempre una justificación, ahora que ya están más en orden las cosas.

—¿Y usted, don Alberto?

—¡Hombre! Yo también pienso que a estas alturas no considerarán delito haber pertenecido a varios consejos de administración. Esa atrocidad sólo se les ocurría a los milicianos de la FAI, que parece que ya están controlados por el gobierno.

—Lo mío es peor —comentó don Ricardo—. Hay gente de la que manda, y mucho, que no me perdona mis chistes. Pero que sea lo que Dios quiera.

—Eso es lo importante: que confiemos en Él —dijo entonces don Anselmo—. Ya ven: yo, que por mi condición sacerdotal debía ser quien estuviese en peor situación, pienso que gracias a haber alegado oportunamente mi grado de oficial de complemento, incorporándome al servicio activo, he borrado todas las sospechas.

—Pues rece por nosotros, que falta nos hará —concluyó don Manuel.)

Faltaba poco para las siete. La tienda estaba vacía de clientes; Rosita, en su puesto de siempre, frente a la registradora, leía una novela. Camilo, convertido desde semanas atrás en único dependiente, por la incorporación a filas de su compañero, miraba la calle a través de las vidrieras del escaparate grande; se notaba una animación mayor de la frecuente. Pero una animación crispada, nerviosa; pronto la gente comenzó a correr y se escucharon gritos y ruido de cristales rotos. Pasó un pelotón de guardias de asalto, con las porras de goma en las manos. Camilo fue hasta la puerta y, con mucha precaución, sacó la cabeza para mirar hacia la plaza.

—Hay un lío muy gordo —comentó, mientras se retiraba precipitadamente del umbral.

—Avisa a don Julio; convendría bajar el cierre.

—Lo bajo ahora mismo, sin avisarle. Que esto se pone feo.

Efectivamente, varios millares de personas, con banderas rojas y pancartas, accedían desde la calle de las Barcas a la plaza de Castelar, en dirección al ayuntamiento, profiriendo gritos contra el gobierno y singularmente contra el ministro de Defensa. Los guardias establecieron un cordón frente al edificio municipal; la creciente multitud fue concentrándose y aumentando su violencia verbal. Se corearon furiosamente frases injuriosas para Indalecio Prieto, tildándole de traidor. Un individuo barbudo se izó sobre los hombros de otros varios y pidió silencio a través de un megáfono. Después comenzó a pronunciar un enardecido discurso, continuamente interrumpido por los vítores y las ovaciones.

—¡Camaradas! ¡Los comunistas estamos hartos de la debilidad del gobierno! ¡Los comunistas denunciamos el fracaso de la política militar de Prieto! ¡Los comunistas, como ha dicho ayer en Madrid nuestra gloriosa camarada *Pasionaria*, exigimos el cese inmediato del ministro de Defensa, como única fórmula posible para conseguir la victoria!...

La masa ocupaba el centro de la plaza, escalonada desde su parte superior hasta la misma puerta de las Casas Consistoriales. Todo lo demás quedaba desoladoramente vacío; en la entrada de la Telefónica, los centinelas montaban las ametralladoras. Los comercios habían cerrado sus puertas y las aceras estaban solitarias. El orador continuaba su perorata, cada vez más exaltado.

—¡Basta de derrotas! ¡El Partido Comunista reclama la dirección de la guerra! ¡Sobran emboscados, sobran traidores! Como ha dicho también el camarada Jesús Hernández, el derrotismo de Prieto exige su inmediata destitución...

Absolutamente indiferente ante el escándalo, ajeno por entero a los gritos y a las imprecaciones, don Domingo cruzó la plaza por detrás del gentío, a buen paso. Iba de uniforme; los guardias de asalto que custodiaban Correos le saludaron al pasar. El bar Balanzá tenía bajados los cierres metálicos; aunque un murmullo sordo denotaba que en su interior se habían encerrado bastantes personas. El médico llamó a la puerta de casa y mi propio padre le abrió.

—Estaba preocupado; le telefoneé para que no viniese hasta que esto se apaciguara, pero ya había salido.

—Gracias; no tiene importancia.

—Pero ¿qué hacen?

—Cumplen consignas de los rusos. Ayer en Barcelona interrumpieron el Consejo de Ministros que se estaba celebrando en Pedralbes para exigir también el cese de Prieto.

—¿Y qué pretenden?

—Una total hegemonía del PC en el gobierno, donde Negrín, aunque socialista en teoría, está absolutamente mediatizado por el embajador soviético. Llaman derrotista a Prieto porque no ha ocultado su pesimismo ante la marcha de las operaciones. El hundimiento del *Baleares* le permitió un respiro; pero la llegada al Mediterráneo de los franquistas le costará ahora el cargo, de forma irremediable.

—Y usted, como comunista, ¿qué opina?

—Yo me di de baja en el partido hace más de dos meses. —Y sin mayor comentario, interesó—: Bien, ¿qué le ocurre a su señora?

Mamá llevaba varios días muy fastidiada, con la tensión baja, fuertes palpitaciones y un ahogo casi constante. Los mismos síntomas con los que empezó la abuela; de ahí la preocupación de todos. Se alegró mucho al ver a don Domingo.

—¡Cuánto le agradezco que haya venido! Temíamos que no pudiera...

—Últimamente, he vuelto a atender a ciertos clientes particulares, en los pocos ratos libres que me deja el hospital Militar. Tratándose de ustedes, no podía faltar...

La reconoció con mucho detenimiento; por fortuna, no era nada grave. Aunque tendría que someterse a un régimen severo y a una estricta medicación.

—Especialmente, tengo que recomendarle algo que en estas circunstancias comprendo que resulta muy difícil: pocas emociones, pocos disgustos, pocos sobresaltos...

De todos modos, quedó muy tranquila; don Domingo era de esos médicos que, con su sola presencia, hacen mejorar a los pacientes. Escribió unas recetas.

—Las gotas conviene que empiece a tomarlas cuanto antes.

—Salgo con usted; alguna farmacia habrá abierta —dijo mi padre.

—Y si no, debo tener en casa algunas muestras.

Bajaron, pues, juntos.

—En realidad, quería buscar la ocasión de hablar con usted a solas.

—Lo que les he dicho antes es totalmente cierto. Su señora padece una fuerte depresión, que repercute en el sistema cardiovascular. Si bien, con este tratamiento no debe temerse ninguna complicación grave.

—Imagínese cómo lo celebro. Pero es que necesito preguntarle algo muy importante.

—Usted dirá.

—¿Podría resultarle perjudicial un viaje por mar?

Don Domingo le miró extrañado.

—Verá, doctor. Le ruego que considere lo que voy a decirle, acogido al más riguroso secreto profesional. Ni Amparo lo sabe todavía.

—Por supuesto; puede hablar con toda tranquilidad.

—Estoy gestionando el pasaporte para salir de aquí con la familia. De conseguirlo, tendremos que embarcar en Alicante, rumbo a Marsella. Ahora la travesía dura tres o cuatro días, por los rodeos que hay que dar.

—Ha hecho bien en decírmelo. Llegado el momento, será conveniente tomar determinadas precauciones. Pero no veo problema en que se embarque.

La manifestación se había retirado hacía ya un buen rato. Quedaban por los suelos de la plaza de Castelar algunas pancartas rotas, muchos papeles.

—El hecho de que los nacionales hayan dividido en dos esta zona, ¿cree que influirá en la terminación de la guerra?

—Ha sido un revés importante para la República; pero está claro que Negrín quiere endurecer la resistencia a toda costa. Los acontecimientos internacionales juegan a su favor; Francia no consentirá que Franco ataque ahora Cataluña. Lo ha dicho Léon Blum; y es que la anexión de Austria por Hitler tiene muy sensibilizadas a las democracias europeas.

—Entonces, hay guerra para rato...

—Sin duda. Para eso han defenestrado a Prieto, cuyas tendencias pactistas eran notorias...

Caminaban por la acera vacía del Ateneo.

—Usted es un buen amigo, doctor. ¿Hago bien marchándome?

Don Domingo tardó unos segundos en contestar.

—Yo, en su lugar, no lo dudaría. Como médico, además, creo que doña Amparo mejorará mucho con la proximidad de su hijo mayor.

—No sabe cuánto celebro esa opinión suya...

Torció el gesto.

—Aunque no tengo nada claro todavía lo del pasaporte. Hasta ahora sólo he conseguido dos avales y son necesarios tres.

Sin darle importancia, el médico dijo:

—Si el mío le sirve para algo, está a su entera disposición.

El viejo mapa Michelin, arrugado, descolorido, estaba sobre la mesa del salón y el dedo enfermo de Boil se apretaba sobre el menudo círculo negro que localizaba a Castellón de la Plana.

—Hoy, quince de julio, ya han llegado aquí...

Fue recorriendo con su índice la costa, hasta Valencia.

—... y antes de Santiago, patrón de España, nos habrán liberado.

Don Benjamín movió la cabeza dubitativamente.

—Usted, siempre optimista. Yo no lo veo tan fácil;

Miaja se ha hecho cargo de este frente; han construido en un tiempo récord un poderoso sistema de fortificaciones y están trayendo a sus mejores tropas.

—Siempre inferiores a las de Franco —enfatizó el requeté.

Villanueva fumaba en silencio. Intervino mi padre:

—Desde luego, lo de Castellón ha sido un gran triunfo. Particularmente, estoy muy contento por mi hermano, que ya saben que vive allí.

—No quisiera preocuparle —dijo don Benjamín—, pero supongo que conoce lo sucedido.

—¿A qué se refiere?

—La población civil se echó a la calle llena de júbilo, cuando todavía las tropas nacionales estaban nada más que en los alrededores de la ciudad. Fue una precipitación funesta; los rojos de las Brigadas Mixtas reaccionaron brutalmente, lanzando granadas contra los refugios y fusilando a más de doscientas personas frente a las tapias de la Casa de Beneficencia. Afortunadamente, al día siguiente, o sea, ayer, el Cuerpo de Ejército de Galicia tomaba la capital.

—Dios quiera que no le haya sucedido nada a Luis...

—¡Claro que no, hombre! —tranquilizó Villanueva—. Bueno; y cambiando de tema: ¿saben ustedes dónde podría encontrar dos docenas de huevos?

—Difícil está eso.

—Pues los necesito a cualquier precio. De ellos depende la seguridad de mi sobrino Alejandro...

Acaban de movilizar tres nuevos reemplazos: los de 1927, 1928 y 1929. Ello suponía que tenían que incorporarse al ejército los muchachos de diecisiete años, que era la edad del sobrino de Villanueva. El cual padecía una dolencia hepática sin importancia que, desde luego, no era ni mucho menos causa de inutilidad. Pero sabiamente aconsejado por su padre, decidió tomar una decisión heroica: agravar a conciencia su enfermedad. Comenzó, pues, a comer huevos en dosis industriales y, a tres días nada más del reconocimiento médico, estaba dispuesto a hinchar su hígado de tal forma que los facultativos de la Sanidad Militar no tendrían otro remedio que remitirle al hospital, convencidos de que aquélla era una etapa breve antes de su tránsito definitivo.

—¡Pero eso es una barbaridad!... —se escandalizó Boil

—Peor sería que le mandasen a pegar tiros. El chico

está ya bastante amarillo y con unas ojeras que dan lástima. O sea que ahora, a ocho huevos diarios hasta el viernes, se nos va a poner que no habrá médico capaz de declararle útil para el servicio.

—De todas formas, encuentro peor el remedio que la enfermedad.

—Vaya usted tomando nota, que se rumorea que la próxima movilización alcanzará incluso a los que tenemos la licencia absoluta.

—Ya lo he oído, sí. Pero destinados a servicios auxiliares...

—¡Hombre, no pensarán que estamos para saltar trincheras, bayoneta en ristre!

Entró Pepita.

—Papá, que ha venido la señora de don Darío. Dice que es muy urgente.

—Perdónenme un momento...

Désirée paseaba nerviosa por el recibimiento. Apenas llegó mi padre, se echó a llorar.

—Vamos, vamos; tranquilízate. ¿Qué ocurre?

—Me da mucha vergüenza, Julio; pero ya no puedo más. Llevo varios días sin decidirme a bajar, hasta que ahora me he hecho el ánimo...

Estaba pálida, desencajada; nada quedaba, al parecer, de aquella mujer arrogante y hermosa que había sido. Vaciló antes de seguir hablando.

—Necesito dinero. Dinero para comer. No tengo un céntimo: la cuenta bancaria de Darío está bloqueada desde que le detuvieron; lo poco que había en casa se terminó hace tiempo. He ido malvendiendo algunas cosas, pero también las he acabado.

Buscó con dedos temblorosos en el bolsillo, hasta sacar una sortija.

—Me queda este solitario; resulta difícil colocarlo ahora, si no es a un precio inicuo. Quédatelo tú en prenda...

Papá separó con la suya la mano que se lo ofrecía.

—Ni se te ocurra proponerme eso. Lo malo es que me encuentras en una situación difícil. Pero, en fin, de momento toma dos mil pesetas.

Las mejillas sin maquillar de Désirée se pusieron granas.

—Nunca podrás imaginar el bochorno que esto supone para mí, Julio...

—No digas tonterías; los amigos estamos para las ocasiones. Vosotros ya me lo demostrasteis...

Lo dijo sin ironía; pero a la mujer de Darío le entró un sollozo gimoteante, como si interpretara una segunda intención en la frase.

—¡Vamos, vamos! Y a todas éstas, ¿qué hay de tu marido?

—La semana próxima le trasladan a un campo de trabajo, en Totana. El juicio ya no tardará; dicen que le saldrán treinta años...

—Como si fueran ciento; en cuanto acabe la guerra, a la calle. Y ya falta menos.

A Désirée se le iluminó la mirada.

—Y como será ex cautivo de los rojos, supongo que los nacionales le darán alguna recompensa..., ¿verdad? Es lo menos que se merece, con lo que está pasando, el pobre.

Contuvo la respuesta que se le ocurría.

—Mujer, no sé qué quieres que te diga... —Y, a pesar de todo, todavía le ofreció—: Vamos a la cocina. Amparo podrá darte algunos garbanzos y unos arenques que ha conseguido no sé dónde. ¡Ah! Y un conejo. De toda confianza: criado en casa.

—¿Un conejo... vivo?

—Sí, claro.

Puso un gesto de infinita repugnancia.

—¿Y qué hago con él? Como supondrás, la doncella me dejó hace muchos días. ¿Cómo voy a matarlo yo, con estas manos...?

Las exhibió con un orgullo muy francés, finas, delicadas, con las uñas muy pulidas.

—*Épouvantable!*... —remachó.

Los días siguientes al asunto de la traca y la detención de don Manuel fueron de muchos nervios en la academia. Pero a las dos semanas, todos lo habíamos olvidado; quiero decir nosotros, los alumnos, pues a los profesores se les veía siempre serios y preocupados e incluso alguno, como don Ricardo, parecía haber cambiado talmente de carácter. Continuaba encargado de la clase de don Vicente, de quien nunca volvieron a darnos noticias. Una vez que Luis se interesó por él, don Alberto se limitó a contestarle:

—Sigue enfermo; tardará mucho en poderse reincorporar.

A finales de mayo, el que dejó de venir fue don Ricardo. Esta vez el director nos reunió a cuantos dábamos clase con él.

—El señor González —dijo— ha tenido que marcharse de Valencia por inexcusables razones familiares. La clase de Geografía e Historia la dará en adelante don Alberto; pero ante la imposibilidad de sustituirle en la de caligrafía, nos vemos en la necesidad de suprimir la enseñanza de esta asignatura. Díganlo a sus padres; por supuesto, si algunos no están conformes, y desean darles de baja en la academia, se les reintegrará la presente mensualidad.

Solamente Guzmán Aguilar se marchó. Y la verdad es que todos lo celebramos mucho; especialmente, los de la panda.

Se habían recrudecido los bombardeos a medida que el frente se acercaba a Valencia y aumentó el problema de las subsistencias, convirtiéndose en plato diario las lentejas, a las que llamábamos píldoras del doctor Negrín. Partida en dos la zona roja, dejaron de llegar productos catalanes; el correo iba y venía en submarino y salieron unos sellos especiales, muy bonitos. Con todo ello, las clases eran cada vez más rutinarias y ni los profesores ni nosotros teníamos por ellas el interés de antes, como si unos y otros estuviésemos convencidos de que ya nos quedaban pocas.

Y así fue, aunque no porque la guerra se terminase, ni mucho menos.

XV

Estábamos acabando de almorzar cuando llegó Lorente. Nada más verle, mi padre se levantó y fue hacia él, con la inquietud marcada en su rostro.

—¿Hay algo?... —preguntó nervioso.

Con mucha parsimonia, sonriente, su amigo se quitó la gorra.

—Déjame que salude primero a la familia, ¿no te parece?

Dio la mano a mamá y a los tíos y besó a Pepita, y a mí me dio un papirotazo cariñoso en la mejilla. Papá seguía de pie; él se acercó una silla y, una vez sentado, metió la mano en el bolsillo de la chaqueta, sacó un grueso sobre y lo echó en la mesa, con rebuscada indiferencia.

—Ahí los tienes. Tardaron, pero llegaron...

Mi padre agarró el sobre, que estaba abierto y, con los nervios, no conseguía sacar su contenido, muy prieto, hasta que rasgó el envoltorio y aparecieron tres pasaportes, de tapas relucientes, como nuevas que eran. Se le llenaron los ojos de lágrimas; y casi volcó la silla donde estaba Lorente, al abalanzarse sobre él para darle un abrazo tremendo. Los demás contemplábamos la escena asombrados; mamá tomó uno de los pasaportes y sólo supo decir:

—¡No es posible!...

Y también se levantó y sustituyó a Lorente en el abrazo, para recriminar después cariñosamente:

—Ya podías haberme advertido algo...

—No quise, para que no te hicieras ilusiones, por si después salía mal. El único que lo sabía en casa era Pepe;

agradécele que no dudara un momento en avalarme, cuando se lo pedí...

Continuó así la fiesta de abrazos y besos y también nos los dimos mi hermana y yo. Lorente contemplaba el eufórico espectáculo con una sonrisa bonachona e inmensamente feliz, hasta que, al cabo de unos minutos, dijo:

—Bien, supongo que ofreceréis una copa...

Mamá y Pepita retiraron los platos, casi llenos todavía del inevitable conejo, que nadie tenía ya intención de terminar. Salió mi padre del comedor, para regresar en seguida con una botella en la mano, que exhibió como si de una reliquia se tratara.

—Carlos I —anunció, solemnemente—. La guardaba como oro en paño, para abrirla el día de la liberación. Creo que merece la pena hacerlo ahora.

Incluso nos dejaron probarlo a mi hermana y a mí, y Pepe también tomó un sorbo, después de que todos levantásemos las copas, en un brindis sin palabras. Remansados los nervios, Lorente fue dando detalles de las últimas gestiones: su amigo Torregrosa, el capitán de Carabineros, se había portado muy bien; por supuesto que ya quedó debidamente recompensado. En Gobierno Civil aceptaron sin problema las certificaciones de los comerciantes franceses, legalizadas en el consulado; donde mayores dificultades encontró fue en la policía.

—Pero los avales les convencieron. Fue decisivo que los extendieran tres personas de otros tantos partidos del Frente Popular, republicano, socialista y comunista. Sobre todo, este último.

—¿Te avaló un comunista? —preguntó mamá, extrañada.

—Sí, don Domingo. Aunque ya no lo es; pero eso, afortunadamente, no debían saberlo en la policía.

—Atended ahora —pidió Lorente—, que lo que tengo que deciros es importante. El barco sale justamente dentro de una semana; la víspera nos iremos a Alicante, y digo nos iremos porque pienso acompañaros; no vayan a surgir complicaciones de última hora. Hasta entonces, ni una palabra a nadie: seguid haciendo vuestra vida normal de siempre. Lo siento, Amparo, pero conviene llevar muy poco equipaje; a ver si puedes arreglarte con tres maletas como máximo. Tampoco me gustaría que la mujer del portero os viera salir con ellas. Si os parece, podríais meter las cosas en unos cajones de la tienda, como si fueran mercancías y mandarlas a mi casa, para allí colocarlas debidamente. Haremos el viaje a Alicante en el autobús de línea. Ese día, que cada uno de vosotros salga a la calle a la hora de costumbre y por separado. Nos reuniremos todos en mi casa, a las doce.

Hizo una pausa, para insistir:

—Nada de despedidas: quede esto bien claro.

—A don Domingo será preciso decírselo; tiene que recetarle unos potingues a Amparo, para que los tome en el barco.

—Que vaya ella a la clínica, a ser posible la misma víspera. Pero ni una sola explicación a nadie más. De la tienda ya me encargaré yo, cuando estéis en camino.

—¿Y qué debo decir en la academia? —pregunté entonces.

—Nada. Irás también la víspera; ese día pasaré yo a recogerte y hablaré con el director —dijo mi padre.

Así que continué yendo a las clases, incluso aquella misma tarde, y la verdad es que me costó trabajo vencer las ganas de contarles a los de la panda la gran noticia. Comprendí sobradamente la necesidad de ser discreto, cuando Pepe Miranda comentó:

—Con eso de que los nacionales se acercan, han vuelto a detener a mucha gente; entre otros, a mi tío Juan, el que ya estuvo a punto de que le dieran el paseo...

Las oficinas del SIM —Servicio de Información Militar— estaban en un edificio que fue hotel de lujo en los tiempos de la llamada *belle époque.* Una guardia especial los custodiaba, con gran ostentación del más reciente armamento soviético. Dentro, en los despachos, se trabajaba con rigor, y un personal escrupulosamente seleccionado entre la crema de la ejecutiva comunista tenía, como misión fundamental, la de localizar los servicios franquistas clandestinos de información, desbaratar las actividades de la quinta columna, cada vez más extendidas, y descubrir agentes enemigos infiltrados en el alto mando del ejército republicano.

El SIM actuaba con plena autonomía respecto de los

servicios de seguridad del gobierno; era, en realidad, una policía paralela, mucho más eficaz, mucho más dura, organizada según los patrones de la GPU rusa, con mandos propios que dependían del partido y cárceles también propias, al margen de todo control gubernamental: las terribles checas.

El comisario Diéguez leía con detención unos folios escritos a máquina; de vez en cuando, subrayaba con lápiz rojo algunas palabras, al tiempo que profería exclamaciones malsonantes. De pie junto a la mesa, un teniente le iba pasando nuevos papeles, que sacaba de un grueso cartapacio. Hasta que el comisario dejó de leer, pasó la mano por su mentón, saliente, macizo, y comentó:

—Pero ¿cómo es posible que se haya consentido esto?

—Hace ya varios meses que la policía gubernativa inició la inspección —dijo el teniente.

—Sí; aunque, por lo visto, les pareció que no tenía importancia.

—Llevaron a cabo un registro en los locales, a mediados de marzo, sin ningún resultado. Y lo arreglaron todo con unas multas, a cuenta de no sé qué traca. Mientras tanto, se les escapó el más peligroso. En fin: como siempre, nos tocará arreglarlo ahora a nosotros. ¿Está ahí ese individuo?

—Lleva ya un rato esperando.

—Que pase.

Don Manuel estaba pálido; pero había conseguido dominar los nervios y se le notaba con una sensación de serenidad absoluta. El comisario le miró con frialdad profesional.

—Se llama usted Manuel Cadenas Antequera; cuarenta y cinco años, catedrático; estuvo destinado en la Escuela de Comercio de Alicante y al cerrarse ésta, por causa de la guerra, se vino aquí y fundó una academia comercial. ¿Es eso?

—Sí, señor.

—No pertenecía a ningún partido político antes de julio del treinta y seis; en octubre de ese año se dio de alta en Izquierda Republicana. Parece que nunca fue persona religiosa, al menos, de las llamadas practicantes. Tiene una hermana soltera y se casó el año pasado.

—Así es.

—Con una monja.

Dudó unos segundos, hasta contestar muy seguro:

—Ex monja, evidentemente.

—Ex superiora de un convento de clausura en Cuenca. No me diga que decidió colgar los hábitos; se los hicimos colgar a la fuerza.

—Pero no la obligaron a casarse conmigo. Su secularización fue del todo voluntaria.

El comisario arrugó el entrecejo.

—Bien, dejemos las intimidades. En su academia trabaja como profesor un tal Vicente Cuéllar. ¿Sabe que es agente de la quinta columna?

—Lo ignoraba por completo.

—Entonces, ¿por qué dejó de dar clase a raíz de las diligencias que se instruyeron por alteración del orden público, en marzo pasado?

—Pidió la baja por enfermedad.

—Y unos meses antes, cuando faltó durante quince días aproximadamente, ¿también estaba enfermo?

—Eso me dijo. Tiene muy poca salud don Vicente.

—Sin embargo, pudo marcharse entonces a Barcelona y establecer allí varias células clandestinas.

—Le repito que desconocía semejantes actividades suyas. Sólo puedo decirle que es licenciado en Filosofía y Letras y un profesor excelente.

—Lo mismo que Ricardo González, supongo...

—Don Ricardo no es licenciado; impartía la clase de caligrafía, asignatura que domina perfectamente.

—No irá a decirme que no le suena su seudónimo como dibujante: *Cardito*.

—Me suena ese seudónimo; pero nunca lo asocié con él.

—El señor González tampoco está ya en la academia. ¿Problemas de salud, asimismo?

—No, señor; se despidió porque razones familiares le obligaron a ausentarse de Valencia.

—Aunque no fue muy lejos; le hemos detenido en Villajoyosa.

—¿Detenido? ¿Y por qué?

—Es largo de explicar. Digamos que por incitación a la rebelión, a través de la imprenta.

—Me sorprende mucho.

El comisario dio un puñetazo en la mesa.

—¡Le advierto que me estoy hartando! ¿Quiere convencerme de que contrataba a sus profesores sin enterarse de quiénes eran?

—Les contrataba atendiendo a su capacidad profesional nada más.

—Justo. Como en el caso de Luis Latorre, ¿no?

—Mutilado total en la guerra de África, comandante de Ingenieros en la reserva y una de las primeras autoridades en álgebra y trigonometría. Nunca tuvo el menor problema por su condición de militar, dadas sus circunstancias.

—Pero es fascista. Como Alberto Báguena, clásico representante de la oligarquía financiera, antiguo vicepresidente de la Compañía de Tranvías... No pretenderá decirme que también le eligió por sus méritos docentes...

—También. Doctor en Filosofía y Letras, rama filología, enseña gramática de forma inmejorable.

El comisario ojeó los papeles.

—Ya veo que tiene asimismo como profesor a un oficial de nuestro ejército, voluntario de los primeros días. Supongo que para disimular...

—Don Anselmo domina el inglés a la perfección y lo enseña muy bien. Los alumnos están encantados con él.

—Los alumnos... Tampoco es normal que todos ellos pertenezcan a familias de ideología fascista, ¿no cree?

—Lo único que pido a los alumnos es que cumplan como tales; y a sus familias, que colaboren con nosotros y, naturalmente, atiendan los recibos mensuales. Pero ya que habla usted de las familias, tengo entendido que el padre de uno de los alumnos, Aguilar, ocupa un alto cargo en la Presidencia del gobierno.

—En efecto. Sus informaciones nos han sido muy útiles.

Se levantó.

—Como supondrá, no me he creído nada de todo lo que me ha dicho. Naturalmente, queda detenido a partir de este momento. Mañana se le tomará declaración en regla; espero que para entonces tenga más claras las ideas. Y si no, ya insistiremos. Aunque lamentaría que fuese usted de esas personas tozudas a las que hay que convencer debidamente para que digan la verdad...

Luis Querol estaba en la esquina de Pi y Margall, junto al Lírico. Cuando me vio llegar, se acercó corriendo.

—La academia está llena de agentes del SIM. Vamos a esperar a los otros, para subir todos juntos, ¿te parece?

Dos individuos con pellizas de cuero vigilaban el portal; en la escalera nos encontramos con Eugenio Vila, que bajaba con otros compañeros.

—Cierran la academia —informó—. Hay que llevarse todo lo de las taquillas.

Don Anselmo recibía y despedía en el vestíbulo.

—Tomen ustedes todas sus pertenencias, sin olvidar ninguna. Comuniquen a sus padres que se suspenden las clases, esperamos que momentáneamente. En cuanto se sepa algo concreto, remitiremos una circular.

Había varios tipos más con pelliza, que iban de un aula a otra, levantando las tapas de los pupitres, mirando por todos los huecos. Al salir, uno de ellos acababa de sujetar con chinchetas en la puerta de entrada un letrero que decía: «Clausurado por orden gubernativa.» Y seguían varios sellos oficiales.

—¿Qué hacemos? —preguntó Luis.

—Vamos al Parterre, para charlar tranquilos.

Ocupamos todos un banco, frente a la estatua ecuestre de Jaime *el Conquistador*, que extiende al frente su brazo de bronce y señala con el índice, como si fuera Cristóbal Colón.

—Bueno, ¿qué pensáis que habrá pasado?

—No creo que a estas alturas todavía sea por lo de la traca, ¿verdad? —opinó Francisco.

—Claro que no. Tiene que ser algo más gordo. Algo muy serio.

Luis Querol reconoció:

—Mi padre me había dicho algunas veces que entre los profesores había personas importantes camufladas y que por eso nunca debíamos hablar de la guerra ni de nada que pudiera comprometer.

Entonces nos sinceramos todos.

—Yo sabía —dijo Pepe— que don Luis es militar, aunque naturalmente no estaba en activo el dieciocho de julio.

—Mi familia conoce a un pariente de don Alberto que antes de la guerra era uno de esos señores que mueven mucho dinero y tienen sociedades y mandan en ellas —explicó Francisco.

Yo no pude menos de asombrarles con uno de mis descubrimientos, el de don Anselmo; aunque, fiel a la palabra dada, me callé el otro, el de don Ricardo. Quien más se sorprendió fue, naturalmente, Francisco.

—¿Que es cura? ¡Ahí va! Entonces, sus flirteos con Isabelita...

—¡Qué flirteos ni qué niño muerto! Lo que hacía los miércoles, en la sala de profesores, era confesarla...

—Pues imaginaos don Manuel... Si todos los demás estaban bajo su mando, es que él debe ser un emboscado de mucha categoría.

—En definitiva, que nos hemos quedado sin academia —concluyó Pepe.

—¿Y ya no nos veremos? —preguntó Francisco con cierta pena.

Pero Luis fue tajante:

—¡Claro que sí! Somos amigos, ¿no? Pues tenemos que continuar reuniéndonos, que mucho hemos pasado juntos. ¡Casi nada! Toda la guerra, como aquel que dice. De modo que hay que quedar, por lo menos una vez a la semana. Los sábados, por ejemplo.

Estuvimos de acuerdo.

—Empezaremos el próximo. A las doce, aquí mismo. Juntemos todas las manos y digamos al tiempo: ¡palabra!

A mí apenas se me oyó; porque sabía que forzosamente faltaría a la cita. Ni siquiera estaba seguro de cuándo volvería a verles, si es que les veía de nuevo alguna vez. Les abracé uno a uno y debí hacerlo con mucha emoción, porque Pepe Miranda bromeó:

—¡Hombre, tampoco te pongas así, que faltan tres días nada más!...

—Es que lo de la academia me ha impresionado, ¿sabes? —disimulé yo.

Después les vi alejarse: a Francisco, el grandullón, el cachondo, tan generoso, tan bueno; y a Pepe, de quien pensamos mal una temporada, hasta que nos demostró su hombría; y a Luis, el más sensato de todos, el más inteligente, el que envejeció de prisa. Recordé también a Pedro Mayquez, siempre con su traje de luto, como una premonición.

Se me vino encima una congoja muy grande, y por más que quise no pude evitar que se me saltaran unas lágrimas.

Mamá salió a primera hora con Pepita. Mi padre estaba en la tienda; había quedado en que le recogiese a las once. Poco antes fui a despedirme de los tíos. Pepe escribía a máquina, como todas las mañanas a aquella hora.

—Lo he pasado muy bien con usted; le agradezco de corazón lo mucho que me ha enseñado y le prometo ir a verle a Madrid cuando acabe la guerra —le dije.

—Vete a saber lo que puede ocurrir hasta entonces... También yo lo he pasado bien contigo, aunque las circunstancias no hayan sido muy propicias.

Tía Camila estuvo menos efusiva; incluso opinó con un cierto retintín:

—Lo que no comprendo es por qué os vais precisamente ahora, cuando dicen que van a llegar los vuestros...

Papá cogió unos papeles de la caja fuerte, dio un vistazo alrededor del despacho, como despidiéndose de las paredes, se cercioró, tanteando los bolsillos, de que no se olvidaba nada y, tomándome del brazo, me llevó hacia la escalera.

—Vámonos sin mirar atrás... —dijo con voz cortada.

En el último escalón aguardaba Camilo.

—Un policía pregunta por usted —anunció.

A mi padre se le demudó la cara.

—¿Un policía?

El dependiente señaló a un hombre joven, con barbita puntiaguda y traje marrón, que en aquel momento se acercaba hacia nosotros.

—¿Don Julio Calatayud, supongo? —preguntó.

—Sí, señor.

—Y éste debe de ser su hijo... —Sacó una cuartilla del bolsillo y la consultó—. Eduardo, ¿no es así?

—Efectivamente.

—Verán ustedes: hemos tenido una denuncia. —Sacó una cajetilla de cigarrillos, tomó uno y lo sacudió sobre ella; después le prendió fuego con un mechero nacarado, todo ello con una lentitud desesperante; me parecía escuchar el latir apresurado del corazón de papá.

—¿Que me han denunciado? —preguntó.

El policía expulsó una larga bocanada de humo, para sonreír después, mientras aclaraba:

—No, a usted, no. Se trata de la academia donde estudia el joven... La Academia Comercial...

—¡Ah, ya...! —respiró mi padre—. Efectivamente, hace dos días me contó Eduardo que la habían cerrado por orden gubernativa. Les dijeron que nos enviarían una circular aclarando la cuestión, pero todavía no he recibido nada.

—Estamos efectuando una investigación y, naturalmente, será necesario que declaren ustedes acerca de determinados extremos.

—Le advierto que yo solamente estuve allí el día que matriculé a mi hijo.

—De todos modos, tendrá que comparecer ante el instructor. Y también el muchacho.

—¿Ahora? Es que íbamos al médico; estamos citados a las doce.

—¿Le parece mañana a las cuatro de la tarde?

—Perfectamente.

—Pues firme aquí...

Le extendió un impreso, que mi padre firmó, quedándose con el duplicado.

—Hasta mañana, entonces. Tiene las señas en la citación. Y no se retrase, ¿eh?

—Descuide.

Apenas salió el policía de la tienda, intercambiamos una mirada más que elocuente. Papá se dirigió a Camilo:

—Ya habrá oído que vamos al médico. Así que no vendré hasta la tarde.

Se acercó a la mesa de la registradora.

—Buenos días, Rosita. Que lo pase usted muy bien...

—Muchas gracias, don Julio —contestó la chica, naturalmente extrañada por tan afectuosa despedida.

Diez minutos más tarde estábamos en casa de Lorente, donde ya nos esperaban mamá y Pepita.

—Si os descuidáis, llegáis tarde...

—Que te cuente Eduardo el numerito... —sonrió mi padre—. Anda, Antonio: dame algo de beber, que en cuanto lo escuches, comprenderás que lo necesito...

Fue muy pesado el viaje. El vetusto autobús, lleno hasta los topes, con viajeros en los transportines del pasillo e incluso dos, en la baca, avanzaba fatigosamente por las rectas asfaltadas de la carretera, entre naranjales y palmeras. Varias veces tuvo que parar, para facilitar el paso de convoyes militares que iban en dirección a Valencia: camiones cargados de tropa, motocicletas de enlace, tanquetas ligeras, afluían desde otros frentes, para frenar la ofensiva nacional. En dos ocasiones nos sobresaltó el tristemente conocido ruido de los aviones en vuelo; pero eran escuadrillas republicanas, en ruta hacia Manises. En Benisa se quedó bastante gente; con lo que la última parte del trayecto la hicimos a una velocidad más discreta, aunque llegamos a Alicante cerca de las doce de la noche.

Ni que decir tiene que apenas dormí. El barco salía a las siete de la mañana; y hora y media antes estábamos en el puerto, nerviosos, sin apenas hablarnos, mirando con ansiedad la cubierta del *Iguazú*, motonave con pabellón argentino, que parecía dormir sobre las aguas, mansas y tranquilas. Iban llegando grupos de personas, todas con el mismo gesto de inquietud y de impaciencia, de esperanza y de angustia al tiempo. Pronto, una larga cola llegaba desde el comienzo de los muelles hasta la comandancia de carabineros. Lorente se había ido allí para entregar una carta de su amigo, el capitán Torregrosa. El día comenzaba a clarear y los primeros destellos rojos del sol anunciaban el amanecer en un horizonte donde el azul fuerte del mar se juntaba con el más suave, más blanquecino, de un cielo nítido e impoluto.

Doscientas, quizá trescientas personas estábamos allí congregadas y, sin embargo, apenas se escuchaban más que susurros, palabras en baja voz, bibiseos. A medida que nos acercábamos a la comandancia, una extraña sensación de miedo se iba apoderando de nosotros; mamá se agarró fuerte del brazo de nuestro padre, y Pepita, del mío. Estábamos a punto de entrar, cuando llegaron de dentro unas voces y, a poco, dos carabineros salieron llevando a empellones a un muchacho joven, esposado, que les insultaba a gritos; hasta que le dieron un culatazo en el vientre y se curvó contra el suelo y a rastras lo acercaron hasta una furgoneta, donde le echaron como un fardo.

Por fin nos llegó el turno. Rutinariamente, el carabinero comprobó las fotografías, selló los pasaportes y saltó jubilosa en nuestros oídos la palabra mágica:

—Pasen...

En la aduana estaba Lorente. Las maletas las registraron a conciencia; pero buen cuidado habíamos tenido de no llevar nada comprometedor. Cargados con ellas, fuimos hasta la valla tendida a lo largo del espigón.

—Aquí os dejo. Buen viaje.

Nos abrazamos a Lorente con infinito cariño; especialmente, mi padre, que le tuvo mucho rato apretado contra su pecho. Atravesamos la divisoria y en seguida estuvimos a bordo. Íbamos los cuatro en el mismo camarote; dejamos de cualquier manera el equipaje y volvimos a cubierta. Lorente seguía en el muelle, con la gorra puesta, las manos en los bolsillos, subidas las solapas de la chaqueta, pues se dejaba sentir una brisa fresca. A poco, subieron los últimos pasajeros, y después, dos marineros, que alzaron la pasarela. El *Iguazú* hizo sonar una sirena afónica y comenzó a alejarse del puerto.

Lorente levantó la gorra en alto y así estuvo mucho tiempo, hasta convertirse en un punto distante, apenas reconocible.

La cubierta estaba llena de un pasaje variado y, en muchos casos, extraño. Abundaban los extranjeros, herméticos, imperturbables, tranquilos; se advertía pronto que su salida había estado limpia de zozobras. Por el contrario, las varias docenas de españoles, reunidos en grupos familiares, excepto unos pocos que viajaban solos, todavía no nos recobrábamos de la angustia y de la inquietud padecidas. Nos mirábamos los unos a los otros, queriendo adivinar la historia particular de cada cual, quizá los respectivos dramas, que ahora tenían un final feliz. Y seguíamos callados o hablando muy quedo, como temerosos todavía de algo.

El silencio se hizo glacial cuando vimos acercarse a nuestro barco un guardacostas, con la bandera republicana izada en popa y dos pequeños cañones enfilados hacia nosotros. Llegó hasta unos doscientos metros —tendría que decirlo en millas, pero no lo sé—; desde la cubierta, unos oficiales miraban con sus prismáticos. Seguía el *Iguazú* su marcha, y al cabo de unos minutos el buque de guerra viró, alejándose en dirección al puerto. Sopló una bocanada de aire; quizá fueran tantos suspiros de tranquilidad expelidos al tiempo.

Un sol brillante se había asegurado ya allá arriba. Me senté en una hamaca y dejé que me acariciase. Con los ojos cerrados, una especie de película pasó por mi cabeza y recordé aquellos dos años casi justos que dejaba atrás. Veía, como en su momento vi, las iglesias incendiadas; los milicianos, imponiendo su feroz tiranía; a don Ramón Lobraqués, camino del martirio; Néstor, acosado y escondido; mi padre, encarcelado; la portera refocilándose en el detalle de los crímenes; el puerto, bombardeado; aquella puta muerta; la tienda, incautada; abuela Carmen muriendo de dolor; más bombardeos, más muertos en los brazos de Luis Querol; la dieta de lentejas y conejo; las sucias caricias de Concha, la del quiosco; la madre de Pedro Mayquez, rezando ante su fosa, ajena a los trimotores; Boil, torturado en la checa...

Pero también veía a don Domingo, un comunista honesto que no dudó en hacer favores a sus adversarios políticos; y al tío Pepe Puig, con sus ideas tan firmes como su integridad; y a Lorente, ejemplar en sus fidelidades; y a don Darío, que decía ser «de los nuestros» y a mí me avergonzaba; y a Urrutia, el delator; y a Lisardo, el malvado; y a la espléndida Vicky, tan injustamente menospreciada en casa; y a don Manuel y a doña Elena y a los profesores de la academia, que cumplían cada uno de ellos lo que creían su deber, bajo el pretexto de las clases; y a los intelectuales evacuados, sólo pensando en sus cosas. Y veía a mis compañeros de la panda, que habían crecido conmigo, y conmigo perdieron la adolescencia y el candor y la ingenuidad y hasta la ilusión porque, como dijo Luis Querol, juntos habíamos envejecido antes de tiempo.

No sé cuánto rato anduve metido en estos pensamientos. Me sacó de ellos una voz con acento argentino que se escuchó a través de los amplificadores.

—Soy el comandante del barco: Óscar Rubén Gianetto, a su disposición. Bien venidos a bordo. Tengo el gusto de comunicarles que acabamos de dejar las aguas jurisdiccionales españolas...

Entonces reventó la contenida emoción, el temor sostenido y un inmenso griterío conmovió la cubierta. Ante la displicente mirada de los pasajeros extranjeros, los españoles saltamos, vitoreamos, nos abrazamos, dimos rienda suelta a una alegría frenética, casi salvaje. Al cabo de unos minutos los nervios se relajaron y volvió la calma; pero una calma feliz, comunicativa y gratificante.

Mi padre nos agarró a Pepita y a mí por la cintura.

—Deberíamos echarnos un poco, ¿no os parece?

—Yo no tengo ningún sueño —dijo mi hermana.

—Aunque así sea, nos conviene a todos descansar. O sea que al camarote... —ordenó.

Apenas llegamos a él, mi madre se dio un palmetazo en la frente.

—¡Pero qué cabeza la mía! Claro, con tantas emociones... ¿No os habéis dado cuenta qué día es hoy?

Los demás pusimos cara de circunstancias.

—¡Tu cumpleaños, hijo!

—¡Es verdad! —recordó mi padre—. ¡Felicidades, Eduardo!...

Me besó en la frente, mientras mamá decía:

—¡Quince años ya!

—¡Quince años! —confirmó papá.

Entonces recordé mis cercanos pensamientos y tuve que comentar:

—¿Quince años? Yo diría que muchos más. Los chicos de la guerra no tenemos edad...

La única nostalgia válida es la del buen recuerdo y nunca la del resentimiento.

EMILIO ROMERO

Colección
Fábula

Otros títulos publicados

Fernando Vizcaíno Casas

Niñas... ¡al salón!
De «camisa vieja» a chaqueta nueva
... Y al tercer año, resucitó
Hijos de papá
El revés del derecho
Las autonosuyas
... Y habitó entre nosotros
Hijas de María
100 años de honradez
Chicas de servir
Obras completas 1
Zona roja
Los rojos ganaron la guerra
Los descamisados

J. L. Martín Vigil

El rollo de mis padres
El gran Hiram
La droga es joven
No hay lugar para inocentes
Las flechas de mi haz

Luis Díez Jiménez

Nueva antología del disparate
Disparates de la transición

Eduardo Ruiz de Velasco

Antología de gazapos 1
Antología de gazapos 2

Perich

5.º Canal informa

José Luis Coll

El Diccionario de Coll
El hermano bastardo de Dios

Alfredo Amestoy

Últimas voluntades

Ángel A. Jordán

Marbella story

Renée Reggiani

Roma contra Roma

Nicola Thorne

Champagne

Impreso en Talleres Gráficos
DUPLEX, S. A.
Ciudad de Asunción, 26
08030 Barcelona